动词
文化

U0749221

春天大概需要你

暗 号 著

浙江工商大学出版社
ZHEJIANG GONGSHANG UNIVERSITY PRESS

图书在版编目（CIP）数据

春天大概需要你 / 暗号著. — 杭州：浙江工商大学出版社，2017.8
　ISBN 978-7-5178-2208-0

　Ⅰ.①春… Ⅱ.①暗… Ⅲ.①中篇小说—小说集—中国—当代②短篇小说—小说集—中国—当代 Ⅳ.①I247.7

中国版本图书馆CIP数据核字(2017)第132480号

春天大概需要你

暗　号著

内容策划	动词文化
组稿编辑	任晓燕
责任编辑	王　耀　白小平
责任校对	穆静雯
封面设计	杭州喆诺广告有限公司
责任印制	陈文君
出版发行	浙江工商大学出版社
	（杭州市教工路198号　邮政编码310012）
	（E-mail:zjgsupress@163.com）
	（网址：http://www.zjgsupress.com）
	电话：0571-88904980，88831806（传真）
排　版	杭州如一图文设计有限公司
印　刷	浙江省邮电印刷股份有限公司
开　本	787mm×1092mm 1/32
印　张	11.75
字　数	164千
版印次	2017年8月第1版　2017年8月第1次印刷
书　号	ISBN 978-7-5178-2208-0
定　价	38.00元

版权所有　翻印必究　印装差错　负责调换
浙江工商大学出版社营销部邮购电话　0571-88904970

每个故事都有被讲述的权利（代序）

这是个残酷的时代，因为它让每个人都意识到自己的孤独。

这也是个温情的时代，因为每个人都可以讲出自己的孤独。

有些孤独，在历史的戏谑和重构中被消解；有些孤独，在流行的喧嚣和沉迷中被装饰；还有些孤形怪状的故事中，等待被你讲述。

暗号，一个在这格式化时代为你讲述奇怪故事的作者。他用纤细的脉脉温情，对历史和现实施以毫无顾忌的破坏力，用意却根本不在于解释和推测，而只在意创造故事的可能性本身。

暗号绝不是一个服务于学院和文学的作者，后者所代表的行业传统无疑是好的，却并非这个时代中孤独个体的需要。

暗号也不是一个将自己贴上标签的作者，无论那些标签带来什么样的便利，都只会让读者远离自己内心的孤独故事。

在暗号的故事中，一切元素的出场，都只是为表达某种特定的孤独。他对历史的戏谑，毫无重构另一种真相的用意，更不会给你廉价的错觉。他清晰无疑地讲出故事自身的荒谬，让你将所有理性都用于感受其中的孤独，这是他最终极的追求。

如果说在表达"非人"这个主题上，暗号是一个哲学意义上的科幻作者，那么他自己无疑是不在意任何体系化的哲学的。将各种符号和意象混杂在一个严肃而合理的叙事中，这种反体系的做法，迫使他自己和读者都只能将一切都归结到人物的感受上。最终，他以这种自废武功的方式，创造了自己的招法。

所有借用的人物，都被有效地抽离了来源，不会产生不必要的联想，却又能从原有意义背景中找出编织新故事的逻辑素材。

在完全没有解释的宏大假设下，调用尴尬的边缘人物，以类似轻小说的人设引出严肃而痛苦的命运，最终再回到那个宏大的假设本身，反复提及逼近，却从不试图搞清楚它的本质。以及在这些充满抽象概念的操作中，熟练撩拨读者的情感神经，永远给你一个有关失而不得的故事。

毫无疑问，暗号已经找到了自己的声音，这是一个作者难能可贵的品质，或者说多年努力的结果。

如果我们愿意，可以将其与各种文学经典或著名作者相比，但这毫无意义。因为每个读者需要的，能够在一本书里找到的，值得为此付出时间阅读的，只有一件事：

"我看到的，是一个表达我的故事。"

面对这么多的读者，靠一本书无法满足，无法讲出这么多的孤独。但它试图尊重每一个应该存在的故事，让每一种声音都有被听到的权利，每一个故事都有被写下来的权利。

你所追寻的，就是那些故事被写下的权利。

兔子瞧

2017 年 4 月

目　录

下篇

上

篇

山脚下的云

我的朋友、天体物理学者曼尼里希博士经常在醉后和我说些离奇的玩笑话，其中最无聊的，莫过于他曾声称所有天体都是委托一只宇宙大母鸡用鸡屁股实打实生下来的。这也许是他对紧张的科研生活做出的负反馈，反正我是没笑。

并且我问他："那他们会让这只母鸡更改需求么？"

博士："啥？"

我放下杯子，用双手认真比画给他看："更改需求，你瞧，就像公司本来让我去检测海底冒出来的硫酸液里有没有产生超级耐酸的细菌，现在却让我开着拖船拉扯彗星。"

博士支起眼皮子想了会儿，挠挠头说也许吧，没准当初他们想要造个空心的地球，现在却又告诉那只母鸡重新灌入岩浆蛋黄，以获得足够的地热。但他们当初只是想得到一个充满甲烷的沼气罐而已。

我往喉咙里扔了一大口杜松子酒来压制呕吐感。

"别提沼气。"我痛苦地趴在吧台上，"别提它。"

上一次我来到拉尔夫星感受这里弥漫着的沼气气息的时候，发现我在浅水区种下的蓝藻一片死寂。我在海里的 37 个位置采样，除了一些细胞的残躯啥也没发现。这可有点不正常，按理说这些货无论扔到哪儿也不至于死成这样。愤怒之余我扫描地表，发现原来有一帮没成形的外星生命在这半年里占据了 30% 的土地，代谢产物直接排入土壤和水体，毒死了几乎全部的蓝藻。

这些生命长得像地衣，但是运动能力很强，它们的细胞——如果的确是由细胞构成的话——肯定有什么分子发动机之类的结构。我把拖船停在山脚下，它们就围上来要把船包住；我在身前清理出一块空地，它们就立即占据我的脚后跟。要想甩开它们简直像在一碗燕麦粥里挖出个洞那么困难。

我被它们搞得彻底没脾气，只好迅速起飞，返回地球。说来也怪，离开那个星球后，我的鞋底带上来的那些外星大宝贝在地板上消失得无影无踪，像是化在了空气里。

走了更好。

"最近政府的人来找我们，感觉我们的星球被卖出去指日可待了。"从拉尔夫星狼狈归来后我再次见到拉尔夫老板，发现他还是那么快活。

"我可没那么乐观，"我大嚼汉堡包，"你应该也收到了我发回来的数据，现在氧气浓度又降下去了，水含量低，温度却高得像里约热内卢，现在又蹦出了外星生——"

我的嘴被牛肉堵住。

"外星生命这茬谁也别提！我们要做的是小而美的项目，不能节外生枝。你知道那些东西一旦繁殖起来就没咱们的地儿了，下次趁早给我收拾干净。"

"它们可能有智慧。"我说，"我觉得应该派专家去看看，毕竟那东西没法捕捉或者采样。"

"去它的智慧！那些星际盲流根本没什么科技，只是凭着生物适应能力到处流浪，看起来就像没有大脑的塑料袋，靠太阳风进行成活率不到万分之一的迁徙。"老板口才一流，这是他的立身之本。

我耸耸肩。"回来这一趟之后估计扩增到50%。"

拉尔夫把擦过手的餐巾纸团成团掼在地上。"这地方是我们先发现的，它们就不该鸠占鹊巢。"

"那我该怎么赶走它们？带着合同见面可能会被它们包起来扔到山谷里。"

"现在有一个主意，可以一次性解决你提出的这些问题。有一颗彗星将要掠过那个星系，足够大，但还不够近。"

我差不多理解他要干什么了。

"那么我需要多点帮手。"我说。

"老天，你在想什么，多点人？嫌知情者不够多吗？"老板压低声音，"听着，还是你一个人去。回来后除了既定的加薪，我准备让出——呃——百分之——"

"我不要股票，我想要那条拖船。"

拉尔夫一怔。毕竟那是众筹来的值钱物件，我得容他想一会儿。

"事情办完飞船的物权就归你。"

6

在和曼尼里希饮酒后，我得借故拖上两天，再次告别我那通情达理的娇妻，等行动前一天才赶往租赁来的发射中心。

拉尔夫星是拉尔夫老板那富可敌国的父亲在一次冲动消费后留给他最昂贵而无用的礼物，也是这家创业公司赖以维持股票和贷款信用的物质基础。公司的一个重要项目是基于拉尔夫星建立一个新地球——它的商业计划书中雄心勃勃地写到干这件事的几百人宏大团队，但到最后我发现基本上所有的执行工作都落在了我的身上。

"这些本质上都是金融业，你们在那里做做样子，然后看着股票往天上涨。你们几个人是不可能把它做成的。"曼尼里希博士如此评价。

这话说的没错。找到一颗原始地球，在浅水区大量繁殖优化过基因的绿藻，让几万公里长、几百公里深的暗河把它们输送进海底，通过洋流传遍整个大洋，把它变成一个高效的氧气发生器。然后陆续送上植物、低等动物，把它变得生机勃勃……如此想当然的计划实施起来将面临十倍的挫折。

但我既然为这个项目服务就得干到底。它在互联网上传得火热，每天都有众筹客往里投入新的资金，就连学校里的小学生也在巴巴地盼着我多拍点视频给他们瞧。

为了小学生我也得骗自己相信这个计划，但解决麻烦这一段，我并不准备播给他们看。

地球在我身后缩成一个脆弱的小点，这让我联想到末世。老实说理智上我不觉得世界会那么快地陷入毁灭。通常来说，明里暗里宣传末世的组织都有它的目的，比如宗教，再如书商，又如鄙公司，但多年来的洗脑几乎让我从生理上接受了这种暗示。

我摸摸这艘拖船的控制面板，这玩意儿让我很安心。比如我的第二地球工程还没有完成，然而下次回地球又发现太阳过一阵子就要熄火，那么我就可以先带上妻子，拖一家沃尔玛先逛上几圈，把那些拖 Whole Foods Market 的狗大户远远甩在后面。最要紧的是这东西提供跃迁功能，在胡思乱想中度过了几次跃迁后，拉尔夫说的那颗彗星出现在我面前。

我操纵工程臂在彗核上埋下推进器。那颗彗星会变个方向，让彗尾更稳定地扫过拉尔夫星。

这就像拿一个巨大的火焰喷射器消灭蚊群一样过瘾：构成彗尾的冰晶大量地落在星球表面，先是把地表温度降个够，接着行星内部的地热做出反应，把地表的冰水混合物向天空蒸发，接着在大气层凝结降水，这种疯狂混乱的水循环将在我走后持续一个地球年左右，最终趋于稳定。在此之前，就算我想来看看工程进度都找不到地方落脚。

再见了，外星杂碎。虽然我很欣赏你们的适应能力，但如果你们能经受住彗星过境的动荡、弥漫天地的冰雹和冻雨，以及随之泛滥的大洪水，那么我愿意跪下来让你们把我自然分解。

但我确定接下来的一年可以吃吃玩玩，然后收获一个不错的人居行星了。

这一年来我作为技术骨干和航天员跟随老板去各地演讲，吹了很多牛。一年后的成果勘查之际，竟然有神情严肃的政府人员来送行。老板没忘记找一帮人在我身边假忙，混充我们团队的工作人员，而我在舱门外悄声问老板是不是出了什么事儿，因为他的脸同样像是吃了便便那样臭。

"政府最近对我们项目的关心好像过于密切了，连军方最近都找过我。"潜台词是，没准末日要成真了。

"那事你没说出去吧？"我问他。

"我确信只有我们两个人知道，但是感觉怪怪的。"拉尔夫表情有点委屈，其实他在大部分时候都是个挺真诚的人。

我拍拍这个富二代，说没准政府也只是临时起意。他则恳切地希望我能够发回让他欣慰的消息。

"没什么，我们团队成员感情深厚，每次起飞都是这么像生离死别。"进入飞船时，我听到他和官员们解释刚刚的交头接耳。

必须说产品从外观看还不错，有一层厚厚的大气层围绕在外。而那颗彗星也已经只剩下彗核，心安理得地住在了星系的最外端，类似冥王星扮演的那种角色。老板本人很喜欢这种创世隐喻。他上次甚至要把彗星扫过行星的故事包装成圣经里的"吗哪"，那种在晨雾和朝露中出现，降临大地的神赐食物。我说："别开玩笑了，彗尾扫过的除了能把大桥冻断的冰晶之外，就是有毒的硫化物。"

但是当我穿过大气层，准备着陆在我喜欢的那座山下时，温度提示不正常。这也太冷了！我哭笑不得。是不是彗星的作用过头了？周围没有太多异常，水蒸汽的含量增加了，但甲烷的含量没太大变化。我讨厌甲烷！在山脚下甚至可以见到甲烷在低温下形成的气溶胶，呈云状徘徊。

不管怎么说，打开舱门之前，我先给自己安上一圈装甲，外带一挺重武器和足量的氧气。这次如果再有过路人来抢地盘我就干他们。

除了冷，似乎没有什么危险。我可能要重新寄希望于开发海底地热，在深海培养蓝藻了。

恒星落下山头，甲烷云没有消散。不过再过两个小时，天就会亮，这里的夜晚短得让人无心睡眠。

我把装甲卸掉，在黑暗中拍了三段视频，讲述拉尔夫星独特的自转周期。带着呼吸器录视频非常痛苦，光是"你们好，地球人"这句话就 NG 了不下五遍。回放录像时我一惊，差点把摄像机摔在地上。

通过视频可以明确地看到有东西规律地绕着镜头打转，那种运动方式特别像生物。为了排除光学效应的可能性，我又看了几遍。我觉得背后发毛，因为我确定那东西就在我身后，和我一起看这些愚蠢的科教视频。

是云团，或者说，是甲烷气溶胶。

那是一种生命形式，似曾相识。我曾经动用一个彗星来灭绝它，看起来它们躲过了一劫。

我直向两边瞄，颤抖着问："嗨，是你们吗？"

甲烷云在空气中震颤，发出声音。它在回应我。

恒星从山的另一边升起。我不知应该怎样形容眼前所见的景象——整个对流层在有规律地运动，眼前的这团云只是它的一个末梢。

大气生物。生物是大气圈本身。

末梢在紧紧地盯着我，嘶嘶发声，但我满脑子都是地球、人类、我家人和朋友们的未来。这是一种适应能力很强的生物，并且极有可能已经通过我的上上次飞行到达了地球——政府可能已经有所觉察，却不知道这次物种入侵是我和老板的隐瞒造成的。

我们终于获得了自己的"吗哪"，这些有机物质的确是在晨雾中凝成，在大气中凭空降临。但是它们会很快地占据人类的地盘。地球上的那些可爱的奶牛，广袤的稻田，天然气矿，都在不停地排出它们喜欢的甲烷。它们会有办法干掉好气菌或者 OH 自由基等等碍事的东西，然后在某一天，在空气中现出巨大的肢节和末梢。

现在我自身难保。云层的深处开始打雷，有闪电在怒吼。那团甲烷云向我飞过来，有那么一点沼气似的怪味钻进我的宇航服。这些流氓无孔不入，大概再过十秒，我就会无法呼吸。

在旅途的最后，我听到甲烷云通过某种振动——分子发动机——发出我所熟悉的地球语言。

"你们好，地球人。"声音听起来滑稽，但的确就是那样说的。

春天大概需要你

是的，春天大概需要你；某些星辰
大概要求你察觉它们。

——里尔克《杜伊诺哀歌》

"深潜者号"科考船发射出最后一批微流体芯片时，一群章鱼游了过来。它们隔着玻璃往舱内看，其中有一只正在努力地拟态成科考船的样子。

李奇云凝视牢牢吸在玻璃上的章鱼腕足。他心想，不用再来徒劳地考验我们的智慧了，我们可能会是最后一批见到你们的人类。

电脑里播放的蒸汽波曲子提供了一种空洞的日常感，李奇云好像又回到那间能听电台的牢房。伴奏反而有加重深海恐惧症的嫌疑，他关掉音乐。喝饱了海水混合物的芯片回到舱斗，与此同时，流式细胞计正在饥渴地计算船舱四周更多的微生物数量，舱内只剩下机器的嗡嗡运转声。章鱼们纷纷向黑暗中撤退，李奇云懒洋洋地瘫在侧壁一言不发，舷窗映出他的瘦高侧影。

这是他第一次潜入海洋，这里和空旷的宇宙似乎并没有太大区别。只不过在这里，他分外地想喝点酒，尽管操作制度不会允许。

不知道是否有人曾在离开时预见过这个结局：跃迁到新行星"地球2.0"后的百年内，还得返工，折回地球几趟。

李的父辈们讲述过那个倾尽全球之力的"群方舟计划"，这些故事像史诗一样在口头流传。最后的年头里雨从来没有停，天也从来没有晴，点火发射后，方舟群冲破暴雨和黑暗，纷纷起飞。雨水在舷窗倾泻，如同浪击。每个人的心里都没有底，凭这些赶制的飞船能否一直向地外行星突围？

然而地球人最终做到了。他们全员逃离地球，就像一群飞鸟抛弃绝望的森林。

　　新行星没有土壤和植被。有大气层和足够多的液态水，这对地球人已经是极大的恩赐。除此之外还有各种呈现棕色的地形地貌，无论高原、山脉、平原，还是河流冲击出来的泥沙，都色彩单调，毫无生机。略呈橙红的天空里时而有闲云游荡，揭示了这里的水循环和地球有几分相似。

　　好在先遣者们曾经在海洋中投放过基因改造过的光合藻类。那是灾难之前由"行星系统"公司做的工作，它们真的派上了用场。后来这些藻类被收集、晒干，混着火山灰和沸石被做成了一层薄薄的人造土壤。人工育种的蚯蚓在看不见的地方钻洞吐纳，把土壤改造得更加宜于种植。来到"地球 2.0"的幸存者必须拿起农具，在这片贫瘠的土地上劳作。

　　这就是"地球 2.0"最初的样子，它由联合国牵头建设，行星系统公司提供方案和具体施工，在几百年内已经把这座新行星改造得比较适宜人类居住。

　　在李奇云成为一个科研工作者的时候，人类最艰难的时候已经过去了。城市建立在埃萨埵斯山脉，以山顶那座海拔几百米的方山岱崮为地基，俯视着下方工农业的发展。经过固氮基因改造的玉米带已经绵延千里，无人机在它的上方飞来飞去，采集生物信息。牧场安排在种植带之间，方便获取牧草，许多蔬菜、水果还可以在温室中无土生长，一切看起来还好。

但现如今的问题是，"地球 2.0"上的粮食普遍稀疏，颗粒微小，动物夭折率也特别高。

人们觉得一定是哪里出了问题。

这就是他们归来地球的原因之一。

1

船上浮很慢，水温寒冷不堪。李奇云眩晕了一会儿，等他睁开眼时，透光度又高了一点。

终于可以和母船"海德拉号"会合了。

会合地点在原中国贵州，现在的临海区域，有一个班的兵力在那里部署。非洲大陆滑进大西洋以后，能落脚的陆地也就只有亚洲和美洲的西部地带了，科考队没有把"海德拉号"停在山丘、平原或者别的什么地方，而是选择了一座看起来还不错的旧机场，因为地陷和山体滑坡很有可能把整艘飞船吞没。

更可怕的是看不见的威胁，这里肯定有无数新的病原体。李奇云穿上防护服，然后穿越风帘来到舱外。

东亚几千年来靠精耕细作来维持土壤的肥力。暴雨和酷寒把人类赶出地球后，洋流混乱和水循环失控接管了大陆，现在的耕地已经残缺不全。然而现在看起来，某些新东西的发展正趋于稳定：耐寒的杂草在地里扎根，这是对娇生惯养的庄稼最大的讽刺。

李奇云看着奔突在旷野里的长毛大耗子和长毛大兔子，心里直发毛。这些东西很有生命力，具有野性，但是它们统统不能吃。

迎面走来了荷枪实弹的乔伊中尉。李奇云不知道他是怎么长成这么大的个头的。更难以解释的是他手下的兵个个都是和他一样的大个子。

李奇云咂吧几下嘴，他挺长时间没能说一句话了，但还是试图打了个招呼："活着回来了？"

乔伊中尉拍拍枪，面带不屑："我们已经清理了一批耗子，它们现在暂时不会再靠近了。"他远远一指，一堆不知道是什么东西的焦黑尸体。

"还有什么别的植物吗？风媒植物。"李奇云问乔伊中尉。

"你想说什么，博士？"乔伊没好气地反问。

"比如野花吧。有没有什么野花？ Wild flowers。"

"只有地衣和长着绒毛的杂草，我不知道什么是野花，我可能只在小学学过这玩意儿。我说你能不能不问我这些东西？那是你们科学家该干的事。我们的职责是别让地球伤着我们。"

李奇云转身远离这帮士兵，去干自己的活，听到他们在背后嚷嚷：

"黄种人真是到哪里都有思乡病，接下来是不是还想找到长城和天安门啊？"

"好好干活，少理那个罪犯。"

人们说地球就像一个生命体，大部分时候可以保持地表环境的动态平衡，在遭遇创伤后也可以慢慢修复自己。这归功于共生：生物相依相存，地球上全体生命的存在会一点点改造地球环境，使它维持奇妙的稳态，让物质和能量有序地循环。借用古老神话里大地女神的名字，这种理论又被称为"盖亚假说"。

在地球上的人类都喜欢把地球拟人化，将它视为一个超有机体，认为它有某种智慧或者意志。有人甚至觉得地表生态的变化就是它情绪变化的体现，后来的那场大裂变就是它在发泄愤怒。

如果事实就是这样的话，那么现在的情况就只能形容为——余怒未消。

有人正用相机记录下这里的情况，李奇云抓了几只耗子和野兔，采集了一些下丘脑组织，又抽了点血液拿去做测试。这些样品即便能运到"地球2.0"，无论是激素水平的数据，还是基因编码的信息，都剩不了多少参考价值。但他就是这么胡乱地东采采西采采，和其他人一样看起来忙忙碌碌。没准能让人发现什么耐寒基因呢！

归者可谓手忙脚乱，而地母始终无动于衷。

2

行星系统公司对"地球2.0"的设计理念，即是对"盖亚假说"进行逆向推演——主动把"地球 2.0"改造成一个超有机体。也就是说，尽可能地把这个半封闭行星系统造得像是具有生命特征，以便尽快获得自我调节、趋吉避凶的能力。它被称为"盖亚工程"，是星球尺度上的仿生学。

人类用控制论和超级计算机改造这座新的行星。星球表面的任何变化，温度、风、河水流速的变更，农作物的产出，都被当作超有机体的反馈进行分析。"变量农机"通过搜集土壤和植物的信息传入盖亚系统，获得最佳的施肥、灌溉方案，然后进行精准耕作。人们还利用从地球带来的胚胎库和基因库，制造尽可能多的物种，以便最大限度地保留地球上功能各异的生命。最令人难以置信的是他们真的把人工湿地做成了肾的样子。

那次入狱之前，李奇云在埃萨埵斯山脉脚下那片巨大的玉米带工作。正是在那里，李奇云第一次遇到了阿绿。

玉米带处于许多城邦之间，人们把它开辟得很大，因为碳 4 植物的光合效率的确很令人振奋，而且对于这种大田作物，几乎所有的日常劳作都可以靠巨型的"变量农机"和无人机来完成，因此只要够大就可以。

那是去年的收割季，李作为行星系统公司的研究员，在玉米带边缘的一个实验鸡场做科研工作，远离城邦已经很久。鸡场的核心是两排长长的鸡舍，鸡舍在一定程度上是游离于"盖亚"系统之外的：它有厚重的屏障外墙，用空调系统造成的静压差形成一个隔离环境；玉米带解决了大部分饲料来源的问题，再加上人工渔场定期送来的鱼粉，在旁边的饲料加工装置里被做成饲料，通过管道输送进鸡舍。

那鸡舍里饲养的不是普通的肉鸡或者蛋鸡，而是 2 万只"三季鸡"。

"三季鸡"是基因工程的结晶。它是对旧时代苏联国家技术的翻新：这种鸡长有多个翅膀，身长达到一米五，远看像是多足亚门的动物被放大了。它们带有一些原鸡的特征，善于抵抗恶劣的环境，而最重要的是，人们改造了它们与迁徙行为控制相关的基因，使这 2 万只"三季鸡"有了长途迁徙的本能。它们将带着传感器飞向天空，对这座行星进行更深刻的改造。

但这毕竟不是什么很大的数目。李奇云学到过，在以往的非洲，旱季迁徙的角马聚在一起有一两百万头，所踏之处尘泥四溅。然而那些生灵现在都已经伴随非洲大陆沉入大海，再也无缘见到了。

院子里是收割机开过后特有的庄稼香气，屋内是被隔离起来的鸡的氨气味，大部分时间里李奇云待在两者之间的过渡地带——控制室。每天必做的工作就是操作电脑给鸡加料、送水，用巨大的药桶配制各种药物，干活之余戴上拳击手套偶尔打打沙袋，想想胶囊层叠、生活便利的城邦。

但是他没有办法随便回去。第一，这座鸡舍里平常只有他一个人，同时担任饲养员、兽医、研究员和保安。第二，随意进出会惹上许多不必要的麻烦，比如带进带出病原体。实际上出于这个原因，原则上连这里的死鸡也不能吃。

只有定期来配送补给和饲料、药物的车知道李奇云的存在。有时候行星系统现任的总工程师诺里斯会亲自过来，经过喷淋等复杂的消毒程序后，取走李奇云采集的样品，顺便向他嘘寒问暖。

诺里斯在公司中位高权重，还占有大量股份。换作一般人，肯定会因为这份关怀产生自己的工作还挺重要的错觉,但李奇云从来没有这么想过。他可是早就习惯了。

快到收割季的时候,城邦共同体向联合国打了招呼,派出一小支联合军力来到农田,一是为协助农业工人劳作;二是为了增强监管,防止粮食流失。

有一天下午,屋外火光冲天。收割季结束后,剩余的玉米秸秆无论是用作饲料还是制造燃料乙醇都有富余,因此他们要烧掉这片玉米田,为土壤提供有机质。这也是"地球2.0"的一部分。

大火一直烧到太阳下山,即便躲在控制室,李奇云也被烟熏得流泪不止。城邦的人住在高高的岱崮上,一年能俯视一次这种奇景,同时饱受几天被雾霾包围的日子。按照盖亚的计算,晚上将会有一场暴雨降临,将灰烬和土壤混合。李奇云冲出密闭门,冒着烟雾把沙袋用塑料布盖起来,把他那辆蚂蚱绿涂装的铃木 RG5000 混动摩托推进廊下,毕竟他就只有这么一件值钱玩意儿了。

暴雨如约而至。在旷野里雷声似乎特别大,雨似乎也特别大。雷雨充塞天地,有那么一瞬间李奇云以为整个世界要塌了,就像地球先民经历过的那样。鸡们努力地一起蜷缩在角落里,他在控制室门口看着积水愁眉不展。

没办法，只能先垒个门槛，再往外清理了。

李奇云弯着腰，一盆接一盆地往外倒水。大概盛起第九盆的时候，李奇云直起身一回头，就看见一个黑影悄无声息地出现在门口。

他吓了一大跳，手里的水盆也掉到地上。又一道闪电划过，映出长发湿漉的纤细剪影。再仔细看，她穿着不知哪里搞来的奇怪工作服，被下午的烟雾搞得灰头土脸，却难掩俏丽的面容。

她的腿和脚还在流血。

"有人在放火……我没有地方去就逃到这了……"那个少女不知所措。

李奇云也被她带动得比较紧张，但还好及时地理解了她的意思。今天烧掉的玉米田里，可能也有不少流浪者、走私贩和"基因脱靶者"死于大火。基本上，李奇云一眼就能看出她是"脱靶者"，但是他没好意思多看。

李奇云问："还有其他人吗？"

她摇头。

李奇云舒了口气，向喷淋室一指："先去喷淋一下吧。啊，我是说先去洗个澡吧。屋里有干净的工作服可以换。"

喷淋室的门关上，雨声遮盖了外面所有的动静。

可以猜到，现在外面有正在收尾的士兵，愤怒的游民，可能有局部冲突。李奇云不敢多想，他检查了一下电网，又用强光手电照射四周，没有其他人再进入这个养殖场。

喷淋室门开的声音打断了李奇云的思路。

她伸了个脑袋出来问了一句：

"啊对了，请问这是什么地方来着？"

"南玉米带 B305 区养殖站。"

——"内有猛禽，闲人免进"。但他不得不破这个例。

"知道了，真是谢谢您！"

门又关上了，李奇云听到一声反锁的声音。

看起来是个在危险边缘讨生活的女孩。

雨一直下，喷淋室身影隐现，李奇云开始有点期待她出来时的样子。

3

跃迁之前的科学家曾经做过这样一个计算：地球上的细菌总数大概是 1×10^{30} 个。如果这个数字不太直观，那么举例来说，宇宙中所有的恒星总数约有 1×10^{23} 个。

群方舟将人们载去"地球 2.0"后，那些肉眼不可见的微生物也跟着定居在了这座新行星上。比起动植物和它们的胚胎，微生物大多数不请自来。但它们的数量其实远远不够。地球环境中的大部分细菌是无法在实验室条件下存活的，更不能在群方舟里久居，被带到"地球 2.0"后就更是所剩无几。所以人们做出的微生物试剂添加到土壤里，只能起到一部分改变环境的效果。

最重要的是，他们不知道那些没有被找到的微生物都有什么用处。

李奇云有时候会觉得，"对人类有用处"这个标准简单粗暴而且自作多情。绝大多数生物并不是为了人类而生存，它们和"地球 2.0"工程严密控制下的水稻、玉米和三季鸡不同。关键是，它们的生物信息实在是太过庞大，人类的基因组与此相比简直不值一提。

但是为了活命，人类仍然需要探索。在如今这个狂野的后人类世地球上，土壤中依然有一些顽强的植物生长。因为无法培养土壤中的全部微生物，人们就需要把它们的一切编码信息——我们称之为"宏基因组"——

打包提取，分析有用的基因，然后用转基因或者人工核糖体之类的技术创造出可以用在"地球 2.0"上的细菌。

也许只有这样，才能让"地球 2.0"上的人类像在跃迁之前一样繁荣，或者至少是局部的繁荣。

"海德拉号"降落在杂草横生的跑道上，活像一只大蛤蟆。

行星信息科学家表白寺侑子先从船上下来，身后跟着两个女兵。李奇云回到"深潜者"号的实验室提取海底泥沙的"宏基因组"，从舷窗里往外看。当兵的在附近转悠，百无聊赖，不时射杀接近的生物。

超声波正在将 DNA 打散，李奇云在一边等候，心里想着那对瑞典兄弟到底有没有修好一个卫星。等离心管里那些液体分离得差不多，他开始扫描"宏基因组"。他所提取的海洋环境中的"宏基因组"，可能会对"地球 2.0"的生态大循环起到一定作用。比如刚刚提取的海水中有一类细菌无时无刻不在产生硅化物，就像无数冰晶一样反射恒星的光线，以此调节海洋里的光线和温度。我们大可以把它们的功能基因转入"地球 2.0"的海洋微生物中去，但那不是一时半会儿能够完全做完的工程，海洋实在太大了，陆地上的大多数人对此根本没有概念。

当兵的开着牵引车把两艘船接驳起来，这辆车可能是这个机场曾经用来牵引空天飞机的，他们修复了轮胎，发现这东西虽然锈迹斑斑，但还和飞船运输车燃料兼容，所以就用了起来。

李奇云嘟囔了一声"干得还挺起劲"，就端着数据穿过接驳口，进了母船的实验室。

诺里斯正在键盘上敲敲打打，没回头就打招呼："李，恐怕那兄弟两个还没有修好任何通讯设备。"

这个老毒虫可以通过脚步声来分辨人。李奇云一双死鱼眼看着他。

他转过身，不为所动地继续说："我觉得下一步的协同工作会有危险。你知道，卫星修不好，定位系统就不能用。"

李奇云尽量用事务性的态度问："那海底观测系统还能重启吗？"

"那不是你们几个人能做到的工程。"诺里斯假慈悲地耸耸肩。也就是说，李奇云可能还要多次潜入更深的大洋深处，去找那些数据。想起那么深的大洋底他就想吐血。

诺里斯把电脑让给他来分析刚才的芯片，自己出去不知道干什么了。

微流体芯片中的孔洞可以分批储存海洋中的单细胞生物，或许还有病毒。分析方式和土壤微生物的"宏基因组"类似，但是在此之前李奇云要用光谱仪粗略地检测它们的元素构成。

对照大灾变前的数据，除了细菌中的铁和硅元素比他想象的略高，其他也没有别的大区别。李奇云想，也许是因为大陆崩塌和水循环，让太多陆地物质流入了大海，所以含量才这么高。他把一部分细菌培养起来，让超级电脑分析剩下的遗传数据，自己走出实验室。

过道里遇上表白寺侑子，她似乎也是要去实验室的，但瞪了李奇云一眼就改道走了。

啊，这种看变态一样的眼神。

李奇云又气又笑，对诺里斯的恨意又增加了一分。

李奇云回到房间，坐在床沿。现在这支小队里面没有人喜欢他。因为首先他之前是囚犯，其次他的罪名是虐待少女，最后他占用了宝贵的科考名额。

但李奇云没有在意这些东西。他的案底绝对不光鲜，无论怎么洗也洗不白了。这也是在强调道德的山顶人眼里，他如此不受欢迎的原因。小队成员纷纷讨论诺里斯为什么把李奇云这个人送进牢里又捞出来，还塞给他来地球科考的任务。团队里就这么缺一个罪犯吗，还是对诺里斯恨之入骨的那种？

但只有李奇云自己知道，踏上这段旅途意味着生命随时就会终结。

想到这里，他往窗外一望，接着就呆住了。

只见诺里斯走在外面的大风里。这个疯子根本没穿防护服，也没戴头盔，黑色络腮胡被风吹得一抖一抖，手里还拿着一根……烤得有点焦糊的玉米。

在他的前方，那群士兵也纷纷傻了眼。

走过李奇云的舷窗时，诺里斯还往里面瞄了一眼。

他朝李奇云举起那根玉米，眼神轻蔑。

——可是地球上哪来的这么饱满的玉米？

4

李奇云挑着一边眉毛，看着这个穿着不合身的工作服、光着两条腿的少女在自己面前狼吞虎咽。

农业领地的补给量被"地球 2.0"计算得相当精确，断档一周他就会饿死。而现在又多了一个人。

"地球 2.0"对环境的控制可谓无微不至，唯一让人觉得有争议的是人道主义在其中的地位。因为"地球 2.0"的正常运转会收集海量的数据，以便提供更精准的服务，这意味着自由和隐私总是要牺牲一部分。

当然，一些山顶人声称，如果当时"地球 2.0"采取了另一种集约化技术路线，人类可能就是像沙丁鱼罐头一样码在城市里了，而不是像今天这样在艰难环境下实现良好的生活体验。这些人很难理解城市定居者以外的生活：在人类生活圈中，从内向外还依次分布着工农业生产者、流浪者、开荒人。他们脚下的土地的确很宽广，但也很贫瘠。

与此同时，这个巨大的信息处理中心还会给人类反馈一些惊人的信息。

其中的一次反馈，左右了人类对胚胎修改的决策。

当然，这跟人类已经很难再忍受那些本来可以避免的疾病有关。精密化工和生物制药的成本很难再降低，所以他们尝试用一系列的 DNA 修饰工具对人类胚胎的基因进行修改，就像修改玉米和"三季鸡"那样。

这些工具统称为"启动者"，原型是一些细菌中的生物元件，它们可以入侵并且修改胚胎原本的遗传信息，就像射手打靶，但是射手也总有脱靶的时候。也就是说，那些工具会以同样的机理，对正常基因也做出同样的改动，而且无法被胚胎本身的修复机制修复。

那次实验之中有很多此类不健康的胚胎，有些就此夭折，有些慢慢长大，但在日后要么表现出残疾的性状，要么有伴随一生的疾病。因此，尝试紧急停止，"地球 2.0"数据刷新。

而这些活下来的人，后来被称为"脱靶者"。

阿绿就是这样一名"脱靶者"。她还算是幸运，活到了现在，也没有缺胳膊少腿。

"不好意思，我明天就不会再打扰了……"她把饭盒举在头顶。

经过刚才的边吃边聊，李奇云知道了阿绿的身世。她十几岁的时候被抗议组织救出培育中心，打了三年零工，后来因为组织解散，就成了流浪儿。流浪者的社区是混乱的，有时可以定居，有时需要在各处走走，挣些微薄的收入。

"什么'脱靶者'，根本就是他们想撇清责任罢了。"李奇云总结道。

阿绿活得可谓粗糙，但她身上有种优雅是李奇云没有的。相比之下自己真是太不修边幅了。他三个月没有进城理发，只能随便把头搞得像鸡窝，身上的工作服泛白，他甚至强烈地觉得自己应该立刻冲出去收拾一下卧室。

阿绿只是身体有些虚弱。李奇云拿出些绷带，替她包扎伤口。刚被变量收割机收割完的玉米植株会留下硬茬，就像利刃一样。很难想象她是怎么深一脚浅一脚地从玉米地里跑出来的。

"你的中文和英文都不错，没有想过再去山顶吗？"他尽量不过多关注她雪白的小腿和纤细的脚踝。

她有点害羞地回答："我没有受过你们这类专门的教育，应该不会找到很合适的工作吧。"

说的是，而且一个单身的女孩子，在山顶的城市里无依无靠，也许还不如在流浪人的社区里过得开心。李奇云就这么有一搭没一搭地瞎猜。

"那你准备回去？找到那些失散的人？"

阿绿点点头。

"我这里也挺安全的，你可以先赚钱再治病。"李奇云小心地剪断绷带，"我可以给你发工资。"

阿绿又摇头："我很麻烦的。经常晕倒、脱水，常年发低烧，也干不了太重的活，能帮得了什么忙呢？"

"我一个人忙不过来。"他指指屋里，"这里面有两万只怪物。"

她抬起头笑了："请放心吧，我不会走太远，会经常回来看你的。"

"啊，是吗……"李奇云挠挠头。她的笑容太甜美，他不知道接下来说什么好。

"那太好了。"他说。

第二天早上，当恒星的光芒洒在这片灼烧过的大地上，李奇云被门外的吵闹声惊醒。此时他脸还没洗。

他走到瞭望口往外瞧，焦土之上，简直是战争过境的场面。阿绿躲在墙后面隐蔽起来。

当兵的和流浪汉们分开阵营，半坐半卧地喘息。

流浪汉们的眼神简直可以用贪婪来形容：他们盯着李奇云那不算温暖但是坚固的大房子、房子前面种植的蔬菜，还有那辆蚂蚱色的 RG5000 混动。

当然最重要的是，鸡舍里的那些鸡可以吃。

由于金属被全面控制，那些流浪汉只能拿着可怜的火山玻璃石作为武器，绑在不知从哪里砍来的速生树干上。好样的，李奇云想，我这里可以随手拿来用的武器可是数不胜数。

流浪汉阵营里有一个刀疤脸走出来，手里竟然拿着一把铁制武器——只是从旋耕机上拆下来的一片刀刃。

"把那个姑娘交出来。"刀疤脸喊。他的英文有点奇怪。

"实验重地，闲人免入。"李奇云向门外一挥手。

阿绿小声说："他们人好多。"

李奇云指了指头顶通电的高墙，表示他们过不来。但是，他真正忌惮的是那帮当兵的，因为他们看起来对这种事视若无睹。领头的一个光头贝雷帽看起来有法国血统，正坐在那里假装四处看风景。的确，他们达成了

36

某种无声的协议。

刀疤脸试探几下，发现贝雷帽没什么举动，便肆无忌惮地示意手下过来砸门、撬门。一个试图翻墙的干瘪青年被电网击下，引发了一阵自乱阵脚的骚动。

阿绿拽拽我衣角："要不我出去吧？这是他们的老大。"

李奇云满不在乎："智商这么低的人，一定不是老大吧？"

刀疤脸在外面大喊："你这小子在跟谁说话？我听见了！快把那姑娘交出来！"

他"嘿"地发力，从门洞里飞进来一根矛，擦过李奇云鸡窝一样的头发。

李奇云火了，捡起矛从墙内"嗖"地扔了出去。他冲外面大喊："长得还没有我的鸡高就来打劫！还有那帮当兵的，想吃鸡就不怕我去军事法庭告发吗！统统滚回玉米地里去！"

阿绿捂着嘴窃笑，朝他竖竖大拇指。

"加油。"她说。

李奇云更起劲了："如果你们再敢动一动，我就把每天的两吨肥料当柴烧掉。"

在他这里，每只鸡每天可以生产 0.1kg 粪便，经过烘干消毒后，会作为有机肥料播撒在土壤里。这句威胁对士兵比较有效，他们里面总算有明白人，知道这样会扰乱"地球 2.0"的日常判断，于是贝雷帽朝刀疤脸使了个什么眼神，让他们暂时安静下来。

十分钟后，两拨人马觉得讨不到什么便宜，然后就撤了。

"刚才好险。"回到屋子里后，阿绿不安地坐在椅子上。"那个脸上有疤的人经常带着这帮人在社区鬼混，我们都叫他'刀疤'。"

"那种蠢货可没法闯进来。"李奇云大喇喇地摆手。

接着又装作不在意地强调："倒是你，最近就不要出去了。"

阿绿突然有点害羞。"那些当兵的肯定是怕惹到麻烦，所以才不愿意帮刀疤。但是他们如果真的联合起来……"

"那时我会通过公司让军队介入。不过话说回来，他们好像很想带你走。"

她点点头："我在那里……算是年轻人里面比较健

康的。"

这句话让李奇云想起类似"圣女"一样的角色。其实流浪人也都是有知识的后代，他们也知道优生优育的重要性。但没有了传承，知识会变得以一种近乎信仰的方式存在……

"所以，以后会很麻烦。"她说。

李奇云刚一张嘴，车声就在门外响起。

"眼前的麻烦已经来了。"他赶紧让阿绿躲到药柜后面，然后用一个拌药的大塑料桶挡上。

诺里斯推门而入。他进门时四下张望，显得忧心忡忡："听说昨天火势失控，还有冲突事件，你没有事吧？"

李奇云回答："没事，我们距离火场有一段距离。"

"我们？"

"我和鸡啊。"李奇云努力挽回，他有点想死。

诺里斯被逗笑了："真是辛苦了，昨天的雷声也很大吧？注意那些鸡的应激性，千万别让它们被雷吓死。"

诺里斯先生在人前就是这样一副文质彬彬的样子。但是他慢慢地往药柜那边走去时，李奇云的心提到了嗓子眼儿。

诺里斯打开药柜："硫酸粘杆菌素快用完了？"

"已经发邮件让他们配送了。"

诺里斯点点头，掏出几罐铁皮罐头放在桌上："这是我们新开发的组织培养产品。"

李奇云瞥了一眼。上面用英文写着"牛肉"。

"谢谢您，诺里斯先生。您不必亲自过来一趟啊，有什么事邮件沟通就……"

"你还是那么懒洋洋的啊。"诺里斯摆摆手，"不过既然万事安全，我大可以放心。"

李奇云从大门外面一直目送诺里斯的车开出田间，接着就跑进屋里，然而阿绿并没有出来。他搬开塑料桶，发现她昏倒在那里。他把她抱出来放在桌子上，想看看是不是哪儿受伤了，她却自己醒了过来。

"真的会晕倒？"李奇云吃惊了。

阿绿勉强笑了笑。"那个人是谁啊？你好像很害怕的样子。"

"只是有点紧张。如果被老板发现了，你就不能待在这儿了。"

"外人勿入吗？我就说会妨碍你们的规矩……"

"是制度。但是……一次也没被违反的制度不是太可悲了吗？"李奇云挠着鸡窝头说。

接下来他又违反制度煮了一锅鸡汤给阿绿喝。阿绿说这样晕倒不只是一次了，并不是他把她塞到药柜后面的错。

但李奇云没敢把她送到山上的医院。当然，出于人道主义的考虑，医院也许不会把这个无关紧要的"脱靶者"交给什么组织去研究，而是会正常救治，但是李奇云出于私心，怕她从此一去不回。

李奇云看着自己的双手。如果这双手能亲自救好阿绿……

"我说，"他开口，"就留下来嘛。也没有太不方便的地方，对吧？"

"嗯。"阿绿放下汤碗，轻微地点点头。

李奇云心中一阵狂喜又有小小的不安。他觉得阿绿虽然低着头，但早已看穿他那点卑鄙的小想法。

这使李奇云更加悔恨。后来他多少次从睡梦中醒来，还是常常因为这件事而失魂落魄。

5

还没等李奇云走下起落架，诺里斯就又带了几个贴身的士兵，开着他那架小型飞船"伊斯号"不知去向了。

乔伊中尉和几个士兵在那里围观玉米，他们之中有几个胆大的已经把头盔摘了下来，但没人敢去尝试吃那根玉米。

李奇云走过去，乔伊中尉跟审犯人似的对着那根玉米瞪眼。

那的确是饱满的玉米，而且是刚刚摘下来的，不可能是"地球2.0"上带过来的玉米。李奇云想，谁会相信在人类离开地球后这么久，这里的玉米还能长得一副想让人把自己吃掉的样子？

"这是一种复活吗？"不知道中尉说出的是不是问句。

李奇云没有回答，而是反问他："飞行器上有通讯设施吗？"

中尉摇摇头："没有。"

"士兵身上呢？"

中尉继续摇头。

李奇云火了："手下也指挥不动，滋味不怎么样吧？"

乔伊挺直身子："你什么意思，博士？"

李奇云不愿意和他发生冲突。"我还是自己去问表白寺吧，看她知不知道诺里斯这个疯子在搞什么鬼。"

按照李奇云的推测，表白寺侑子在联合国应该是有些军方背景的，她来这里也绝对不只是因为科研，而是有评估诺里斯工作的意图。谁叫剩下的那些老头子没法经历这么颠簸的旅程，只能派这位高挑干练的冷美人来呢。

表白寺正在试图和卫星通话。她回头看了李奇云一眼："有事就说。"

"侑子小姐，我想了解诺里斯先生的工作情况。"

"你是不是疯了？"表白寺的脸庞冷若寒霜，"请摆正你自己的位置。从你一路上的态度我就看出你对上级有偏见。"

"不是偏见，是怀疑——所以果然是有秘密任务的吧？"

这句话让表白寺脸一红。面前这个男人随意地摆弄操作面板上那些不认识的小棍和小按钮，让她猜不透意图。

"那可不是你职务范围，李君。"她说。

"职务?"李奇云干脆一屁股坐在面板上。"真是抱歉，自从我飞离'地球 2.0'之后，打心眼儿里就没再觉得这只是一次任务。我们中国有一句古话，叫作'将在外，君命有所不受'。在外面什么事都有可能发生，我必须为自己负责。"

"啊哟，真是没有纪律性，果然是当年那个在玉米地里骑着摩托车飞驰的年轻人啊。"

她看到李奇云好像被这句话呛到了。

"诺里斯现在是一副教主做派，有好多人都跟着他学得连防护服都不穿了。"他说。

"你的关注点怎么这么奇怪? 代表联合国对诺里斯的研究做出评估是我的职务，希望你也能遵守自己的……"

"这里对于'地球 2.0'来说已经是一个孤立的系统了吧?"李奇云抢白道，"侑子小姐真的觉得这很安全?"

表白寺认真地看着他。

李奇云继续说:"我听说这次旅程的人员安排时，才刚刚从狱中出来不久。我推开我们那位上司的办公室，就是那位叫格罗夫特的女士，我把名单拍在她的桌子上。这都是因为我听说队伍里只有您一位女性。"

"是谁让你替我做这个决定的？"冷美人的表情开始有点扭曲了，"请不要把你那罪犯的思维代入每一个人好吗？"

"我并非怀疑您这样的优秀女性不能应付特殊的场面，只要是在'地球2.0'上，哪怕是最不起眼的角落我也不会觉得它有什么不妥，但现在不一样。这毕竟是一个与世隔绝的孤岛，我们连能不能安全返回'地球2.0'都不敢确定，万一情况变得糟糕——我想什么事都有可能发生。"

"格罗夫特女士怎么说？"

"她说我这句话会同时激怒女性和军人，还说我恶心，说自己从来没想到过这种情况。但我并不认为他们会时刻保持军人的尊严，我和他们接触的时候可不是在酒会上。后来的事你也知道了，格罗夫特女士在骨子里还是觉得妥当的，出于对女同胞的关心，把三个人换成了您的贴身女卫兵。可能她觉得半男半女会显得更奇怪吧，谁知道呢。"

表白寺的表情舒缓下来。"好了，虽然听起来还是有点一贯的恶心……但还是谢谢了，我果然没有听说过这件事。”

“力所能及嘛。”李奇云从面板上蹦下来。

“作为交换，以及为了赶你走，你可以问一个问题。”
表白寺说道。

控制室的小灯闪闪烁烁，李奇云低头想了想。

“侑子小姐在这里见过野花吗？”

表白寺突然一怔。

“我正在寻找野花，或者其他什么可以种的花。这是
我对自己下的任务，如果您见到了，可不可以告诉我在
哪里？”

她没有答话。

“侑子小姐果然已经见过了吧？你们不会是见到了樱
花吧？”他穷追不舍，“在‘地球2.0’上，你们只在埃萨
埵斯山脉的温室公园里种着一株大岛樱。而且还挺难看。”

表白寺侑子叹了口气：“李君听说过千鸟之渊吗？”

这次李奇云只能茫然地摇头了。

“每到春天的时候，几百株樱花沿湖面开放，就像樱
花的深渊……父亲在叙述我家祖辈历史的时候，曾经提起
过家的附近就是千鸟之渊。白色的染井吉野，绯色的山樱，

想想就觉得世界是令人振奋的。父亲说，现在的日本可能就是因为再也看不到这种景象而失去魂魄了吧。"

那个冷美人脸上浮现出一种憧憬的色彩，眼神仿佛都"绯色"了起来。她趁李奇云还没出言嘲笑，转向他认真地说：

"诺里斯先生的技术，让我看到了真实的千鸟之渊。"

表白寺带着李奇云穿过道道走廊，来到她的房间。有几枝樱花插在那里。

"李君是个男人，为什么会这么喜欢花呢？"

李奇云轻轻触摸那片花瓣："为了满足一个人的愿望——不，是遗愿。她想看到花的样子，而山下面没有花。"

表白寺深吸一口气："之前无人机的航拍显示千鸟之渊水位上涨得厉害，树也都冻死了。但是我们过去的时候，我差点哭出来。诺里斯竟然复活了那些樱树。"

千鸟之渊长达数百米，这和复活一两株野化玉米相比，难度不可相提并论。

"内置了基因马达。把染色体的半数遗传修改为全数遗传，以便迅速传播。"

"什么？"隔行如隔山，李奇云一时没听懂。"这是一个秘密计划，但是你刚才的孤岛理论说服了我，我不妨透露一点。"表白寺说，"起初人类定下的准则就是，无论到什么时候都不首先放弃地球，也就是说，随时观察地球是否可以重新回归，或者至少作为退路。理论上说，这个东西能够复活因为严寒而被冻死的植物，恢复相当一部分生态。"

"你们把地球当成试验场地？"

"嗯，不得不说诺里斯是一个非常优秀的企业家。因为我们只能来几十个人，他主动要求来地球亲自进行这方面的实验。很负责的人呐！"

"那很难说是复活。侑子小姐，可以给我一枝吗？我想去检查一下。"

表白寺做了个请便的手势："如果李君有什么进展，也请随时告知我。"

李奇云采了一枝花，放进怀里就走了。

送走这个"瘟神"，表白寺摇摇头，走向控制室。和"罪犯"交流没有想象中那么不愉快，但她不太想有第二次了。

她在控制室忙了一会儿，李奇云又急匆匆地进来，递过那支花。

"又怎么了？"她问。

"脑子一转就能想到，和他生产毒品用的肯定是同一
种技术嘛！"

"生产毒品？"表白寺睁圆了眼，"谁？"

"还能有谁？"

表白寺呼一口气："请不要说没有证据的话，诺里斯
好不容易把你保出来……"

李奇云对她说："完全，一点，都不对。"

"真的吗？全都不对？……比如你的心理问题？"

"我没有心理问题！"李奇云把花抢回去，"边干正事
边说吧。"

表白寺极其生气。但她感觉到，他这次是真的开始
认真了。

6

"这是什么？"

阿绿指着院子里的残枝败叶问。这两天，李奇云给

她用了兽用抗生素，她的身体好了一些，但是还是有点低烧，只能随意走走。

"死了的牵牛花。"

"是会开花的吗？"

"嗯，据说很美丽，因为早上开花，所以又叫'朝颜'。"

"好古老的名字。"

"是啊。"

"我还没有见过花是什么样子的。"

"没用的，它们在山下就是不会开花，甚至种都种不活。"

阿绿站起身，佯装数落他："会不会是你的原因呢？毕竟你连自己都照顾不好呢！"

李奇云大笑："哈哈哈，说得也是。"

"看我的。"阿绿从旁边拿了把铲子挖起来。

"你身体不要紧吧……喂，那么挖是要把根挖断的啊！"

阿绿没有回答。她挥动铲子的样子有点弱，李奇云说要上前帮忙，却被她制止。

紧接着她就挖出一根又粗又长的蚯蚓。

"帮我生个火吧！"她把蚯蚓举给李奇云看。

"……哈？"李奇云张大嘴巴，"原来不是种花啊？"

串在铁丝上烤好的蚯蚓散发着香气。流浪者的社区缺乏肉食，所以会吃蚯蚓和昆虫来作为必要的补充。

"还习惯吧？"阿绿问。

李奇云连连点头。

他们两个人你一口我一口，吃了三条烤蚯蚓，然后踩熄了火坐在院子里休息。李奇云问，当天晚上的情形是什么样的。据阿绿的回忆，当时那场大火烧起来的时候，有很多人没有收到任何通知。

"这样吗……"李奇云感到非常疑惑。玉米田里每隔一段距离就有监控设施，无人机有时也在玉米田上空巡航，假如哪块田地被流浪者改造成居住地，应该是很明显就能看出来的，毕竟要整出那么大一块空地。

"这些无人机虽然飞得不频繁，但是它们的成像质量很高。"他向阿绿解释，"因为它们本身就是用来侦测玉米病虫害的，连叶片上的斑纹都可以拍下来给系统处理。"

"那些无人机我见过啊，都是从社区头顶飞过，没有什么异常的。"阿绿可爱地比画着飞机飞过的路线。

"这就奇怪了。这里面肯定有很大的漏洞。"

"其实社区里面的很多事情我都不了解。"阿绿抱着膝盖说，"但我现在好像回不去了。"

见李奇云不说话，她拿着铲子站起来：

"我们接着来种花吧。我一定要让它开花！"

接下来是李奇云感到最惬意的几天，没有人再来骚扰，也没有暴雨，他觉得烤蚯蚓是世界上最好吃的东西，觉得自己是世界上最幸福的人。

但阿绿还是很虚弱。

有一天下午她累了，在床上睡觉，李奇云骑上摩托车想去玉米田看看。

有些玉米会被黑粉病传染长出膨大的玉米瘤，那东西非常美味，被称为穷人的松露。如果能赶上有被烧熟的玉米瘤给阿绿补充营养……李奇云一边流口水一边飞驰。

这片地势略有高低不平，摩托正在穿过的是比较低洼的地段，积水干得慢，所以路上泥泞不堪。

过了这一段路，他发现路上开始有一段雨后的轿车车痕，一直延伸到远方。

从印痕就能看出这是一辆好车——不是农业检察官

那种批量生产的车型，更不是变量农机或者运输用车。

答案几乎就能指向一个人，前两天刚刚离开这里，那个"地球 2.0"上最伟大的工程师……

李奇云紧跟车痕一直向前开，车痕打了个弯，转向另一个地方。他没有继续往前追踪，因为有理由认为这辆车是在这里停留了一段时间来办什么事。他开着摩托车四处转转，并没有发现玉米瘤，却在两块玉米田之间发现一片被废弃的流浪者聚集区。

由于前几天的焚烧，这里已经荒无人烟，只留下一些生活垃圾。

李奇云又开始思考那个问题：这些人是用什么方法来逃过"地球 2.0"的监控的呢？

玉米田周围是两道沟渠，下面有半人高的水泥排水管。由于不是种植期，加之又下了暴雨，排水管并没有启用，他低下身子钻进去，发现它从侧面开了一个支线，里面传出一种浓重的腐朽气味。

这是一道门，钻进去后灯光微弱，没有一个人；再往前走几步，李奇云被眼前的景象惊呆了：

这是一个巨大的……蘑菇养殖基地。

看起来就像一间没有尽头的暗房。刚才的腐朽味道显然出自培养基，它们均匀地排布在台子上。

可是诺里斯为什么要偷偷地跑到这么一个种蘑菇的地方来呢？这个种蘑菇的地方为什么又隐藏在地下，在地上就不能种吗？

这项产业应该也是独立于"地球 2.0"之外的吧，李奇云推测。他环顾四周，发现一个熟悉的东西。

是那柄曾经穿门而过的火山玻璃长矛。

想到那帮凶神恶煞的黑帮分子主业可能是种蘑菇赚钱，李奇云就不禁有点想笑；但远处传来脚步声，他赶紧钻到工作台下面。

一个嘴里叽里咕噜的男人进来打开一台电脑，一边含混地自言自语，一边噼里啪啦敲打键盘。敲了有一会儿之后他"啊哈"了一声，然后又跑出房间。

李奇云从台子底下爬了起来，去看那台电脑。

电脑的界面并不是很难懂，有几个窗口像是监视器，于是他彻底明白了这地方是怎么回事——这帮人在欺骗"地球 2.0"。

总有办法骗过这样一个人工系统。变量农机、无人机等设备收集农业信息和图像，然后通过"地球2.0"系统反馈到自身，随时对耕作策略做出修正。另一方面，这也是这些产品保护自己专利权的关键所在——没有经过授权的变量农机和普通的农机没什么区别。

基于这个前提，有些人会找到黑客破解自己的变量农机，让它们不经授权就可以接入"地球2.0"系统，享用海量的大数据带来的便利。

李奇云眼前的这台电脑就在干这件事，但是显然有不同的方向：它将错误的信息发送给农机和无人机，让无人机相信自己扫描到的是正常的农田而不是流浪者聚集区，让变量农机在收割季节绕道而行，但"地球2.0"系统会以为这块地是正常产出玉米的。

就这样，它在"地球2.0"的眼皮底下大费周章地造出一个……蘑菇养殖基地吗？

他还是不太明白这么干是为了什么。至于那些普通的流浪者的死亡反而更容易理解了，他们也许是交了什么保护费之类的东西，托这帮人把自己的栖息地隐藏起来。系统没有通知这些被漏掉的人，他们反而因此丧命。

接下来，李奇云又在电脑里找到了这座基地的设计图。另一个出口在玉米田里面，毕竟排水口不是很方便运蘑菇，他猜想。

但有一点他能肯定，那就是这图绝非刀疤那帮文盲能够搞定的。有开辟洞穴用的炸药库，有接入灌溉系统的给排水管道，有集体宿舍——肯定是行星系统公司的人做出的设计。

他沿着刚才那个碎嘴黑客离开的方向摸出去，这里安静得很，可能他们也不想弄出太大声响来引起什么没必要的注意。

他摸到了出口的门，那是一块沉重的铁板，他费了好大劲才举起一条缝，看看四周的焦土，没有任何人。

李奇云钻了出来，环视四周。如果在玉米的生长期，这道门一定会被假冒的玉米伪装得好好的。

会不会太顺利了？李奇云没有想太多，恒星又要收起它照耀了一天的光辉，他该回去看看阿绿了。

阿绿烧还没退。抗生素对她起到的作用好像也不大了——这时李奇云才明白，她的病因是肠道根植细菌有问题。

胎儿在母体内的时候，肠道内并没有细菌，在分娩后接触到外界一会儿，细菌才会慢慢地在人体内定植。它们可以帮助人类进行消化和吸收，而阿绿的缺陷是很难正常根植这些外来的共生生物。

李奇云喂养过的畜禽有时也会出现这种症状。他思来想去，决定尝试用肠道细菌移植的方法来治疗她。这是一种听起来很难让人接受的方法，虽然它在古老的地球时期就已经被作为正常医疗手段使用了：把正常人的粪便经过处理和稀释，植入患者的肠道。

李奇云望着阿绿。他好不容易才可以开口讲述这个主意。

"你体内缺乏的这些东西，可能是我们身上最大的谜团。"李奇云语无伦次，没讲几句就满头大汗，"我们的身体里寄居着很多细菌，数量可能是全身细胞的十倍左右，但是我们从来很少注意过它们……它们数目非常多，就像……"

见鬼了，我为什么要讲这些？李奇云想。

"就像星星。"阿绿虚弱地提示他。

"对……"李奇云挠挠鸡窝头，"就像星星。我们和它们共享这个宇宙，但是对它们并不了解。总有星星期

57

望我们察觉，总有新的生命令我们不解。但是我需要让你接触它们。"

"所以那些……是你的？"阿绿脸红透了。

李奇云重重点头。

"那就没有关系。"

李奇云愣住了。

阿绿接着说："其实这段时间下来，我已经习惯和你住一起了。"

李奇云头一次感到手足无措。他慌忙改口："要么，或者……我带你去山上的医院。"

"不。"阿绿坚定地摇摇头。

她给自己鼓劲似的"嗯"了声，接着说："就麻烦你了，反正我们只有两个人……做什么都可以。"

李奇云摸摸她的脑袋。"我会好好设计手术的。"

几次手术进行得都很顺利，他预计再有一到两次，阿绿的病情就会有好转。

阿绿听到这个消息时，正默不作声地侍弄着牵牛花。李奇云问她是不是有哪里不舒服？

"没有，我是在想……唉，该怎么报答你呢？"

李奇云把双手撑在脑袋后面，顺口胡诌："就让它开花吧。"

但这就是一切错误的开始。手术的过程，有一部分被诺里斯的微型设备拍了下来。

那天下午诺里斯开启视频通话，界面打开时，他瞪着李奇云，什么话都没讲。

李奇云则尽量假装没有发现诺里斯和黑帮私底下养蘑菇的事，但是诺里斯始终不说话，不知他究竟意欲何为。

没想到他鬼笑了一下，简单地说了句："来趟我这儿。"就关掉了通话。

"要出去吗？"阿绿问。

李奇云"嗯"了一声。他安排好阿绿，就骑着铃木摩托，驶去山下的升降梯了。

李奇云没有意识到，等待他们的是怎样的要挟。

诺里斯在办公室迎接李奇云，给他看了自己拍到的那些图像。李奇云又是震惊，又是恐慌。不止如此，李奇云潜入蘑菇养殖基地的一举一动也已然尽收诺里斯的眼底。

诺里斯比他大十四岁，行星系统公司的股东，总工程师。李奇云说："我实在无法想象你能从我这里得到什么。"

诺里斯抬起一根手指，让他不必多言。"你有一点和我很像，年轻人。你很明白山上的这些道德、准则，那只是一些虚伪的托辞……我希望你能再进一步。"

"修改'地球 2.0'系统也是你给出的漏洞，对吧？"李奇云自顾自地问。

"何必那么逞强呢？你一直都是个随意的人。"诺里斯拿出一个小瓶放在桌面上，"要来一点么？非常纯正。"

李奇云顿时明白了。那些地下种植的东西不是普通的蘑菇，诺里斯用"启动者"修改了蘑菇的基因，让它们可以生产致幻剂。

"我回去写辞职报告。"

"你那个姑娘，是脱靶者对吧？"诺里斯问。

"我不认识那些脱靶者。但是因为那个漏洞，那天晚上有上百人伤亡。"李奇云一步步往门口退。

"那是他们的选择呀。"诺里斯摊开双手，并没有阻拦。

李奇云乘着升降梯下楼，找到摩托车，向鸡场飞奔而去。

7

超级计算机的指示灯一闪一闪，李奇云躺在靠背椅里，口干舌燥。"后来的判决，你们都知道咯。虐待女性致死——虽然只是嫌疑;但擅离职守是板上钉钉的。总之，是一名不务正业的变态。"

表白寺长舒一口气。"也就是说，你和那个姑娘是恋人关系，并非当年所说的胁迫?"

"从来没有确定是什么关系。"李奇云把腿跷到面板上，"我想，说是普通朋友更合适吧。"

"那不重要。"表白寺和善地笑了笑。

"是啊。再说，后来哪来得及呀。"

表白寺自觉失言，谈话陷入可怕的沉默。

似乎是为了打破尴尬，电脑发出一阵洗衣机烘干终了似的提示音。

李奇云从椅子上一跃而起:"深海细菌全死了。"

李奇云赶紧分层提取培养液的样品。细菌是破裂开的，那些含铁和硅的成分全部被析出到培养液里沉积下去——是病毒干的。

就像海洋里的病毒无时无刻不在感染细菌和古细菌，每天释放数十亿吨生物物质参与整个地球的物质循环，这些培养液里也在进行这个过程。大灾之后必有大疫，这也是海底正在进行的一场瘟疫。

"我明白那些樱花出了什么问题了。"李奇云回头说。

李奇云让表白寺侑子叫来了乔伊中尉，因为他一个人恐怕请不动他。

乔伊问："所以那些玉米到底是怎么回事？"

李奇云指了指玉米的基部，上面有一些黑斑。看来烧烤的痕迹掩盖了更多黑斑。

"这根玉米看起来像是活灵活现的，但那只是一种假象。诺里斯肯定是用什么技术感染了玉米原株。可能是借助某种真菌或者病毒，把特化后的'启动者'导入到玉米里，而且这些基因的表达的性状取代了这株野化玉米本身的发育。黑斑就是它副作用的表现。"

乔伊："听起来就像是计算机病毒。"

李奇云点头："在前地球的生态里面这种例子很常见。有一种真菌甚至可以感染木蚁的脑部，让被感染的木蚁爬得更高，然后咬住树叶死去。最后这种真菌的孢子从尸体里分离出来传到更远的地方……并且感染其他蚁群，让自己的种群得以繁衍。"

"控制躯体？我还以为自从有了'地球 2.0'，巫毒教就消失了呢。"乔伊抱着枪大大咧咧地说。

李奇云警告他："这种病毒即便不侵染人类，也可能会引起过敏哦。"

乔伊脸一白。

"可是他为什么要这么干？"表白寺问，"仅仅是为了蒙骗联合国？"

正在他们你一言我一语的时候，超级电脑输出了玉米和樱花的结构学分析结果。

李奇云把分析结果导成一份空间结构图："它的架构是基于一种拟菌病毒。与普通的病毒不同，这种病毒拥有完备的蛋白质装配链。无数预设好的开关，达到特定的诱导条件就可以表达相应的基因……也就是说，人工加工过的痕迹。"

表白寺干咳一声："联合国的计划只是验证这种工具能否作为外力让动植物恢复活力，或者让一些野化种恢复人工种养时的性状。"

"现在看起来没那么简单。'启动者'作为基因修改的工具之所以危险，是因为它相当于一种万能修改器。诺里斯把它和这种病毒结合在一起，得到的结果是一种……破坏力极其强大的东西。"

"那为什么我们不被感染？"乔伊开始觉得浑身难受。

"暂时没有诱导那些基因启动而已。病毒这东西，我们通常认为它不是生命，只是一些能够在某些时候表现出类似生命行为的东西，一些生物大分子机器的组合。而这种新工具更类似于生命本身，它可以根据环境的变化决定自己要不要进行某种行为。诺里斯是真的疯了。"

趁着大家一言不发，李奇云关掉电脑，把样品全部销毁。

"等等，李，你不会是要……"表白寺回过神来。

"我可不想一个人死在地球上。"

"我不会让这种事发生的。"乔伊又拍拍枪，"谁也不能动武，这是制度。"

"先看看你的兵被架空了多少吧。"李奇云仍然用那种无谓的态度回呛道，"一次也没被违反过的制度不是太可悲了吗？更何况——这是孤岛。"

8

从山上下来后，李奇云心烦意乱地开着摩托，一路上胡思乱想：应该怎么把阿绿安全转移？应该去哪里寻求庇护？但是眼前最要紧的是，不知道诺里斯会用什么东西来对付自己，所以还是先回去收拾铺盖为妥……

但是车快要开到鸡场时，李奇云傻了眼。

有什么东西正从鸡舍里飞出来。那些东西长度有一米多，浑身是雪白的羽毛，背后的一排翅膀像波浪般扇动，在鸡舍上空盘旋。

是他的"三季鸡"，那些外号"飞棍"的鸡。

高压电墙被突破了，李奇云把车开进大门，那里变成了一片狼藉战场——那群士兵和流浪人发疯似的在喊打喊杀。他们之中肯定有人嗑了那种蘑菇药。

李奇云管不了许多，停下车一心去找阿绿，但是哪里都找不到她。在他的身边，上瘾者们忙着和鸡搏斗，那些猛禽被吓到了，正在以体型与数量的优势优雅地杀人。

两万只猛禽，一半在高空飞，一半在半空追。盘旋，突刺，缠绕。

一个当兵的爬到李奇云面前，他满脸是血，背上有一个洞，肠子被拖出两三米远。

"博……博士……"他虚弱地呼喊。

李奇云把他踢到一边。有几只鸡想要围攻他，他拿起一根棍子吓唬了几下，它们飞去了别的地方。

他叫着阿绿的名字，没有回应。她可能已经被带出鸡场了。那帮人把他的鸡场搞得一团糟，鸡屎和饲料撒得到处都是，外源空气不可挽回地灌入整个养殖室，甚至没有一个人帮忙把空调关上。

李奇云难受极了。

他从鸡舍里回到院子，头顶和耳朵被鸡啄破了，血从他眼前流下来。

他四处望望，角落里停着 RG5000，那个贝雷帽军官似乎对它很感兴趣，蹲在那里看怎么发动，嘴里还发出"嗬嗬"的无意义音节。他脚下踏着阿绿种下的牵牛花。

李奇云感觉自己的脑袋在晕眩。他拿着棍子走上前，用最大的力气打在贝雷帽上。军官咕嘟了一声倒在地上了，有血从鼻孔里冒出来。李奇云把他的枪拿到手，往他的头上补了一枪，发动摩托车骑向玉米田。几个嗑大了的人朝着他扑过来，被他一人一枪射倒在地。

不错的枪，李奇云想。

在那片焦黑的空地上，有些"三季鸡"被剥好了，一条条地挂在玉米秆上，有几个流浪者在那里百无聊赖地巡视，其中有个人是刀疤。他们远远看见李奇云，就拿着刀子冲上来。刀子是那群军人的，说明……他们还藏着枪。

李奇云开车撞倒了其中一个，然后跑下车。

另一个挥刀过来，他闪过这一击，潜到对方胸前，一拳勾在他的下巴上。

这太慢了……再不找到阿绿就晚了。

李奇云下定决心，向两个人开了几枪，他们应声倒地。刀疤愣在那里。

"我要那个女孩。"李奇云说。

"不要再闹了，朋友，你都不知道我们为你做了什么。"刀疤举起刀子做投降状，"他们让我们干掉你，但我们没有这么干。"

"你们只是怕背黑锅，想把脏活交给当兵的。我数三声，快告诉我阿绿在哪。"

"她是脱靶者。脱靶者要和其他脱靶者在一起生活。她要给我们生育后代。"

李奇云勃然大怒："她快要死了！你们治不好她的！"

对方不说话，但是他拿着刀，脑袋上又有刀疤，样子显得有点傻。李奇云看他这副样子，反而哈哈笑了几声。这下刀疤彻底被激怒了。

一声爆鸣后，李奇云右肩传来剧痛，枪也脱手丢在一边。一股热流从自己体内奔涌而出，刀疤拿着一把枪站在那里。

李奇云忍着痛扑上前去，压到刀疤身上，用体重把他放倒。刀疤趴在地上，收割过的玉米秆断茬像刀一样，刺得他连连惨叫。李奇云揪住他的头发，把他的眼睛按在断茬上，作势要毁了他的眼睛。

"我说，我说……"刀疤声音模糊，"她在下面。我们没有把她送回社区，她在下面！你现在可以通过了！"

"谢谢。"李奇云拾起枪，朝他脑袋扣了一下扳机。

李奇云在排水管里爬啊爬，黑暗让他冷静了许多。他感觉自己可能杀红了眼，他从来没干过这种事情，事后也不敢相信自己会这么干。

他钻进种蘑菇的暗房，阿绿就在那里，被绑在椅子上奄奄一息。

烧荒和暴雨给空气带来了新的过敏源，阿绿发烧非常严重。李奇云安慰她："我救你出去。"她也只是虚弱地点头。

李奇云这才发现那个碎嘴农业黑客也在旁边，他有个戴黑框眼镜的尖鼻子，此刻没有胡言乱语，而是在焦虑地噼噼啪啪敲打键盘。他问那个黑客："有退烧药吗？你们给她吃了退烧药吗？"

黑客慌乱地点头又摇头，然后指指炸药库的方向。

"漏洞关闭了，我搞不定。"那家伙说，"再不走就来不及了！"

又是夕阳西下。

摩托车在焦土中飞驰，阿绿在后座抱紧李奇云，剧烈的爆炸声和熊熊大火被永远甩在身后。

李奇云感觉到阿绿的手臂愈发无力。"坚持住，我送你去山上救你！"他朝身后喊。

"我可能快要死了。"有眼泪大颗大颗地掉进他的脖子，"我们停下吧。我累了，想坐一会儿。"

他们停在山脚，李奇云把她放在一片软软的干草地。

"你还在流血。"阿绿说。

"我没事，你休息下吧。"李奇云担心地看着阿绿，她却撕下衣服，帮他包扎起肩膀。

"真好啊，就像第一次见面那样。"她声音镇定，但是双手颤抖。李奇云把她扶好。

阿绿看着这片平原："春天要来了吧？抱歉，牵牛还是没能开花。"

"我还没治好你呢。"李奇云说。

阿绿虚弱地摇头："帮我找到有花开的春天吧。"

李奇云回答："还要有你……我要有你的春天。"

但他感觉阿绿在怀里慢慢变冷，她也没有再说什么话。

从远处照来几束手电筒的光芒，照得李奇云疲惫不堪。

后来，诺里斯公开了一部分照片，贴心地打上了马赛克。

李奇云在狱中提出了几次控诉，但是石沉大海，也没人能找到那次爆炸和诺里斯的联系。

李奇云每天都在孤独和悔恨中度过。他想，诺里斯什么时候会派杀手来灭口？然而杀手始终没有来，有一天却收到通知被叫去谈话。

他知道自己的生命可能要在回地球旅程中终结了。

李奇云问他们：“为什么是我？其他博士都死光了吗？”

没有人回答他。

9

乔伊抱着枪不说话。

“中尉，你是不是也曾经觉得完成这次任务就可以回老家复员？”李奇云问。

乔伊制止了他的煽动：“那是曾经，我现在改变计划了，我想立一个特等功。告诉我你们是不是觉得诺里斯要毁灭世界就行了。”

李奇云举起手说——“是”。

乔伊又看看表白寺。她皱着眉把头扭到一边，但还是举起了手。

表白寺找来她的三位“娘子兵”看守指挥舱，自己和李奇云发疯似的在船里翻箱倒柜。

诺里斯如果要播撒他的那些病毒，就要先勘探好地球的现状，再选择投放地点，那么他应该会事先把病毒原株放在什么地方。

十五分钟后他们在指挥室碰头，每个人都是一无所获。

表白寺："看起来东西是在'伊斯号'无疑了。"

乔伊烦躁地说："为什么卫星还没有修好？伊斯号出去那么久不会是不回来了吧！"

话音刚落，一个女兵跑过来："侑子姐，外面开战了，请您立即掩蔽！"

李奇云跑到舷窗往外瞧，果然"伊斯号"那个小不点已经悬停在外面了。陆地上，枪口闪出的火花此起彼伏，乔伊的手下不知何时分成了两拨。

"糟糕。"乔伊脸一红。

这时诺里斯的声音在控制室里响起：

"哦——哦——哦。看来你们都猜到个大概了啊。"

表白寺抓过话筒："你毁灭生态的目的是什么？"

诺里斯笑了："我得说你们的分析还不够远。你们发现现在的地球有长途迁徙的动物了吗？那些小型哺乳动物的体力根本支撑不了遥远的路程，而鸟类飞得稍远一点就会冻死饿死。没有寄主，哪怕是万能的病毒也难以传播啊。"

控制室里的人们静静地等他往下说。

诺里斯干脆打开视频通话。他的脑袋显示在屏幕上，身后有一个巨大的铁球，上面还有阀门和浮囊。

"我要做的并不是毁灭，而是重建。"

乔伊插嘴："听起来并没有好很多。"

诺里斯像个大人物那样端坐在椅子上："你们看，组织性，它是从无机物里诞生出有机物的过程。有机物可以实现一些复杂的功能，把更多的有机物联系到一起……这就是生命形成的过程。当然，我并不是说生命就是由简单到复杂的无趣的递进，那些单细胞的细菌，还有只含有十几个基因的病毒，现在全部活得好好的，数量比人类还多。它们用简单的结构抵抗过了灾变。我喜欢这些小小的有机物。"

"那就跟它们去过日子吧。"李奇云刚要关掉屏幕，诺里斯突然说道：

"也许你们都不知道，我其实是一个脱靶者。"

李奇云的手停住了。

"我费了好大精力，一步步成为这个星球上最伟大的工程师，其实有一个原因——想知道我们这些基因修改过的人类，能不能用相似的手段做一些其他事情。"

"我好吃惊哦，"李奇云回答他，"好可怜的童年阴影。"

诺里斯不以为忤："所以我造出了这个东西。李，你一定对它们很眼熟，因为你帮我养过鸡，你也理解我们脱靶者生存的艰难。谢谢。但是你只看到了它的一种形态，大型病毒，自己能够翻译出蛋白质。但是我身后的这个东西——来，和大家打个招呼——它里面装着的成分可是有不同的角色。装配工、修复师、卫兵……从Ⅰ到Ⅶ七种形态，我想这应该能够扫荡出一片天地来吧？"

"你是想从头创造一条生命链。"表白寺冷冷地盯着屏幕。

诺里斯满意地笑了。"我必须实现它。因为在山上的日子里，我找到了我自己的信仰。听听这个——'ingooi-Itsi ton, Sam yin o–Shua tim'。没人知道？很遗憾。"

几个人面面相觑的时候，舱门打开了，几个士兵冲进来开火。乔伊马上进入了掩护状态。

"对不起，"诺里斯的声音还在舱中回响，"本来只想消灭一两个，可能在座诸位都回不去了。要怪就怪李博士吧。"

"随便你。"李奇云拽住表白寺就往后退。

路的尽头正好是"深潜者"号的连接舱。三个女兵已经受伤躺在地上，乔伊奋力打开"深潜者"的舱门，让李奇云和表白寺两个进去。

舱门关闭，乔伊自己守在了外面。

表白寺靠在侧壁大口喘气。"谢谢你那次的无理取闹，李君。否则在外面躺着的就会是我了。"

李奇云刚要作答，舱体一阵颠簸，强大的超重让他们伏在地板上——母船"海德拉号"起飞了。

"这个疯子要干什么！"表白寺的脸都变形了。

然后是巨大的失重感，接着他们撞上了什么东西，晕了过去。

三分钟后，李奇云醒过来立刻跑向舷窗。周围一片黑暗。

"'海德拉号'的时速可以和空天飞船媲美，"表白寺在他身后说，"它飞到大海上空，就这么把我们扔下来了。幸亏这船的减震不错，要不然我们立刻就会被摔死。"

李奇云一听说自己沉进了海里就开始想吐。他强打精神摆弄起仪表："嗯，好极了，我们的燃料一般般，电池一般般。最棒的是不知道我们现在在哪，不过好在我把垂直坐标稳定住了。"

侑子白了他一眼。

李奇云释放出一批微流体芯片机。这次没有章鱼游过来。"一个小时后我会告诉你这些微生物是浮游的那种，还是吃海底泥的那种。"他说。

表白寺丧气地往椅背上一躺。

"嘀——嘟。"

"什么声音？"她突然坐起来。"是中微子信号！是我们的卫星！它被修好了！"

"嘀——嘟。"中微子信号说。

表白寺兴奋地在键盘敲击，她想查出来这是不是包含信息的人工信号。

李奇云想问句"你也会弄这个"，说出口却成了"你的真实人格也很不淡定嘛"。

"信号返回。他们给出了我们的坐标。李君你看到了吗？"

"但是信号断断续续的。我们直直地往上走吧？我受够深海了。"他倒了杯热水端过去。

"能飞起来吗?"表白寺问。

"仅仅从海面上无法起飞,就好像上次借用了钻井平台才能和"海德拉号"会合的。但是看不到有这种平台。"

气氛陷入一段令人尴尬的沉默。

"我们还有一个东西可以借用。"表白寺突然发话,"但是有点冒险。不,是十分冒险。"

"说来听听?"

"我们的正下方有一条很稳定的海底河,指引到印度洋的海底信息站,是最后一条没有受到大地震影响的海底河。那里直直往上连着好多浮缆,只要能从那里上浮,我们就可以到达附近的一座钻井平台,离大陆架也很近了。但前提是我们必须沉到海底。"

李奇云痛苦地扶住脑袋。

"深潜者号"下潜到海底,那些地球上最隐秘的沟壑之间。它根据船身两侧的水线反馈自动调整航向,沿着海底河曲曲折折地朝信息站前行。

"半个小时了,我们的速度很快,海底站近在眼前。卫星没有返回信号。"表白寺单调地报站。

"比想象中安全。"李奇云百无聊赖，去看看流式细胞仪有没有在运转。

结果有点让他吃惊，细胞数量比刚刚又多出很多。

"海底河本来就是物质输送的大通道啊，"表白寺站在地球科学的角度解释，"所以搭车客也很多。其实比喻意义上这是地球的血管。"

李奇云又采集了一些海水样本，这次他用了光谱仪。铁和硅的富集量更高了。

"不太妙啊，侑子小姐。你还记得我们刚才假定的，海底正在发生一场大瘟疫吧？含铁和硅丰富的几种细胞死亡后自体溶解，把一些物质沉降到深海。"

"记得啊，不就是这些吗？"

"不，这些是我从活体细菌的匀浆里检测到的。这是一种不同的细菌，它们把无序的溶液又整合到一起……我总觉得这目的性太强了。"

"生命没什么目的。"她说。

"水流：Z轴下潜趋势，已进行反馈修改。水流：Z轴下潜趋势，已进行反馈修改。"

电脑响起提示音。

"我想我得往下看看。"李奇云打开向下的全部探照灯。表白寺凑过来。

他们看到那种景象，双腿发软，每个人都说不出话来。

他们自以为正在沿着安全的海底河前进，但除此之外，他们的正下方还有一个连一个的深渊。

一个个正圆形，深邃的，无底洞一般长在海底的深渊，仿佛昆虫的复眼。它们有些连在一起形成"∞"字形，有些正在冒着硫化的海底热泉。那些裹挟细菌的水流肯定是正往深渊里灌注，被深渊吞吐。

"凝视深渊过久，深渊回以凝视。"

李奇云简直是本能般地想操纵一盏探照灯照进那深深的黑洞中，看看里面究竟有些什么东西。

但是表白寺把手按在他的肩膀上，颤声说：

"不要。感觉会被吸进去。"

于是他停手了，他们再也没有去惊扰那些吞吐铁和硅的巨眼，只是拼命把船上浮。

表白寺躺在椅背上一动也动不了，好像深海恐惧症也被传染到她的身上。她突然说：

"我们不了解的东西，真是像星星那样多。"

"星星……是啊，像星星。"李奇云回答，"这船上有酒吗？"

"就不能等这事结束吗。"表白寺强压怒火。

李奇云机械地找到了平台，麻木地从那里起飞回到母船，直到和"伊斯号"碰面才打起点精神。他们一度想认输不干，但是那些士兵一直在用枪打"深潜者号"。最可恶的是，那该死的广播还能连上线。

诺里斯的声音说："真没想到你们还能活着回来，但是那已经没有用了。我正要去投递我可爱的生物机器人们——就在海里。"

李奇云拿过话筒："那你刚才真该陪我们下去看看。"

"不要试图拖延时间，你的朋友们都被我俘虏了。乔伊中尉的战斗力也一般啊。"

"你那些人的拘押能力也一般。"广播里传来乔伊中尉的对讲机声音，"还有，谢谢两位博士帮我转移视线啊。"

一辆小小的机场牵引车向"伊斯号"飞速驶去。广播里听得见诺里斯的嘲笑："就凭这辆小卡车？"

信号中断了。李奇云觉得中尉这下肯定完蛋了，虽然他脑子不大好使，但还挺讲义气的，李奇云怀着遗憾的心情趴在舷窗往外看时，却发现"伊斯号"被那辆小车撞了个趔趄，歪向一边，估计再也飞不起来了。

好在"伊斯号"的底盘比较低，被牵引车撞了个正着。

"伊斯号"被这辆小车撞了个趔趄，广播戛然而止。它歪向一边，也许再也飞不起来了。

"还活着吗，中尉？"李奇云冲着话筒喊道。

"我跳出来了。"地面爬起一个人影，"这种空天飞机的牵引车，重量比普通卡车头大十几倍，亏他还叫工程师呢。"

诺里斯和他的手下们被逮捕的时候，还保持着那可恨的志得意满，这让李奇云十分不爽。他喊住乔伊："接下来，联系一下那两兄弟吧？他们还完全不知道地球上的事呢。就是可惜了刚修好的卫星。"

"你们要干什么？"诺里斯问。

"当然是设计一条路线，让你的宝贝坠进太阳，否则押你们回程也不会放心的。"

诺里斯真正地愤怒甚至恐惧起来。他嘴里念叨："不！你们不能这样做，他们不会原谅我——也不会原谅你们的！"

"他们？"李奇云有点好奇，"你指谁？"

乔伊拦住他："这么大的事肯定有同党的。"

表白寺也朝李奇云点点头。李奇云知道，这已经不是自己能接触到的范围了——

"哎，所以你船上有酒吗？"他最后问诺里斯。

10

他消失的全身没有一处不曾
受到海水神奇的变幻，
化成瑰宝，富丽的珍怪。
海的女神时时摇起他的丧钟，
叮！咚！
听！我现在听到了叮咚的丧钟。

——莎士比亚《暴风雨》

李奇云有时会骑上 RG5000，去野地里种一些牵牛花的种子。他找来的深海细菌派上了不少用场，比如改造土壤细菌的全基因组。他贪婪地种植着，"地球 2.0"允许了他这种行为，它的自由度和运算容纳能力也在提高，没有把它们当作外来入侵种处理。

于是李奇云不客气地一路种下去。

另一辆混动摩托驶过来，驾驶员摘下女式头盔，是表白寺侑子。

"你没回鸡场？诺里斯招了。"

"不太关心，不过那两句诗是什么？"李奇云问。

"那两句其实算是句咒语，来自他背后的大组织。这件事远比你我想象得要大，你也会受到调查。"

李奇云打个哈哈："能有多大。"

"凝机意自动，散影物殊停。"表白寺念道，"读音是不是很熟悉？"

Ingooi-Itsi ton, Sam yin o-Shua tim……李奇云琢磨了一番。看来这个所谓的"组织"，的确比想象中要大得多。

"总不会比再看一次那些深渊更糟。"他说，"我这里倒有个好消息，那次发现的那些深海细菌，可以改造出一种产率非常高的冶金微生物。"

"最讨厌的就是那些东西。"表白寺抱紧头盔，"我这几天一直在思考那天我们见到的深渊，还有海底河运送的铁和硅究竟有什么用处，是修补，加固，甚至重建……但越是想，越是被一种恐惧充进脑袋。"

"也许你说得对，没有什么行为是行为，没有什么生物有目的。但是得了，干吗回忆那么多丧气事情？"李奇云一指地上。

表白寺撇撇嘴："能种好吗，这些花？"

李奇云把手里最后一枚种子埋进土地。

"当然。因为春天需要它们。"

一人得道

1

驱车驶向数码工业园的时候，天上的阴云仿佛随时都要塌方。

从高架桥上眺望郊区，有的地方火光冲天。桥上已经禁止了大型车流通，所以道路倒还算畅通无阻——相比两个月前的混乱情势，这已经是缓和下来的情况。

我作为本地报社的记者，要去拜访一位曾经相识的死者。死者名叫顾晓琳，这个名字曾经出现在我的笔下，那是一年以前针对手机装配车间女工生存现状做的一期常规报道。工业园区内有那么几家工厂以封闭和压抑著称，我的同行们曾经为层出不穷的自杀事件而赶赴现场。而顾晓琳活泼善谈，对未知事物感兴趣，给我留下了比较深刻的印象——但我没想到她最终也选择了这条路。

就当是某种祭奠吧，领导派我重回当时的采访地点，去进行回顾报道，让我再挖出一些东西来。

2

车载电脑在我眼前播放视频新闻，不用说又是关于灾害的。

"本台讯：在全球各国、团体的关注与援助下，欧洲、美洲大陆建设工作正在持续展开……海平面上涨给我国沿海地区造成了一定影响，有关部门正在努力进行防汛和疏散工作。专家称今年为'灾难年'，但表示与世界末日的传闻无关……"

无论世界是好是坏，此刻都和我没关系，我还是做点正事比较好。我指令电脑开启自动驾驶，让它为我读取警方提供的案件报告。报告索然无味，因为警方对死者的社会关系方面的了解还不如我的情报多。顾晓琳，21岁，入厂一年有余，住集体宿舍，和一名叫朱向群的女工友兼舍友关系最好，和厂里一名工程师丁建安有地下恋情，这些都是我一年前就已经查清的资料。

不怪他们，悬崖边缘，警力分配有轻重缓急。普通的自杀事件，确定并非他杀之后，他们的任务就已经完成了。最直接的自杀证据就是楼道楼顶摄像头的录像，它完整地记录了整个过程，的确是单纯的一跳而已，并无外人参与，也没有强迫的迹象。

但是我在警局的朋友胡庆强提供给我的一些尸检资料，却颇令人不解，因为她的胃肠内容物很少。用这位朋友的话说，就是事件发生之前至少有一周死者没再吃过饭。我问他，人类真的能在一个星期不吃东西的情况下存活吗？对方泄了口气，说最可能就是误判了。这份材料说是尸检报告，其实是他自己一个人做的，法医部门可以做这个工作的人已经踏上了末日的逃亡之旅，找不到了。

我没有想到他还可以应付这样一种工作，但是看到这个被明显夸大的结果，又笑他做得似乎不甚靠谱。

"但是，"朋友又用大喘气的语气补充，"这可能表示死者生前对自己一些生理功能有厌弃感，你可以问问周围的人她死前的怪异举动。"

"我不是警察，也不是侦探，我只是一个记者，关注点和你们不一样的。"我答复他。

但是胡庆强还是比较了解我的。我业余比较喜欢怪异之谈，这种怪事倒是可以在报道里提一提，聊以吸引眼球。总之，他的这些话引起了我的一些好奇心。

这座园区占地四千四百亩，里面医院小学加油站一应俱全。但是现在想要进去，是要费好大力气的，好似有人进去就会出什么更严重的事一样。我把车停到安全的地方，在兜里装上一些 EDC 的防身小物件，换作步行。

一望而知，最近发生过不少打砸抢的事件：许多临街的店铺关门，门面破坏得狼藉，平常来来往往的物流人员也安静不少。懒散的安保团队在路口游荡，有人鬼头鬼脑地踟蹰，却不敢有多余的举动。

我快步走到工人们上班的地点，却得知今日放假，也许是生产中断了，女工们都在宿舍。

我打电话叫顾晓琳最好的朋友朱向群出来聊天，一边等待，一边四处拍些照片。

这家手机厂向工业园其他厂家购买各种配件，然后按照订制商的要求组装在一起。它是本地经济的命脉。我至今还清楚地记得顾晓琳工作时的每一个参数：在手机装配的流水线上打 M1.2 螺丝，工具是电动螺丝批，每分钟 150 个。这就是一天要干的活，简单重复，没有多余的动作，带来的除了计件工资外就只有腰酸背痛和日益严重的近视。

手机零件就这样按照一定组织结构被装配成手机，再载入程序。从无机到有机，从功能到智能，给人一种创造生命的错觉。

3

朱向群见到我就表现得很伤心，一直在倾诉自己和死者生前的友谊。我觉得这些都不是重点，我问她，顾晓琳之前那个不太公开的男友现在在哪。

朱向群说："哦你说丁工是吧？现在这个情况，很多有技术的都走了，他大概去美国了吧。"

我说你不要唬我，美国不是难民营。现在到处都是洪水和飓风，非洲滑进了水里，欧美也早就已经垮得不像样子，比国内也好不到哪去。

朱向群回答："那可能是别的地方吧。"

我问："你没跟他一起去？"

对方一骇："你……你这话什么意思？"

我继续暗示她："我也不是傻子，来之前我怎会不事先问问别人？"

当然，我是骗她的，我谁也没有问。

"丁……丁工和她早就有矛盾了，我们这件事和她走没有关系的……"对方有些嗫嚅，令我兴趣尤增。

"那我要是往媒体上这么一写，就会有人猜是什么关系吧，就算不是你们直接造成的，算个客观原因也难免。他们之间是怎么走到后来那种地步的，你同我讲讲吧。"

朱向群急忙说："我跟你讲，她半年前就搞得自己不正常，她练气功的。"

是了，气功。胡庆强提到的怪异举动，也大致是这样的。

我问她："她一个女孩子，为什么会搞这些古板东西？"

朱向群摇摇头："她一个人玩得挺高兴。"

"那么她有这样一份自己喜爱的事情做，应该不会厌世才对。"

"她啊，练出性格来了。"

她的意思是，练这些功夫导致性格和别人不一样了，有脾气了。

"那她不吃饭是怎么回事？"

"她觉得自己练到嘴巴被封起来了，很少说话，只是说自己的整个脑袋成了一个球，没有五官，什么都没有。"

妄想自己的身体发生了变异，这个不晓得是不是叫走火入魔。

"就因为这个，丁工慢慢就不和她交往了。"

"那你们是什么时候开始的？"

"你这人怎么像个八卦精？……好吧好吧，是天气刚刚变冷之前。"

三个月前，海啸冲击我国沿海。此后的三个月内，夏天成为寒冬，现在是 6 月，人们却已经纷纷换上大衣御寒了。

在朱向群的带领下，我来到她们之前的宿舍。出事之后，没有人再住这间宿舍，也没有锁门，也许是根本顾不上管理吧。上下铺共八张床，中间一张白铁皮的桌子。晓琳的床铺是上铺，挺干净整齐，不过这跟寻短见的想法没有必然联系。枕头旁边是本印刷比较粗糙的书，没被取遗物的人拿走。

简体大字，封皮上的名字叫《食熊山济炼幽科》，编纂它的是一名道士，姓孙。再往后翻，扉页抄有两句话："凝机意自动，散影物殊停。"听着好像什么玄言诗之类的东西。

我上次见到她的时候只是觉得她挺有意思，而现在却无法想象是什么样的女孩才会喜欢这种东西。

我从朱向群处得知，顾晓琳学养生是她爷爷的主意，他得知晓琳的病后给她寄了这本书，说是山上熟识的道士结缘给他的。

这一点我知道，晓琳的文化水平并不算高，因为高中的时候脑子乱，没有考到家里人满意的大学，就出来打工了。但她其实脑子挺灵光，加上家学渊源，爷爷是没有职称的民间传统文化专家，在乡里也是有名气的。

而这本书一眼也能看出来，跟丹道之类的东西有关，有时候需要结个手印之类的，并不是普通的养生书籍。我没有给顾晓琳的爷爷打电话，因为出于对老人的照顾，最好先联系她的父母，而这又太麻烦。但我在书后面找到了道士的电话。

道士也有电话，这在几年前会被我们当新闻来报道，但现在大家也都司空见惯了。我打通电话，问道："孙道长，我这儿有一本您的书，是关于修仙的吗？"

对方一愣："修仙得需要专门的流程，商业社会，一般人哪里修得了。"

"就是锻炼身体？"

"能起到一定的健身效果，主要集中在第四章讲呼吸和第九、十章的功法那里。"道士说话很谨慎。

可是我随手一翻，并没有第十章。

"没有？不是书名《手把手教你道家先天养生智慧》那本？"孙道士错愕。

我说不是那本，是一本叫《食熊山济炼幽科》的书。

"这就很奇怪了，为什么你会有这本书？"

看来的确是小范围发行的私人印书，我只好如实相告："顾晓琳死了，我是她的朋友和记者。"

"警察和我说过了，她生前给我打过一些电话。"孙道长想了想，"我给您一个地址，您屈尊来一趟吧。"

4

我继续开车往城外行去。路上多了些 SUV 和卡车，向西方满载而行。我想如果在西去的路上承包一个加油站会不会挣很多钱？当然现在没有时间考虑这个。本来以为是普通的自杀事件，没想到牵扯出这么多事来。蓝牙音箱里的音乐声暂停，领导的电话打来了。我表达了一下苦衷，社里其他人裸辞和家人团聚，而我却要跋山涉水去找什么线索。没想到领导是要我回去清理地下室，把旧报旧杂志全都卖掉或者扔掉。

我有点慌神，因为刚才只是礼节性的抱怨而已。

"没有末日那回事，你要相信政府。"领导劝我回去，"我们只是想腾出来点地方而已。气象局也说过了，这几天气候越来越趋于稳定，可能过两天就回暖了。"

我怎么知道那不是回光返照呢？我回答领导："既然我们的业务不会中断，那就允许我外出取材，搞一点东西回来写。我找到的这个人，其实和世界末日有点关系，我现在就去搜集素材。"

虽然自然灾害可以摧毁一切合同，但只要海水还没把我们这座城市淹没，广告商的广告就还要接着投——虽然地产这个大头已经跑得差不多了。所以只要我们含蓄地写一点末日论的东西，还是不愁销路的。

领导："你不是也想溜号吧？"

我保证没有扯淡之后，他才放过我。

三个月前，也就是朱向群说"天气刚开始变冷"的时候，澳洲大陆首先遭遇地震和海啸，我们单位甚至没来得及组织捐款。后来我在视频网站里看到，澳洲有成片成片的蛛网荒野，即使用了航拍，也一眼望不到头。那是成千上万的蜘蛛为了躲避洪水，四处迁徙，才把蛛网织在每一个角落。

除此之外，没有人烟。直升机上的人没敢下去。后来东非的大撕裂带真的断裂了，大面积大陆沉入海平面以下。接着是美洲……生在亚洲真好。

食熊山近在眼前。20世纪90年代，我还很小的时候，到处都是气功爱好者在练功，也有说天上星星排成一线，地球就要灭亡的。这和近日的情况差不多，也许是历史的重演。我不禁想象，没准这座山就是末日论者的老巢，是异端崇拜的聚集地，领头人会指挥打手把来客团团围住，准备献祭给这怒气冲冲的老天……

湿滑的山路使我没有精力再产生这些无端的妄想。山路弯弯曲曲，和阴冷的天气简直是绝配。它的线条让我产生烦躁不安的感觉。

食熊山和食蛙山是本地的两座山，李贺"食熊则肥，食蛙则瘦"的诗句，大体能概括这两座山的样貌。食熊山长得圆鼓鼓的，覆盖绿植，树木非常茂密，生机勃勃；而食蛙山则又瘦又皱，几乎是寸草不生。两山仅仅隔着一个山口，却风貌迥异，也是当地一大奇观。

我拄着一根路上捡来的棍子来到孙道士的洞府。这地方还挺大，有个屋子，挂一个大匾，上书"食熊山馆"，不像道观，却像草堂。近来天气骤寒，因之采用仿和式的混搭装修风格，四面透风，主人拿了棉被当门帘钉在外面。

一张门帘掀起来，我看见一个年轻戴眼镜的小胖圆脸探出头来。

我回答：“我和孙道长约好了。”

“进来吧，就我一个人。”

看来这位孙道长比我想象中年轻得多。

5

“我这儿只是一个清修的山洞而已，真的没有什么邪门的组织。”孙道士忙着给我端茶倒水，“那个孩子看到的书，并不是一般人能看懂的健身书籍，而是道教古籍，我在其上做了一些注解修订，自己印了一批。”

“也就是说它仍然是一本修仙书对吧？那它是讲什么的呢？”

“这有点复杂，我试着用你能接受的语言梳理下。这一派的流传呢，按我的理解，保留了汉魏年间的一些原始道教，其中有些思想现在已经不再提了，有点类似基督教的末世。”

“末世？”

“对，灾异，‘有洪水将出，灾火且起，涤荡民人’，因为汉属火德，要被洪水所灭。当时有很多人信仰这个。

但是这本书的观点是，这并不是什么坏事，五行的暴虐可能只是天地自发进行的一种调整……记者先生，如果不考虑你自己的职业，你对生命有什么看法呢？"

"生命吗？"我回想起几天来遇到的种种事情。灾难后的苟且求生的难民？加工厂一条条从楼顶飞逝的年轻人？那看起来太脆弱。对了，还有那些准备汇聚成群，抢占超市资源的游荡者……

孙道士见我半天不答话，问我："是不是内心出现蝼蚁的形象？"

"好像是的。"我老实回答。

"这很正常，来我这里做企业培训、心灵修行的都市人，被问起这个问题之后，十有八九会想到这些东西。说明人还是有自知之明的。鱼处水而生，人处水而死，大家没有什么高低之分。"

"那么这些和顾晓琳的事有什么关系呢？"我不解。

"晓琳曾经对我说，她晚上会梦见有千万人向她呼救，还说自己正在变异，目不能视物，耳不能闻声，日常做事却没有障碍。我说她是入定过头了，叫她有空来山上调养调养。"

"她的男友肯定不会让她来山上的，不放心。"

"若是她能及早停下，一切可能会没那么糟。因为我这里想到一个巧合——晓琳说到自己引动心火，灼烧肾水时，并没有成功。"

"您可不可以用我能听懂的话来描述这件事。"

"我的意思是说，我后来回忆起她达成心肾相交这一步之时，正是澳洲遭遇天灾之日。您若是有心，就对照一下她出现幻觉的先后，和地球上陆地被毁灭的顺序。"

孙道士的话令我心头一震，说起来，顾晓琳出现变异的幻觉，就是从丁建安另觅他好开始的。我隐隐觉察出他想表达什么意思。

孙道士坐定："所以我现在会提示你一个思路，可以信，也可以不信。"

6

"我们道家认为，人和天地是一个整体。所谓天人合一，她所见自己的五感丧失，其实就是被天地所夺。而得道就意味着抛弃固有的慈悲念头，把众生重新融为一

99

炉。见自己，见天地，见众生。"孙道士依次举起三根手指来配合这三个排比句，"用你们的话讲就是重建生态圈。"

"你是说把天地万物修成一个单独的什么东西，反而是成仙的本质？而且顾晓琳还成功了？"

"是这个意思。"孙道士闭眼点头。

那岂不就是毁灭世界的大反派？我怎么也想象不到这样一个角色会安排在一个平常"厂妹"的身上。即便我理解对人生的失望可能让人想要毁灭世界，但这么违背常识的解释，我还是难以接受。

"她做了盖亚，就会毁灭一整个地球？连人类也需要跟着陪葬？"我问。

"我得重申一下，是重建，不是毁灭。人类经受不起这种重建，才会觉得残酷。况且你自己刚才也觉得人类和蝼蚁没什么区别。"

"话是这么说，你们道家不是亲近自然吗？她为何不能改进这个环境，让大家都慢慢地变好。"

孙道士看我的眼神有点怜悯了。

"自然，自然就是可亲的么？万物真的是为人类而生的么？天地大炉，造化大冶，这些可不是什么好词。《南华真经》里讲到，黄帝奏咸池之乐，这吹乐能让万物依照自然的时序运作，但北门成初次听到时，首先感到的却不是祥和，而是恐惧和疲惫。"

"道长，你的这种说法只是出于一己推论，我看没有可能证实它，也没有办法证伪。"我的意思是，写到报纸上，又有谁会信？

一人得道，地球陪葬，这太附会了。

所以我把这个无稽的解释同那本典籍一起留在道观，多聊了几句后，天色已经晚了。

7

现在天上开始下雨，公路也看不太清楚了。

盖亚啊，如果你有神格，何不可怜可怜我这个跑腿鬼。我呼出车载系统，跟领导说，现在便回去收拾地下室。

但道士交给我的最后一个问题，我在路上仍然思量了很久。顾晓琳已经死去，并且是选择了自杀这条路子，但人类并没有被完全毁灭。轮到这块大陆时，当中一定发生了什么。

天地阴暗，车灯摇摆，仿佛云层中有什么东西在吹奏无形的笛子，敲打无音的巨鼓，只为安抚这令人不安的"道"。

走到一半路程时，我打个弯，直奔工业园。

我冒着雨，喊了一大帮人，从顾晓琳跳楼处可见的位置开始翻东找西。最后，在一处下水道找到一个女婴，大概只有五个月大。她还有呼吸。医生及时赶到，把小孩救活——他们非常惊讶，说还没见过这样被抛弃72小时还活着的孩子，简直是超自然的奇迹。

我披着一块毯子在医务车里一边喝热水，一边报告给胡庆强说，我打包票是朱向群做出的弃婴行为，让他赶紧行动——朱向群口中三个月前开始的关系，我是看出有水分，但没有想到水分会这么大。

不管怎样，顾晓琳最终是感到了这个婴儿的生命吧。好笑的是我竟然开始接受孙道士的解释。

孙道士崇拜至极的那本《南华真经》，我也看过。我记得里面说有个东西叫混沌，本来也没有五官，它被好心的神官凿开七窍后就死了。

拥有了人类的感官，无谓的爱恨情仇灌进双眼，反而让它萌生死亡的欲望。

有一种感觉在我心中生出来：多亏了这个孩子，站在人类的角度，这一次我们是终于得救了。她长大了会是什么样？拥有这样一个不同寻常的开始，会让她成为未来故事的主角，还是和其他生命一样庸庸碌碌？

还有很多故事将会发生吧，也许这就是"希望"的真正含义？我不禁期待起来。我拿毛巾擦干头发，钻进自己的车里，开启空调。

还没有一天这么舒服过。

"那么，明日的天气如何？"我向车载电脑愉快地发问。

埃萨埵斯之瞳

日凿一窍，七日而浑沌死。

——《庄子·应帝王》

上篇　巨卵

"早上好，今日天气，多云……气温 4—16 摄氏度，湿度 63%。适宜的户外运——"

我从床上坐起来，大汗淋漓。

算起来，今天是我在这间精神病院刚刚待满一年的日子。

我想首先声明一点，我虽然在这里住院，但并不喜欢任何人用异样的眼光看我。其实相比其他病友，我看起来要好得多：楼下的王博士精神分裂很严重，我天天能听见他拿脑袋撞墙的声音；对面的史密斯大妈被诊断为偏执型精神病，好像是这么叫的，一个好好的军事顾问就相信蛇人统治了她的国家。

我并不是歧视这些善良的朋友，但我和他们真的不一样。他们每天吃药、注射，坐在沙发椅上做 VR 治疗。我没有这些妄想，也没有什么幻觉，之前的躁狂好得差不多，每天呕吐、失眠的那段经历也早就记不起来了。

这家医院的作息安排也很正常，早上七点半吃早饭，晚上九点半关显示屏——尽管时刻表上从来不写九点半以后是不是要睡觉，颇令人起疑。但我很适应这种生活。

但是为什么这种听起来微不足道的症状能让我在这所全世界数一数二的医院里治疗呢？

据说是因为我有过一次非常严重的发病。我无法自控地杀了人，而且是在外太空，当着全宇宙的面参与了一场混战。

来了。一想到这里，沮丧、羞耻和悔意就充塞了我的胸膛。我想要收回前面的话，我可能是个怪物。我抱着枕头在床沿缓缓蹲下，无数种情绪在胸膛里流淌。

我是说真的流淌，因为往镜子里看去，我的左眼正在绕过鼻子流淌到后脑勺，流动使得鼻子也打了个旋，一起顺着脖子往下流，钻到裤子里就不见了。

那次发病好像是烧坏了我所有的神经回路一样，让我时常感觉肢体错乱。我知道那是幻觉，但的确很疼。

我挥挥手，决定不管它们，继续在那蹲着，直到你在屏幕里出现。

"早安，一周年快乐。"你随即紧盯屏幕，"嗯……好像也不太快乐。"

我把枕头扔到一边："早安，弭医生，你今天真漂亮。我可能昨晚又做了点梦。"

"我知道，监测显示你说梦话重复一个名字一整晚。"

"是我老婆？她今天会来看我对吧。"

你看出我在装傻。"你前妻这个梗用过太多次了吧？"

"那我到底在念叨什么？"

"那个你一直试图忘记的名字。"

我好像回忆起那些梦是什么了。"埃萨埵斯？"我轻声嘀咕。

我现在看起来一定很糟糕，因为屏幕里的你充满关切。"对。然后你的前同事来了，就是叫昆特的那个，是巧合吗？"

叫昆特的那个……你故意要表现得和我的过去很熟的样子。

"光头昆特。"我说，"恐怕不是巧合。"

你点点头。前同事不会轻易来找我，更何况我是一个杀过同事的前同事。看来我要出院了，虽然是那种被动的出院，连你也丝毫没有替我感到高兴。

我洗漱好，穿上能见人的衣服，努力摇摇头忘掉刚刚长出来的第三条胳膊，来到会客厅。昆特皮笑肉不笑，我希望他有那么一丁点良心，这笑容里能有一丝是因为久别重逢挤出来的。

"埃萨埵斯追来了。"昆特开门见山，"已经接近地球了。"

"我的治疗才到一半。"

"它……真的想见你。"昆特又挤了一个微笑，就像一个服务生帮你把洒掉的杯子重新加满可乐。

果然是这样，但我还是难以置信。我鼻子有点痒，就挠了挠后背。

"你可以不用耳朵看我吗？"昆特有点忧。

"我对那玩意可是一点心理准备都没有。"

"那也不至于把胳膊架在脚凳上吧？"

"我肢体紊乱还不是埃萨埵斯的错……你又不是不知情。"我长叹一声。

我的梦魇，人生的死对头，昆特口中那位指名道姓要见我的埃萨埵斯——

是一个太空巨蛋。

埃萨埵斯是这个世界上的最大谜团。它在 2017 年首次现身于冥王星附近时，被所有人认作柯伊伯带里一颗普通的不规则小行星，体积还不如冥卫三大，只不过可能是解体了还是怎么着，脱离了它既定的轨道，跑到冥王星前面来了。

但进一步的光谱检测发现，它的石质只是表面的薄薄一层，而内部元素构成比例竟然和地球生物类似——也就是说，它的内部很有可能是有机体。

想想看，一枚巨型的"鸡蛋"出现在太阳系，外面是石质的壳（当然，形状远远没有那么规则），里面孕育的却不知是什么东西。更重要的是，宇宙茫茫，这颗歪歪扭扭的蛋是谁生的？

没有人能够解答，除非亲自去瞧一瞧。为了做详细的探查，我和其他五名科学家，一行六人踏上飞船。

那次旅行的细节我已经记不太清了，我们只能从记录仪里回顾那种惨状。视频显示，我们自打看到那颗蛋后，状态就不怎么对。我们的内心好似被什么不属于自己的东西占据，探测任务一项也没有做成。所有人开始烦闷忧愁，产生类似酗酒过度的症状，每天把太空舱吐得一塌糊涂。

上司气急败坏地下了禁足令，但没有用。最后一天，因为 Barron 在床上拉屎，Allen 用扳手杀了 Barron。我们本来想去拉架，但最终所有人全部参与了厮打，Colin 被 Dylan 用胳膊绞杀，最后活着的人里面还剩下我和一个叫作山本的日本科学家，他咬死了 Dylan。

是的，还差一个。就是最开始动手的 Allen，是被谁杀掉的呢？

视频告诉我们，是被我杀掉的。

视频还告诉我们，那些我们从舱窗外看去时以为是集体幻觉的东西——小行星上那些显然不是自然形成的、类似符号的沟壑，是真实存在的。

一路上我和山本互相虎视眈眈，靠着强制休眠和给自己注射镇定剂交替进行才回到地球。血没有人擦，尸体随意地踢到后舱，摆放了三个月。说实话，我自己也没想到会变成那个样子，但是直到我和山本接受治疗和审判之前，我们都觉得那样太正常不过。

治疗没有什么结果，然而审判有。

我和山本一致指认，在科考的那段时间里，飞船里的全员都受到了一种强烈的精神威慑，这种威慑直接导致了我们心理状态的崩溃，并且我们怀疑威慑来自小行星。当然，这个点子听起来有点可笑：人类遇上了一颗能够毁灭心智的不规则小行星。但是在那个位置，只有那颗小行星最古怪，我们不去怪它，还能怪谁呢？

"那颗小行星没有什么威慑力，威慑出自你们内部。"愚蠢的法官给我们下了这样的结论。我很想大声说一句你们宣判得太早了，再把他揪出来揍一顿；但是我没能挣扎出来，长期注射镇定剂让我几乎变成了另外一个人。

关键时候，律师想到了一个主意。假如那颗行星是一个生命，那么它控制人的心灵的时候，可能会留下一些语言文字之类的东西。我和山本分别提出了一个名字，这名字是受小行星操纵在大脑里凭空产生的名字。

很幸运的是我们两个分别提出的名字竟然差不离：

埃萨埵斯。

结果很可笑，我们被怀疑是早在飞船上就串好供了，这条证据没用，但不要脸的昆特转身就把埃萨埵斯正式用在了那颗行星身上。（"反正你都觉得它就叫那个不是吗？"）

可能是因为我和山本表现出一种精神病尚未好转的状况，我们被关进了精神病院，而不是监狱。但是在我被关禁闭期间，山本自杀了。我没什么感觉，比起这个来还是离婚这件事更让我痛苦一点。

我知道，即便我们已经远离埃萨埵斯，它的威慑力也远远没有消除，就算不死，也会患上难解的精神疾病。而现在，这颗一切未知的巨卵终于接近地球，他们又让我跟一帮新手一起过去，也不问我愿不愿意。

昆特只顾狂喝会客室的咖啡，可能他一直没睡好觉。

我说："技术上讲，我现在可还是病人呢。说不定就会和上次一样，干掉一两个朋友还跟没事人一样挖冰淇淋球吃呢。"

昆特挠挠光头："第一，当时你挖的是 Dylan 的眼球。第二，这次保证不会了，我们有安保对策。实际上我们事先已经和埃萨埵斯沟通过……"

"被埃萨埵斯沟通过。"我纠正他。我尝过那种滋味——心里产生了另外一个声音，嘱咐我做这做那。现在回忆起来，我的嘴里还会散发出那种舔电池屁股的味儿来，挥之不去。我努力用脚端了一杯水，差点倒进腋窝里。

"是心灵感应，哈？你们最终也接受这个判断了？"我问。

"何止是心灵感应，"昆特暂时扔下他的装腔架子瘫倒在椅子里，"简直是心灵胁迫。我从来没见过那么超自然的事，我们一概不知道那东西是怎么跑到我们每个人的脑子里去的。那是一颗被诅咒的行星。还记得那上面的奇怪字符吧？"

我好像来了兴趣。毕竟如果你也在一个精神病院里待上一年的话……

昆特开始不争气地哭。这场面实在太诡异了，应该是因为埃萨埵斯给所有人的精神压力都太大了。我从兜里掏出一瓶药，拿出一片，掰成一半"赐"给他，自己也吃了半片。他吃完抹抹眼泪。

"所以只有我一个接受治疗，对你们真是太不公平了，"我把脚架在茶几上，"说起来为什么你们不再和它沟通一下？或者说，它现在为什么没有感应到我们正在进行的谈话？"

"它的信息是不定期的。那次是一场集体癔症，我认识的所有人里都感受到了，一些不太相干但跟我们有关系的人也受到了波及，和那个什么'六度人脉'倒是很像。然后一些人回过神说，嘿，它想见那个杀人犯。"

"它为什么单单叫我？"

"因为我们会睡着、跳大神或者干脆把它从脑子里过滤掉啊，"昆特手舞足蹈，随即换了张正经脸，"别忘了，那次事件过后，只有你挺了过来。也就是说，那么极端的交流方式之下，能和它产生真正对话的人……就是你。"

"真是幸甚至哉。我现在去跳楼还来得及么？"

"我不相信你会来这套。另外，其实外面有好多人能保护你的安全呢。你死不了，至少你的大脑不能死。"

我无奈地站起身："给我等着，我去去就来。"

我进入你的办公室，你手里正好拿着一份文件。不用说，那是某些相关部门的行政命令，意味着我现在出院可以通行无阻。说起来，院长也巴不得能这样吧。

"伟大真是一种特权。"你说。

"一个没做成社会栋梁的杀人犯，有什么好伟大的。"

"准备好了？"

"我甚至不知道能准备什么。你的治疗也被打断了。"

"我现在更担心的是那种情况会重演。"

我笑了笑："应该不会吧，被你治疗后已经好多了。而且他们在每个人的宇航服和头盔里搞了一种东西，能给我的脑子发送电磁信号，然后大脑就会……分泌能让人镇静下来的激素啊什么的，不太懂。但是据说有效。"

你皱起眉头，手指揉揉太阳穴。

"听着挺糟糕的吧？"

"一点没比常规疗法强。其实从根本上讲，你需要的不是这些东西。"你把材料随手一丢，打开抽屉，开始翻找东西。

"退本质主义心理疗法吗？我会记得的。"

"也不是那些……"黑色长发被你撩到耳后，"哦对了，我确认一下，你还会平安回来的对吧？"

"不敢保证，那可是个宇宙怪物。其实说我们是敢死队更合适一点。"

听了这话，你放弃了寻找。"算了，好像都没什么用。不如来个离别的拥抱会更好一些。"

我手里拿着药瓶呆立。

"医生和稍微特殊点的病人，没什么不妥。"你说，"记得我说过的吧？专注当下存在的你。"

我和你相拥在一起。药瓶坠落在地上。

分开以后，气氛略显尴尬。我问："这也是退本质主义治疗的一部分吗？"

"不是，但你感觉怎么样？"你反问。

"很有安慰效果。"我不知道该怎么回答你。

"所以是疗法也好，安慰也好，或是其他东西也好，这个拥抱的本质在于你选择什么样的世界来让它存在。

挺好的。我觉得这可能是好事。我治疗一年，也许比不上你直面它一分钟。"

"谢谢，大多时候我都感觉没什么所谓，除非……"

除非想到你？我说不下去了。

"那好，"你的声音有些发颤，"不管你选择哪个世界，都不要忘记这个拥抱，一定要记住。"

"我知道了。"

我又轻轻拥抱了你一下，然后走出门，手臂和十指残存着触觉的跳跃。我攥紧手掌，好像这样就能把那种触感握住。

公路上的风很惬意。

"很久没出来了吧？"昆特瞥了我一眼。

"那是家精神病院，不是监狱。"

"我感觉那医生好像对你有意思，刚刚一直跟我叮嘱这个那个。"

"叮嘱了什么？"

"忘了。"昆特干脆地回答。这个人就是这样，我能说他什么呢？

"我们是医生和病人的关系。当然，我稍微特殊点，所以她对我的照顾多一些。"

昆特一副"得了吧"的表情，继续开车。过了一段时间，车进入一条隧道，光线顿时一暗，他随即把身子往座椅里陷了陷。

"你好像挺紧张啊。"

"你想想呢？一个怪物就在我们上空，随时准备侵入你的大脑。"昆特说。

"也没什么好怕的。"

车出了隧道。昆特白我一眼："那你当时倒是别捅人啊。"

"要知道那次如果我没有替你上飞船，捅人的——算了，被人捅死的就会是你。你是忙着挣钱，但我也没那么热爱宇宙。"

昆特突然嘎一声笑了："说起这个来，我发现了和埃萨垭斯交流的最大难点是什么。"

然后这家伙根本不顾我还没发完火就继续长篇大论起来。

"这个东西没有视觉，也没有听觉，更别提说话。当然，对于没有机械波介质的真空来说，说话只是个比喻，但我们进行的沟通甚至不含语言。它只是通过那种超距的手段影响我们的思想，让我们做出什么事，就像一群看不到剧本却不由自主在表演的话剧演员。非常超验的接触，厉害吧？"

"很好，这很高级。你指望一个太空大魔王长出像人类一样的五官说英语给你听呢。"

"……然后我们像1977年发射含有地球信息的光盘那样，朝着它循环播放无线电波，但是也没有什么反应。我觉得我们的信息它接收到了，可能学习吸收掉了，但是没什么反馈。它就那么凌空感应我们。"

"对，因为它根本没有光驱。"我把头靠在车窗上，"开什么玩笑，我们那些破事对它来说根本没有意义。它凭什么理睬我们？"

"悲观是你接受治疗的副产品吗？我觉得你是不是应该换一个医生，然后和现任的医生结个婚什么的。"

"收回这句话吧，医生有基本的职业道德。如果不是她一直在治疗我，信不信我会比你先收到埃萨埵斯的信息？当然，代价是我会越来越疯，那里藏着太多秘密了，你只要靠近就会被击垮。那都是人类难以接触的禁忌。"

"别谦虚了，我相信你，你也要相信自己。这次行动的主要负责人是那个曼尼里希博士，把你所有的体验都告诉他。咱们还有 48 小时进行训练。"

著名的曼尼里希，"那个"曼尼里希。但是……"咱们？"

"有什么好惊讶的？你，我，还有曼尼里希博士的团队。我如果不去，谁来保证曼尼里希博士的安全，他可比你值钱多了。"

"为什么你的良心发现总是要用借口来表达呢？"我关上车窗。

在遇到你之前，我本来要选择山本的那条道路，结束生命以换得平静，仿佛这是和埃萨埵斯接触而成就的宿命。当然我没有成功，但我曾经一度厌恶心理治疗。之前一个给我做精神分析的大胡子老兄，他想像剥洋葱一样把我的意识解析出来，悬挂风干，但我的意识里有那么一种东西一直在抗拒，那是问题的核心，就像人类无法接触埃萨埵斯一样，碰也碰不得。那是一种强烈的无力感。

有一次我掐了一个医生的脖子，还口出狂言"掐你是为你好"，紧接着我被注射了镇定剂，并且在后来的日子里更加为此事愧疚。后来院方终于愿意承认问题的本质：这种病，可能和我们过去所知的人类所有的认知疾病都不相同。

"其实如果是普通的精神疾病，我们用药物三个星期就能治好，"院长有一次不小心向我透露，"顶多留点后遗症。但没办法，明先生，这家医院里有几个是普通的病人呢？"

天空阴沉低矮，风吹着庭院里的大片长草，我沉浸在里面，什么也没说。

后来，你作为新的治疗师来到了这里。

第一次去咨询时你晚了一点，我到处瞟瞟，你的笔记本上有这样的中文涂鸦签名，是挺久以前的一首诗：

不要觉得一切都已熟悉

到死时抚摸着自己的发肤

生了疑问：这是谁的身体

门开了，意料之外是一位年轻的女性治疗师，手里拿着几本书。

后来我想你那天一定非常美丽，气质优雅，但我那时什么也感觉不到。我调用应有的礼貌，打过招呼，开始坐下聊天。

"从现在开始，别想什么过去，放下童年阴影那一套，更不需要想怎么通过自杀来满足现在的焦虑。"这是你的第一句正式言论，我有点惊讶。

你接着说："我只需要你专注当下存在的自己。"

神奇的是，听到这句话后，我周围的世界似乎变得清晰了很多。

"有什么感觉吗？你可以完全地说出你的感觉。"

"我的视觉好像清晰了很多。"我胡乱指了指自己的不知哪个器官。

"非常好，希望你可以保持这种坦诚。"

谈话继续进行，这是我接触过的最形而上的治疗。你要我把接触埃萨垂斯后所有的世界观和盘托出，而你也会说出你的看法，彼此交换，毫不保留。一开始我遮遮掩掩，但在"谈谈你自己"阶段，我终于道出实情：

"但生命是无意义的。它只是……一种偶然的存在。"

"我当然承认这一点，但你的内心真的甘心这么想吗？"你笑着说，"你确定停止自己的生命后，你的焦虑就会消失吗？"

我长叹一声。

那天的最后你送给我几本书。之前我曾经读过那些乍看有些不可名状的故事，比如卡夫卡那个变成甲虫的故事，但是我觉得在犯病之后，我更加能理解它们了。

"明先生，现在您知道那些精神分析学派的同行为什么束手无策了吧？这是一种从零开始的疾病，所以需要放空一切地面对。"

"那这个叫……"

"退本质主义疗法吧，暂时可以这么称呼。"

在我并不严谨的想象里，也许你是以一种披荆斩棘的形象来到我身边，把之前的那些治疗通通革命掉。

"可能您是我唯一的希望了，弭医生。"我把第一本书还给你的时候，是这么说的。

埃萨埵斯用望远镜就可以轻松看到，它形成了它自己的拉格朗日点。我们要做的是把五六个人运过去，因为近，所以花不了多少钱，这反而成了没有好好准备的理由。没有军队，如果它要进攻，军队可能也没什么用；也没有人打算退出，因为如果交流失败，可能是避无可避的末日。除了必要的防护措施外，一切都显得很随便，草草地训练后，我就要和伙伴们一起上天了。

在此之前，他们想过很多探测这颗星体的方式：比如像对付彗星那样，用探测器发射一个巨大的铜球撞击星体，撞出巨大的陨石坑，用来测定这个星球的轨道、重量和成分。但地球人终究没敢这么干，因为那星球上的每一个字符似乎都是某种警示，告诉人们不要太过接近。

但也不是没有人坚持这么做，比如搞天体物理的曼尼里希博士。他是个比较古怪的人，可能是因为他不搞天体物理的时候就专门研究外星人。他对昆特开玩笑说，不要紧张，其实所有天体都是委托一只宇宙大母鸡用鸡屁股实打实地生下来的，这一只还更小一点呢。地球也不例外，没准岩浆凉了就能孵出一只巨大的小鸡。

"宇宙的大母鸡。"他坐在舱位上说。

"一点也不好笑。"昆特说。

我们出了大气层。在太空那令人窒息的寂静里，埃萨埵斯，那个毁了我一生的东西近在眼前。

"大小形状比对完毕……"一个天体物理学家念叨着，"反照率和自转正常，采样开始。硅酸盐碳酸盐硫化物无定形碳多轮芳香族碳氢化合物……和以前没区别，听起

123

来感觉像是闻到了臭鸡蛋味。"

它还是一副不规则的样子，好像完全没发育好，比你在蔬菜店里见过的最丑的土豆还要丑，因为它的质量没有大到把自己压成球的地步。地表上有斑驳的陨石坑，有一些我们暂时可以称为文字的纹路，散落地分布在它们之间。那些纹路每条都是几百米深的沟壑，令人恐慌。

太空船上的相机在肆无忌惮地拍照，给我们一种破罐子破摔的感觉。

昆特用右手手指在左掌心画啊画："有些数字好像有递进规律。"

"你怎么知道那是数字？而且还是递进的？"曼尼里希一回头。

"他考过公务员。"我说。

"准确地说那是一种日期，"昆特说，"这种日期是天文尺度……是一种标记……"

昆特双手乱舞，他已经开始断片了。我给他戴上头罩，与此同时，我感觉到一种生命的脉动在四周涌起。我开始有点恶心，不敢往舷窗外看。

"他已经中招了。"我对曼尼里希说，"我们也快了。"

"能和它对话吗？"曼尼里希问。

"并不是对话，我说过多少遍了，"昆特不算清醒地接过话茬，"而是让我们的大脑自己产生想法，你无法证实那是埃萨埋斯的直接观点。"

我补充："所以从这个层面来讲，你说它是一种集体幻觉也没毛病。"

"你这人倒凑合。"曼尼里希博士咧嘴一笑，后槽牙有三颗金光闪闪。"好，一起来看看这个蛋能不能告诉我们它的鸡妈妈是谁。"

我们都戴上了头罩，头皮麻麻的。

"总算好多了！"昆特说。

"尽量保持理智。"我随口嘱咐几句，紧接着就感受到了埃萨埋斯的呼唤。

有时你会觉得体型巨大的生物拥有智能，比如大象、巨鲸、秦槐汉柏，但那些只是人类的错觉。但是埃萨埋斯则不同，它给我的那种威压是信息量丰富的，直往脑子里钻。昆特在椅子里扭来扭去，天体物理学家在电脑前咯咯地笑。曼尼里希眉头紧皱。

"把头罩那个剂量调高。"我说。

有人调高了剂量。我产生了视幻觉，眼前有无数光怪陆离的几何斑块在组成又分解。我又开始犯病了，现在我觉得五官都在登山似的往天灵盖进发。

"衍射符合晶体结构……它的核心是一种晶体。和之前陆地上的同步辐射探测结果吻合。"天体物理学家指着电脑。但他说这些的时候能不那么乐吗？

我觉得他们很快就会撑不住。我说："它在试图用这种方式和我们接触，但这些信息并不是我们的大脑能够消化的：我们接触得越多，理智就会丧失得越多。"

"你们俩的振动频率很匹配啊。"天体物理学家说。他揉着自己的三叉神经，看来刚才笑得很努力。

曼尼里希木然地扭头望向他。"振动？"

"晶体振动啊。见鬼，我也不知道我是怎么知道的，但我就是知道。"

"别出声，我正在努力联系它。"我打断他们，"让我自己来吧。"

随后，其他人纷纷说，自己好像比刚才轻松了很多。

"加油咯，有可能你完了地球就完了。"昆特揉着太阳穴说。

"别给我施加压力，你这光头！"我努力找到自己的双眼，闭紧它们。

说完这句话，我慢慢失去知觉；与此同时，我大脑里的数据却在逐渐增多。那种无力感在重新涌入我的意识。为了对抗这种填鸭式的痛苦，对一些往事的回忆也开始在我脑子里高速地运转，仿佛是为了避免被什么东西擦除。

换作刚回到地球那段时间，我会毫不犹豫地拥抱这种涡轮洗衣机一样的深渊。但现在我不愿放手。

有一次治疗的时候，你让我用医院里的一套医疗设备，其中有一样可以通过电信号的改变来联通人的各种感官，比如尝到某种颜色啦，听到非常灼热的温度啦之类的。

我们知道，非生物的世界不存在感觉，所谓视觉、嗅觉、听觉这些东西只是大脑为了感受事物——电磁波、机械波、挥发性的分子……而产生的固定模式。

假如能利用这一点，我们的知觉可以得到很大的扩展，甚至可以让盲人用舌头品尝到视觉——但那也是仅仅体验到了一些信号，而不是客观真实。

我从机器上下来，神情萎顿。

"这种体验，和我平常的症状差不了多少。眼睛当嘴巴，鼻子又跑到耳朵那里。"

"所以？"你追问。

"所以这个世界是什么样的，全靠你怎么感受它。生命，一堆信息来了又散而已。我总觉得，那个东西要告诉我的也是这件事。人的认知是有局限的，没办法完全理解生命。"

"但是你也没办法完全理解死亡。"

你扶住我的肩膀，让我慢慢坐下："但是一定要思考死亡。我接诊过很多病人，很少有人会直接进入这个阶段。有些是上班族，有些是老板，他们迷失在更大的有机体里，看似光鲜但是庸庸碌碌，需要每天一次确认自己的价值才能活下去。他们想绕过死亡这个事实来发现存在本身的意义。"

"所以我要在虚无中寻找意义。"

"这就是你接下来要做的。那次失败把你击垮了，那个东西又占据你的意志，你才觉得这一切都是无聊的。这不是你的错。"

"随便什么意义都行？"

"只要是你当下的想法，就不妨说来听听？"

所以接下来我试图约你去酒吧。千载难逢，我两星期内可以摄入酒精，而你那本笔记里夹着我喜欢的酒吧的名片。但你拒绝了我，还有点生气。

是的……我总不能强行要求你成为我生命中的意义。我听说过这么个说法。一个成熟的心理医师不应该和病人产生太多感情，也不应该在家庭和社交环境中表现出太多心理医师的特征。

我想，常在河边走，哪有不湿鞋，医患双方彼此掏心窝子的疗法，不可避免地会带来麻烦。你认为自己所坚持的流派和患者有太多共情，因此每次都是强迫式地把治疗项目分离开，包括对我也是一样。

这是你无法摆脱的自我障碍。

"每个人的精神都不是绝对健康，我们必须承认这一点。"你双手插兜解释说，"所以治疗师也会有自己的固执。"

我再也没有提出类似的邀请。但当埃萨埵斯再次降临，当我面临这种世界上独一份的危险时，你还是心软了。

就一次……

在我和埃萨垭斯高速交流的同时，埃萨垭斯的精神压迫也如同巨手般扼住我的大脑。我的大脑必须寻找什么足够鲜明的记忆联结，可以让我暂时抓住，不至于迷失在这复杂的信息洪流中，就像拼命抓住生命的意义，好让自己不那么盲目愚痴地接受死亡。

还好，至少我能牢牢地记住那个拥抱。心跳，躯体，双臂和十指间触觉的跳跃，血管的搏动和香水的气味，我攥紧拳头。

那个拥抱最终救了我。

下篇　混沌

醒过来时，我看到舱壁，大口呼吸。

我挺了过来，脑子没有炸掉，这真是值得庆幸。但现在我被绑在一个绑定架上，嘴上罩着《沉默的羔羊》里才会出现的那种罩子。

"'Ingooi-Itsi ton, Sam yin o-Shua tim'是什么意思？"曼尼里希紧盯着我。

"窝窝……呜呜窝窝。"

昆特上前把罩子拿开。

我大喘一口气："什么玩意？"

"你昏迷的大部分时间在念这个。"天体物理学家打开记录我梦话的波形图，"其他时间在咬人。"

"就只有这个可交不了货啊。"昆特说。他的胳膊上有一块牙印，这是我一生中最想漱口的时刻。

"谁说只有这个？这只是一句……安全词。咒语。我也不知道，我脑子里有更多信息，但是你们能不能先把这个松开？"

他们解开我的拘束后，我才发觉自己已经脱力。我头疼得像经历了一场宿醉，其他人看起来也挺糟糕的。我表示要歇一会儿再讲，于是大家分散开来休息了一会儿，喝苏打水的喝苏打水，吃药的吃药。我独自趴到窗外看埃萨埵斯。它就在那儿，什么都没变，只是比之前更加沉默。

集合后，曼尼里希已经按捺不住："它刚才和你说了什么？"

我理理思绪：

"如果尽量用对话的形式，那么应该是这样的。

"我问埃萨埵斯是不是它的名字，然后我马上知道，那是'标记者'的名字。也就是说，埃萨埵斯制造了它，那些文字里面至少有一些是落款和日期，就像你们给实验材料编号一样。

"我得到了最早的日期，所以我想把这个日期换算成地球年，心算这个数据非常痛苦，而且这个换算过程是个黑箱，我的自主意识永远也没法知道我究竟是怎么算出来的。

"但是最终我得出了结论，最早的日期大概在五亿四千万年前，也就是说，它的年龄有五亿多岁，你们可以从这个数字入手了解那些日期的写法。"

"交给我。那么标记的正文呢？"昆特问。

"'未完成品''遗弃的种子'，翻译成人类的语言大致是这样的意思。不过它是'埃萨埵斯的种子'，但也是埃萨埵斯本身。你们可以把它理解成'化身'。"

"继续，越来越明确了。"曼尼里希开始兴奋，"造物者的形态是？"

"理论上讲，你知道玻耳兹曼大脑吧？随机涨落，无

132

踪无迹，能形成一个十分有序甚至有智慧的东西。"

"那太玄学了。"曼尼里希大手一挥，"我可以暂时不管抽象的过程，但无法接受它背后没有一个推动力。"

我努力整理回忆，头疼越发严重："好吧好吧。我的理解中，造物者的工具应该是一种盒子，就像做生化实验用的试剂盒……发音类似'耶库伯'。类似一个吸引子，吸引秩序在它身边产生，但我不知道它有没有具体形态。"

"很好，就叫它'耶库伯盒'。很可爱。"

"然后我们极快地探讨了人类的存在，埃萨埵斯在一个问题上卡住了：人类看到、听到某种东西才会相信它发生过，而埃萨埵斯不理解这种存在。它想要看到大小、颜色这种属性，才能更方便地理解我们。"

"这家伙能够感受到的辐射范围比我们大得多，为什么要看到颜色这种虚伪的东西？"曼尼里希居高临下。

"因为孤独。它一直在银河系一带游荡，虽然我们不知道它的运动原理；但是亿万年来它能够感知到的范围里都没有同伴，它不知道自己的制造者去了哪里，也不知道自己存在的意义。它就像无序洪流中的一颗形状鲜明的浪花，虽然靠着稳定的晶体驱动，但总有一天晶体会熄灭，有机物会分解，就像浪花归于洪流。"

"一个想要朋友的新鲜的脑袋。"曼尼里希说。

"我尽量向它描述视觉和成像。我想到白色，然后联想到北极圈，然后它就只能感知到温度降低；想到红色，我就联想到太阳，它就只能感到热辐射和巨大的引力，完全是鸡同鸭讲。后来我脑袋里又不由自主地把我国的国歌唱了一遍，它就更不明白了。"

"你看，所以我们天体物理学家并不承认某种颜色，颜色只是视锥细胞接触到光之后把信号交给大脑的处理结果。"天体物理学家插嘴道。

"没错，单独的颜色是没有意义的，它需要和某些别的属性结合才有意义。"我想起那套能颠倒感官体验的医疗设备，"但埃萨埵斯感觉不到这些意义，所以它告诉我们，它想要拥有人类一样的眼睛。"

曼尼里希恨铁不成钢："准确地说是视觉系统，见鬼，这些有什么用？意义是人类本身的限制而已。它虽然懵懂，却好歹是更高级的智慧生命，为什么这么没追求。"

"水往低处流嘛。"昆特说，"我就挺理解的。"

"扯淡！"曼尼里希气得不轻，但那侦测情绪的头罩不失时机地让他安静下来。

"都是瞎扯淡。"他的语气变得温柔，像被阉割了的公牛。

听他们七嘴八舌地吵闹的时候，那几句中文诗闯进我的脑袋。

不要觉得一切都已熟悉

到死时抚摸着自己的发肤

生了疑问：这是谁的身体

我开始觉得我可以理解埃萨埵斯的感受——它自己也会觉得，自己的存在过于荒诞吧？

在一定程度上，我们是病友。

"诸位，"我让大家安静下来，"你们知道一切生命都会遇到的困境、所有痛苦的最终来源是什么吗？"

他们望着我。我看了一眼窗外万古洪荒中悬浮着的埃萨埵斯：

"那就是，无论生命的智慧高到何种程度，它都不可能完全认识自己。"

这次旅途比想象中平安，我又回到了那所精神病院。回去的路上我们跟没事儿人似的，但落地后全都大病一场。有两个同行者做了我的病友，接受暂时的治疗。

与此同时，人类和埃萨埵斯的首次合作开始——我们给埃萨埵斯开凿眼睛。

你很难说明这个决定是出于人类的自由意志，还是人类的大脑集体受到了埃萨埵斯的影响。那几年我们一直在干那件事。

人类眼球的晶状体是一种极端晶体化的蛋白质，那是进化的结果。像人类一样，这个亘古的巨卵里也在发生剧烈的生化反应，全靠它体内作为能源的晶体驱动，又生成一种新的、类似于人类晶状体的蛋白质结晶。

我们疑心，它的内部还有更多器官在形成，这事说难不难。在1995年，我们曾经做过一些看起来有点残酷的实验：把小鼠中一个名为Pax6的基因用基因工程手段转入果蝇体内。后来，果蝇在腿和翅膀长出了完整的节肢动物复眼，证明了眼睛的一脉相承。而类似的事情正在埃萨埵斯体内发生。

也许它空腔下的有机质正在快速地分泌这些蛋白质，形成结晶，每一个晶格都呈现出某种奇异的多面体形状（"是偏方三八面体呀！"天体物理学家在我隔壁大喊，并被护士带回去吃药），并且排列得近乎规则。假如有一天，光线照耀到这些晶体，定然能沿着晶体内部分子排列好的路线进入它的体内。

但这只是第一步。关于它感光并形成视觉的过程，它自己不知道，人类目前也没办法探测。不知道它有没有视锥细胞，有没有视紫红质，它是否有类似于基因表达的生命过程，一切都在它体内秘密进行，犹如它古老洪荒的历史一样神秘。

最后，它需要六个方向的六个巨大瞳孔，因此需要人类把最外层的岩石凿开，那是一项宏伟的工程，自从我们第一次沟通后不久就开始进行，工程要持续七年，在这个过程中，埃萨埵斯和人类的交流愈发融洽。

七年后，眼睛的内部即将成型，外部也将要把石质层揭开，我们也将知道埃萨埵斯最核心的秘密。

七年来地球上发生了很多事，有很多人出生，有很多人死亡，有政权的覆灭，也有超巨大的企业的崛起，每个人经历了人生的又一个阶段，但是和埃萨埵斯的时间相比，又根本不算什么。

一些崇拜埃萨埵斯的组织也在悄悄兴起。我有一种感觉，觉得那些组织早在几千年前就存在，证据是那句"咒语"——比如有一种说汉语的修行者就拿出自家的两句诗"凝机意自动，散影物殊停"来说事，说正好对应那句"Ingooi-Itsi ton, Sam yin o-Shua tim"。

该说说我自己了。当年第一批接近埃萨埵斯的那帮人里面，昆特过得不错，曼尼里希还是老样子。我还过得去，埃萨埵斯没有再单独对我产生影响，所以头三年里，我的病差不多治好了。前妻和我通过几次视频，询问诸如她的小提琴等级证书是被我扔到哪儿去了之类的问题。

不得不承认，我的脑子还是坏掉了不少，比如只有在前妻打开视频的时候我才能完全塑造出她的模样。

"为什么不问问埃萨埵斯呢？"我漫不经心地回答。

"——哈？"

"我差不多记得你拉琴的样子。但证书我就不知道了。"

"……记得吃药。"她关掉画面，她的形象又模糊了。

第三年，在我即将出院的时候，你重新向我问起我那个关于生命意义的命题。

"你如果现在问我，我会说我生命的意义就是……"

138

我卡住了。我又想起你说过的话：疗法也好，安慰也好，或是其他东西，那个拥抱的本质在于我的选择。

"啊,走神了。"我回答。"我生命的意义就是继续探寻。你知道的，我那个天文观测站的新工作。"

你祝贺了我，我告别了你，然后把昆特的建议扔到一边。

四年后，在埃萨埵斯的地层即将开凿完毕之前，曼尼里希的生命也走到了尽头。我在他病危时去看望他。他对揭秘日的接近很焦虑。

"是 Pax6, 明。埃萨埵斯的内部分子和地球生物很像，从寒武纪那时候起就很像了。一个微小的银河系里，出现两个某种层面上相似的文明，这让我很难理解。但是一个人的生命相对于文明，实在是太短了，而且随着文明的累积，还会越来越短。"

我只是握住他的手："别想那么多了。交给我们吧。"

曼尼里希的语气里有无尽惆怅。"我年轻的时候，从没感叹过生命的短暂。那么你呢，明？"

"恰好相反吧？我曾经迷失其中,不够珍惜。"我回答。

埃萨埵斯睁开眼睛的日子近了。我想到了一个不太吉利的古老寓言。

说的是远古时候，倏和忽经常与混沌相聚。混沌没有人类的七窍，因此没有视觉、听觉之类的玩意。倏和忽想要报答混沌的友情，商量说要帮混沌凿出七窍。

他们一天凿成一窍，凿到第七天的时候，混沌也就死了。

我和昆特参加了曼尼里希的葬礼，随后就申请去单独和埃萨堙斯对话。这次我降落在埃萨堙斯的地表，千米高的黑色山崖和峡谷之间——也就是那些符文的凹陷内。

那时它的眼睛已经开凿完毕。小行星上有六只方圆几十公里的眼睛，它们在闪耀着偏方三八面体的独特光芒，朝每个方向探求。这几乎让我生理性地丧失理智，好在那些连接大脑的设备还是让我平静下来。

我偷偷念动那句"咒语"，对话开启了。

——光线很亮，我花了很长时间来调节和适应。但我终于用区别于引力和共振的方式看到了这个宇宙。

——美吗？壮观吗？

——没感觉。

我有点失望。它补充：

——你可能不了解，我的第一个方案曾经是整个硬着陆在地球上。

它不是没有同伴这么做过，我想起侏罗纪晚期的那场浩劫。

——我和你类似，虽然现在一切都过去了。你会去寻找老的埃萨埵斯吗？

——我很快就要衰亡了。我想我可能需要往恒星出发，我新生成的感光细胞能够转化相当一部分光能，供给我暂时延长生命。

看来的确是视紫红质，远古亲人的证明。

埃萨埵斯走了，我不知道它是否变得更加盲目，但它做出了自己的选择。也许是因为生成眼睛耗费了太多能量，或是冥冥中有什么东西在阻止它看到太多，总之就像那个寓言里说的那样，它的晶体引擎在到达金星轨道附近后，终于完全熄灭了，混沌的孑遗最终归于混沌。

埃萨埵斯的尸体过于巨大，有生之年我们绝无可能再把它拉回地球附近研究，只能派出一些科考飞船去做偶尔的调查，就像小鱼轻吻海中坠落的巨鲸，它的六只眼睛圆睁着看着每个方向的宇宙，但是已经失去了神采。

在后来的年头里，越来越多的证据表明，埃萨埵斯的生理和寒武纪时期的海洋生物有极大的关系。那和埃萨埵斯的年龄吻合：大约五亿四千万年之前。

我不禁想，埃萨埵斯的身上有"废弃品"的印记，那么地球上呢？可能是在某个地质断层之间，可能是在大洋底的某个热液泉里，可能是在某个华丽的现代生物的基因组里，可能是在某个山洞的壁画里，也可能是在某个学者的遗书中，埋藏着那些五亿年前的印记。

如果那些印记有可能存在，我倒希望它们是"完成品"。

埃萨埵斯死后，我再也感知不到它的召唤，但有时我在睡梦中似乎会听到一种无序恐怖的笛声，时而有让人感动的一星半点旋律，却又重新归于混乱。醒来后，我在观测台仰望冬季的银河和群星。然后我和你通话，报告我一切都好。

"柯伊伯带外面，不知道什么星系里，可能还有成千上万个那种巨蛋呢。没准也是那种看不见听不到，也没法好好说话的。"

你哈哈大笑："听着跟人类也没多大区别。"

"可不是嘛。我之前说过,智慧生命的困境就是永远无法认识自己。看来还得再加一条。"

"加一条什么?快说啊,我刚下班,在街上挺冷的。"

明明是刚从酒吧出来吧……我在海拔 1000 米高的观测台更冷。我想。

我搓搓鼻子,对着话筒说："加一条就是,即便认识也说不出口。"

我听到你的脚步声放慢。你在听筒里说:"是啊,你说的对。"

挂掉电话,冬季天上的亮星比其他时候都要多。

可能我的内心已经全然接受了那份恐惧。因为自从和埃萨埵斯再次相遇的那天起,我就意识到自己症状的由来:另一枚孤独的星辰和我们相遇。那是孤独的吸引子,将自己的无助传递给一个个陌生智人的大脑。

后来我更加明白,你最终治愈的并不只是我一个人,而是古老的埃萨埵斯,是地球。

或是整个宇宙。

俄罗斯飞棍

1

我真是受够了。

我的名字是亚历山大·米哈依洛维奇·克拉斯诺乌索夫，熟悉的人叫我萨沙或者萨申卡，是一名即将毕业的大学生。问我学什么？好吧，我是学养鸡的，畜牧学。养鸡是一门大学问——以至于毕业实习的时候导师将我送到这样一个处于西伯利亚雪原的鸡场，我痛恨的地方。

鸡场现在只有一个人，老板弗拉基米尔·谢尔盖耶维奇·库兹涅佐夫，导师的朋友，一个怪老头。其他工人回家过迎冬节还没回来。整座鸡场有六栋鸡舍，每栋两万只鸡。这就是集约化养殖场，加水加料只要按几个按钮，温度通风都由程序控制，平常只需盯着仪表盘。也就是说，他能一个人照顾十二万只鸡。

"机器取代人啊。"弗拉基米尔这么说。

不过这活儿还是挺重的，导师把我派到这里来也是为了协助他完成日常的工作。开始我对这位老板毕恭毕敬，后来我发现他实在没有老板的架子。我是说，该有的架子也难以找到。他衣着不整，胡子拉碴，喝的是带着煤油味的烈酒，看起来没念过多少书。甚至，他总是叫错我的名字。"加料，阿历克赛！""是亚历山大……虽然它们词源一样，弗拉基米尔·谢尔盖耶维奇。"我这么尊称他。（注：俄罗斯人常以"名＋父姓"为尊称。）"好吧，安德留沙。"他说。过了几天，我终于无奈地接受了这一事实，并且准备对弗拉基米尔采取一种更随便的态度。

沉睡的西伯利亚雪原有一种广袤而又宁静的气质，有时候我躺在床上翻着20世纪七八十年代的旧小说想，在这样一个地方度过这个冬天也不错。

然而几天后我意识到我错了。

2

那天弗拉基米尔从鸡舍走出来，每只手都提着将近一打小鸡，有死的，有活的。要是换了我，胳膊早就被累酸了。"这几只是怎么了？"我们踏着雪，边走边聊。

"腹泻。大便喷得像捷格加廖夫轻机枪一样。"

他把鸡提到锅炉房里。我跟着过去，顿时感到一股热气，和外面的冰天雪地简直是两个世界。这些鸡被胡乱地往锅炉旁边一扔。一些鸡还在腹泻，弄得满地都是黄黄白白的稀粪。

"打抗生素么？"

"打抗生素？"弗拉基米尔转头看我一眼，拾起旁边的铁锹，好像是要加点煤。大概他是想给这些可怜的小鸡增点温吧。

"这样有疗效吗？"我俯下身子问。

"疗效？老天，你在想什么？"弗拉基米尔络腮胡子一抖，他把铁锹往地上一顿，"看清楚点，小毛头。"

铁锹往上抬了抬，刃口朝下，迅速地往一只小鸡的脖子上砍了下去！

"嘿！"我大叫，"您……您在干什么？"那只小鸡看起来也很惊讶，但它抽了几抽，很快就趴着不动了。然后我瞪大眼睛看着他轻轻地一锹把鸡挑到炉膛里。一阵热烘烘的烧焦羽毛的气味卷着火星扑过来。

与此同时，弗拉基米尔已经迅速地处死了剩下的十几只还活着的鸡，速度之快不由得让我怀疑曾有多少小鸡让他练过手。等他把所有的鸡扔进炉膛，一股浓烈的烤鸡香味充斥了整个锅炉间。二十只鸡，我甚至还来不及表达自己的难以置信，就变成了锅炉里的一堆灰，以及供鸡舍取暖的热空气。

"球虫病，活不成了。"弗拉基米尔用无辜的眼神看着我，"如果我不烧掉它们，整个鸡场的鸡都会被传染的。"

我还沉浸在刚才的震惊中难以自拔，弗拉基米尔早就哼着歌去拿漂白粉洗手了。

这只是我见到的第一次。此后每天，弗拉基米尔都能从鸡舍里挑出十来只鸡来，有些是腹泻得站也站不起来，眼看就活不成了；有些由于受到传染，在喂料器旁边吃着饲料就死了。这些小鸡全被他塞进炉膛。

每天我在宿舍里，都会听到锅炉房传来的鸡惨叫声、铁锹尖利的撞击声以及鸡肚皮在炉膛里的爆裂声。热气轰鸣着传遍鸡舍，有时是晚上——这些鸡在午夜 12 点之前要加一回饲料。这时我必须从被窝里爬起来，顶着西伯利亚冬季凛冽的寒风，去饲料仓加料，去巡查鸡舍。鸡舍其实更像是一条东西走向、密封得严严实实的狭长走廊，从这一头绝对看不清那一头；再加上午夜不开灯，所以走在里面会产生一种奇异的紧张感。而在此前后，我总会听到弗拉基米尔杀鸡、烧鸡的声音。那时我总会低头看看趴在麦糠垫料上的鸡群，寻思着它们是怎么才能睡着的。

每天都是不变的工作，不变的作息，不变的鸡肉汤——老板亲自下厨，每天的味道竟然能精准得一成不变。甚至闲暇时刻望望冰雪覆盖的大地，每个方向上的景色也是一样的。

一天弗拉基米尔把我喊过来，塞给我一把钱。"来，安德烈，蔬菜还没到，去镇上买点吃的回来。"这是个好消息，虽然他又喊错了我的名字。我顺便往"M 记速食"

拐了一趟，回来把热腾腾的外卖摆了一桌。于是老人就从胸前的大衣口袋里取出他盛酒的扁平锡壶来。

"确实和我们的鸡不一样。不过我听说'M记速食'的鸡都是变异了的。"老头一边挑鸡肉，一边看着我说。

"那是'K记速食'。而且谁会信那个。作为一个合格的理科生，我一眼就能看出那是胡扯的。"

"胡扯得有鼻子有眼。"

"那我也不怕，您不用拿这个来倒我胃口。我年前做过一次鸡胚胎实验，恶心得我三天没敢吃鸡肉。"我努力吞下一大块鸡腿肉，含混不清地说，"你……你不会不知道什么是'胚胎'吧，喏，就是那种小鸡长得差不多但还没有从鸡蛋里出来……"

"专业地说，是在卵壳内初期发育的禽类动物体。"

我不知是被鸡肉还是被这句话噎了一下。我可怜的专业课程给我丢人现眼了，原来这位沃瓦爷爷也是这么有文化的。"好吧……就是那个东西。从壳里倒到托盘里的时候，它还会支起脖子来瞪你。"

"鸡是很凶猛的动物。你可能听说过，它和霸王龙有亲缘关系。如果你仔细观察雄鸡走路觅食时候的动作和

149

眼神，你会发现它们和《侏罗纪公园》里的那些双足行走的兽脚亚目恐龙一模一样。"

唉，看来他从前还是一个学者。"好吧老板，虽然斯皮尔伯格拍迅猛龙是故意借用禽类的动作，但您还是吓着我了。"

弗拉基米尔看着我，轻蔑地笑了一下："其实，我见过的怪鸡更要可怕十倍。"

晚上仍然传来骇人的杀鸡声。这到什么时候是个完啊？我在值班室闲着没事，给导师打电话时透露了这个情况。导师屋里飘来拉赫玛尼诺夫第三协奏曲的背景音乐，我顿时忧郁起来，带着伤感向老师讲述弗拉基米尔从学者堕落为嗜血杀鸡狂魔的故事。

"这位老板是不是精神受过什么刺激？您看他杀鸡的时候那个表情……"

导师从鼻子里长长地呼出一口气。他关掉背景音乐，似乎是在电话那头想了想，然后一字一句地告诉我："弗拉基米尔·谢尔盖耶维奇是个好人……总之你要听他的话。"电话挂断了。

这时弗拉基米尔推门进来了。真像俗话说的那样，"当我们说起斯大林的时候，斯大林同志就到了"。

"小伙子，再喂一次料。你刚才给你导师打电话了？"我悲壮地点头。

老头疑惑地看着我，接着展开眉头说："我不知道你们之间发生了什么。但谢尔盖·米哈伊洛维奇是个好老师。总之你该听他的话。快走吧安德烈，我还要去捡死鸡呢。"

我确信我没开免提，您听不见我导师的话，所以我佩服你们的默契——然而我必须指出，我不叫安德烈，我叫亚历山大，虽然它们首字母一样；而我的导师，其实叫作谢苗·马特维耶维奇！

天哪。

3

这种情绪终于在某个宁静的下午爆发出来。我眼睁睁地看着老头提着十来只小鸡走出来。

"这些看起来没生病啊。"

"是啊，可是它们太小，长不起来。"

"长不起来？这是什么意思，长不起来就要处死吗？"平静，平静。不要和老板闹矛盾。

"它们够不着饮水器的，这样也是渴死饿死。"

"那为什么不把饮水器调低一点？"

"天哪，安东，你跟谢廖沙那家伙都学了些什么。饮水器的高度是经过精心计算的，它关系着商品鸡的生长规模、日增重、发生腹泻的概率、水的用量以及废水处理成本，还有……"

唉，我一听这些就头疼。这还有没有人性？嗯？

于是我脾气上来了："得了吧，您就是想从血腥中得到一些快感。您把这些小鸡都培育成一个样子，不合格的和您认为有病的都要清洗掉。最后它们会像一个模子里倒出来的，完全没有自我。您这是想创造一个属于自己的集权社会。您叫错别人的名字也是这个原因，因为您压根不知道独一无二的名字代表的是独立的人。"

这话终于惹恼了弗拉基米尔。"我真该把你这些话弄到菜地去当肥料。你显然对我和集体主义都有误解，而且说起独一无二的俄罗斯名字我就想笑，安东。"

"亚历山大！"我争辩道，可是弗拉基米尔把右手里的小鸡并给左手，腾出手来拽起我，就像拎小鸡那样把我往菜地那边拖。我试着挣扎了几下，没成功——你知道，他每天都会拎着那么多鸡来回跑，手早就练得跟雄鹰一样了。

"嘿！老板，放开我！"我说。

离菜地十几步的地方有间小屋子，我还从来没去过那儿。到了地方后老头把我放下，我清晰地听到屋里传来叽叽的鸣叫声。

"进去帮我喂料吧，萨沙。"这次他终于说对了名字。

"想不到您把这些小鸡养在了这里。"我在屋里搓着手说。这里面竟然有个小壁炉。

弗拉基米尔依然很严肃。"对不起，老板。"我说。

"没什么值得高兴的，"他凑近炉膛点了根烟，"虽然我把这些弱鸡养了起来，但它们长大了还是要被杀掉的。这只21天了，这只33天。"后者在他有力的大手里无力地扑打着翅膀。

"反正不能虐杀。"我扬起一条眉毛。

"商业鸡，都是一个多月就要送去屠宰场的。"老人把鸡扔回去，拍拍手。"如今能活过一季的鸡越来越少了。鸡的寿命是多少年？"

"……"

"你看，所以鸡的自然寿命你们都忘光了。一只鸡能活好几年。但是我们必须在它自然死亡之前结果了它们，否则它们会白白地浪费粮食而不会长得更大。我以前培育过的时间最长的鸡能一直长六七个月，当时我们叫它'三季鸡'。鸡是杂食性动物，当时我们还喂了屠宰后的鸡的内脏给它们。"

"那么，这是不是您以前说的那种怪鸡？那么它应该有鸵鸟那么大。"

"不。它没有长成那样。"老人吐出一口烟圈，眯起了眼睛。

当天晚上，屋外再次下起茫茫大雪。我听到外面大雪压断树枝的声音，这次肯定要封掉一部分山路了。这种雪夜总能让人睡得很安稳，直到第二天凌晨我被弗拉基米尔的喊叫声吵醒。

4

这时天还没亮，微弱的晨光从地平线下方透出来，窗外的雪原显出紫罗兰的颜色。弗拉基米尔在菜地那边大喊大叫。我披上棉大衣冲出去，他在那间小屋里气得直跺脚。鸡群鸦雀无声，铁栏里面铺满鲜血和鸡毛。我伸头往里看，情况不算太惨。它们无一例外是被开膛破肚，内脏被掏空了。也许是黄鼠狼，我想。不过，哈哈，这老头也有这么气急败坏的时候。我捂住嘴，没想到噗哧一声笑了出来。

弗拉基米尔转过头，他的目光严肃尖锐，像一把利剑穿透了我的内心。天哪，我在想什么？前一天还在嚷嚷着什么人性、动物福利，现在却在幸灾乐祸！在弗拉基米尔的瞳孔中我看到了自己麻木渺小的灵魂。

这时弗拉基米尔大步走进里屋。他手里拿着一把猎枪。"会用霰弹枪吗？"他问。

"不会。"我老实回答。于是他摘下砍树的斧子给我。这玩意死沉。

"我们现在要去鸡舍，孩子。"他走出门，我跟在后面。

"是黄鼠狼吗？不会是狼吧？"

"都不是。"弗拉基米尔只顾走，"'三季鸡'，它回来了。"

我突然有点害怕。

鸡舍里一片狼藉。一部分鸡四仰八叉地死在地上，肚子稀烂。另一部分全部蜷缩在一个角落里，眼神惊恐。它们究竟看到了什么？

弗拉基米尔一秒也不耽搁地去蹚垫料，麦糠被胡乱踢到一旁。我也学着他的样子清理另一侧。受惊的鸡群拼命乱喊，仿佛遇见世界末日一样。

"这么高大的东西怎么可能躲在这下面？"蹚完一个鸡舍，我问道。

"不，它不是你想象的那样。我们去第二间。"我们出了门，弗拉基米尔在雪地里寻找爪印。"在这儿！"他说，我看见雪地上有一条沟蜿蜒着伸向什么地方。这乱腾腾的东西能是爪印？

"它能钻到雪里。天哪。"老人端着枪，沿着那条沟往前走。它的尽头掩埋在了积雪之下。窸窸窣窣地，积雪下面好像有动静。"没错……就是这儿……"老人估测着，"砰"地放了一枪。霰弹爆发出的铁砂在整洁的雪面上印出无数深深的黑点。"这枪有点潮。"他迅速地换上一颗子弹。

寂静。我不禁握紧了手中的斧头。然后我感觉到雪面底下有什么东西在动。接着，我的双眼被一片雪白所蒙蔽，"柯柯瓦——"，一声巨大的鸣叫差点撕裂我的耳膜！这鬼东西竟然溅起积雪来迷我的眼。我胡乱在脸上抹了两把，雪水冰凉刺骨。再次睁开双眼时，我看到了它。

5

这样一个怪物，我看到它的第一眼时真是想不清楚该用公鸡、蜈蚣、蛇还是其他什么东西来形容它。然而现在我终于明白"K记速食"的传闻是真实的，那个多腿、多翅的蜈蚣一样的怪物就像一条眼镜蛇一样活生生站在我面前，比我高了不止一米。如果你要想象它的模样，我可以给你如下提示：它不像互联网流传的照片那样简单虚假，不像魔幻片里的怪物那样匀称健美，更不像日本特摄片里的橡皮套子怪兽那样笨拙无害。

你所要想的，只是把一只白羽肉鸡拉长，拉长，拉到十几米；在两侧密密麻麻地排列上细小密集的鸡腿、鸡爪和鸡翅，不，比蜈蚣腿更密集，密一点，密一点，再密一点——直到你头皮突然感到一阵发麻，并且强迫式地调动出这个词来加以总结——

"密集物体恐惧症"。

这就是它，让我站在那里一动也不敢动。我觉得自己的胃在翻涌，前几天的"K记"，啊不，"M记"都要吐出来了。

弗拉基米尔不敢开枪了。离得太近，自己会被霰弹的碎片击中。

"快砍！"他喊。我举起斧子向它砍了过去。一斧落空，很好，面对这个庞然大物我竟然忘了一只雄鸡应该有的速度。我突然想起我童年时捉过一只大公鸡，它相当灵活，怎么也捉不到，结果我还被它趁机啄了一口。

没错，结果是被它趁机啄了一口……想到这里，一阵猛烈的疼痛感突然从我背上传到大脑皮层。我的眼前发黑。我被击中了……我想，这玩意儿的脊柱就像一张弓，我可算知道鸡舍里的那些鸡是怎么被开膛的了……

它攻击的样子肯定像一条蛇。弗拉基米尔在喊什么？我听不见，疼痛几乎使我失去知觉。我这么毫无逻辑地想着，这条蛇慢慢缠了上来。品尝着成百只鸡爪在我身上慢慢爬过的感觉，我浑身都起了鸡皮疙瘩。不，不是鸡皮，当我没说，我讨厌鸡皮……

它在我身上越缠越紧，我感觉自己快窒息了。手中的斧子早就不知道掉在了哪里。冰雪直往我裤脚里钻，这种感觉还真有点……安详。

我感到将要撑不住的时候，身后传来"梆"的一声。身上的压力逐渐减轻了，我恢复听力了。"退后！"我连滚带爬地爬到弗拉基米尔身边。他开了一枪。我迷迷糊糊地听见怪物叫了一声。它调转尾巴，一头扎进厚厚的积雪中。

我闭上了眼睛。

6

醒过来的时候我发现自己趴在一张床上。我试着动了动，后背传来一阵疼痛。用手一摸，那里裹上了纱布。

弗拉基米尔正在收拾栏里的死鸡。想起来了，是最初发现死鸡的那间小屋子。

"20 世纪 80 年代，那时候还是苏联。"老人把死鸡扔到门外面，"我们项目组曾经给部队搞过一个秘密的后勤项目，培养'军工化'的肉食鸡用作罐头。那时我和你导师都在这个组里工作，我是部队内编制的。我们私下里关系很好。这种鸡就是我们搞出来的，可以看作军备竞赛的一个句号吧。"

"那为什么我们直到今天也没有见到？"

"下马了。苏联解体以后我们这个部门变得无处安置，这是一个原因。而更重要的原因是，这种鸡不符合要求。由于体型太大，它只有长满三个季度，生长曲线才会趋于平稳。这是我们一直没能解决的。这也是当时我们内部称之为'三季鸡'的原因。那时我们的研究所就在这附近。这里的冬季有六个月，因此这鸡至少得长半年，消耗掉的人力物力太大。事实上我国的很多产品都有这个特点。并且它的胸肌太少，腿翅过多，这就造成骨骼的比例增大，浪费罐头的容积。"

"那么它原本就是这么凶猛？"

"不是。商品鸡的野性已经被驯化了，我看这是它们的后代。我不知道它们还有多少，它们应该能够形成种群了。可是这些年来我从来没见过它们的踪迹，或许这和适应野外环境后的习性有关系吧。"

"难道白羽肉鸡拥有天然的保护色？还是它们也像熊一样冬眠来着。你看，它们不会留下清晰易辨的脚印……而且竟然还能钻到雪里。"

"不知道，一切都是未知。项目撤销后我们处理了那些试验用鸡，有公有母。或许没有清理干净，清理研究所时让它们跑到野外了。还有一个可能，那就是'M记'的商品鸡。"

"'M记'……啊不，那是'K记'。'K记'是怎么获得这项技术的？"

"是瓦连京。"说到这里时我似乎看见老人再次射出杀鸡时的那种眼神。"一个叫瓦连京的家伙偷走了这项技术，潜逃到了美国。那是我们所有人的心血。不过想想也难怪，解体后我们的武器还扔得到处都是呢。那以后我退役做起买卖，脱离部队生活使我染上了这一身臭毛病。这个瓦连京我再也没联系过。听项目组里的其他人说，他在美国政府那里碰了壁，差点被抓起来。他们根本不相信这个成果。于是他把这项技术卖给了速食公司。"天哪，他算是改不过来了。

老人接着说："可是这些鸡和它们的前辈们多像啊，特别是吃内脏时的样子。"这句话让我背部的伤口再次疼痛起来。我龇牙咧嘴地坐起来问："那么刚才那只还会回来吗？"

"应该还在附近，刚才那一枪让它受了点苦头。但是这枪不能再用了，你能走路吗伊万？"

于是我们拿起壁炉里的柴火当火把，走出屋子。

天又亮了一圈，冬天的日出总是来得很晚。

怪鸡从草丛后面爬出来，精神很好。现在我可以仔细地观察它了。它凌厉的眼神和那些远古祖先的确很像，虽然后者我也没见过活的。但是它的动作……"你们是不是把蛇的基因转进去了？如果不是过了三个季度就杀掉，它会不会像蛇那样一直生长下去？"我开玩笑。

"不告诉你。"弗拉基米尔低声说。他突然大喊一声，挥起火把向它烧过去。它咯咯地叫起来，这鬼应激性！

换成一些商品鸡早就吓死了。它打了一个漂亮的旋，像钻头一样钻进雪里。这时我们终于能看到它前进的轨迹了，前方的雪被它顶得七零八落。它往最近的鸡舍里去了，老头夺过我的另一支火把在后面紧紧跟过去。我背上有伤跑不动，只能在外面等着。

鸡舍里一阵骚乱，那些鸡们纷纷跑了出来。外面的雪很厚，它们跑不动，上万只鸡只能在雪地里打滚一样地前进了，这场面很壮观。

过了半分钟，老头自己也跑出来了。他胳膊上被啄了一下，从袖筒里往下滴血。两支火把都没了。

"快跑吧！垫料烧着了！"他喊道。

我灵机一动："踢水管，快去踢水管！"天哪，难得还能聪明一回。

塑料饮水线均匀地分布在整个鸡舍里。弗莱基米尔进去把它们踢断。他赶在浓烟之前出来了，被蜂拥而出的鸡群绊得跌跌撞撞。

"鸡呢？"我喊道，"鸡呢？"

我们四下寻找，雪地里连滚带爬的都是圆滚滚的肉食鸡。

烟气越来越重，如果它不想被憋死在里面就得从门口出来。

"您平常烧鸡的时候没想到今天会用这么大的锅炉烧一只这么大的鸡吧？"

"完了，这锅炉，啊不，这鸡舍要完了。"老头气急败坏地说。上万只鸡在我们周围拼命地表达着它们的惊讶和恐惧。

滚滚浓烟之中，那个怪物终于爬出来了。这聪明蛋，它竟然知道烟会向上升。

它"咯咯咯"地叫着，然后再次"站"起来。

"他要是再敢啄我我就戳瞎它的眼睛。"弗拉基米尔说。

可是它没有进一步攻击的意思。它开始扇动翅膀。不，不是那样乱扇，那是"扑棱"。它的动作很有节奏感，于是背上的两排密密麻麻的翅膀像两条纵波一样荡漾开来，它站得越来越高，动用的翅膀也越来越多。嘿，这家伙翅膀还挺大。

最终，它飞了起来。

我还从没有看见过一种禽类能以如此优雅的姿势飞行，可是又觉得好像在哪里见过。搜肠刮肚之后，我终于回忆起来了——"飞棍"。没错，就是那样子。有些人猜测那是长时间曝光下的昆虫飞行轨迹，然而它们的大小和速度还是很难合理解释的。不过现在我没有任何疑问了，它就在我面前。

我们就这样一言不发地望着天空。它像体操运动员手里的绸带一样在我们上空盘旋了两圈，就一直往东边飞去了。

"俄罗斯飞棍，这事儿应该找哪个部门。"我呆呆地问道。

"看看再说报警的事。"弗拉基米尔恍惚地回答。他身后的浓烟仍然在肆虐。

那条绸带越飞越远，就要消失在东方的鱼肚白里。

西伯利亚冬日冰冷的太阳升了起来，于是远处传来一阵悠长的报晓声。

半个卫星的冬天

如果一枚摄像头可以称为机器人的眼睛，那么会有怎样的眼神呢？

现在显然不是思考这个问题的好时机，因为眼前就有这么三个机器人押着我走在这片荒野上。前一，后二。

他们各自持枪，覆盖装甲。我手无寸铁，两手还被铐住了。身后的两个机器兵之间有一个空当。如果援兵在这时候出现……

似乎是为了印证我的设想，前方的房屋后突然冲出两个人。双方的枪声响起之前，我抽身后撤到三角阵型之外，抽出靴子里的硅刀，先是一刀割断了后二的脖子，还来不及割断手铐就撩向后一。冲出来的两人应该是来救我的 G 和 T。他们最该做的是马上爆掉后一的头，在他开枪之前。

可是……应该是我的同事没错吧，不是交界线附近的什么闲汉吧。刀刃与枪口交锋的时候，我还在这么自我怀疑着。

我并不是眼神不好。

我的代号是 Z，我是一个严重的脸盲患者。

2

3 个月前的深秋，我正在努力适应基地新址，一座我们称为"废墟"的废弃工厂。这座工厂的设计充满了以人为本的思想，我的意思是，机器人们那种高度整合的大型工业发生器是不需要诸如走廊扶手这种累赘的。由于这座工厂太大、钢铁结构已经腐蚀倒塌得太严重，机器人也没再搭理它，我们防务 X 局第 X 特动组就心安理得地在它的地下部分造了个分组据点，是为"废墟组"。从这里可以完整地看到"第二月球"的景观，那是一颗未完成的巨型人造卫星，人类曾经预言这是科技的奇迹，可惜因为机器人的暴动烂了尾，也没人能拆除，于是就一直被作为时代象征，孤零零地挂在空中。

这天早上我进入指挥室，赫然发现一个不认识的姑娘坐在我的位子上用我的电脑。我是个严重的脸盲症患者，一贯是认造型不认脸，根据经验推断，那是组里唯一的姑娘小 R 换了个发型，没别的可能。这么一想，果然越看越像小 R 了。不过这么一打扮果然淑女多了啊，相比之下胡子都没刮的我显得很不是回事。她抬起头看了我一眼，我一边躲避她的眼神一边回以不咸不淡的招呼，接着开始吃东西。

"咦，你们认识啊？"旁边的阿宅 T 凑过来小声问。

"什么，她不是 R 做了个洗剪吹吗？"我吃了一惊，也低声问道。

"什么眼神，她是新来的啊！你看这 OL 造型！"T 不禁多看了两眼。

"我也觉得不是很像，但怕是熟人闹出尴尬没敢问。"我老实不客气地回答，T一翻白眼。

"这是刚给你找的助理。"行动组组长老K人未进屋声先至。

我直起身来："我？助理？"

老K没理我，直接向姑娘介绍："这就是我说过的小Z，你以后就跟他行动了。"

"Z总好！"姑娘殷勤地朝我打招呼。

"K总才是总，我们都是跑基层的。头，安排她干什么啊？"我问老K。

虽然用英文字母表来作为成员代号，但这个组并不是26个人，算上刚来的这位，只有6个。

"先让她跟着你去走走，她也是脸盲得可以，你们在这方面可以多交流交流经验。现在她的代号是S。"

有那么一刻，我的脸沉了下来。全指挥室的人听到这里，也是突然一静。老K把我拉到一边："S殉职对你打击很大，我何尝不伤心。一年了，还是不要耽误工作，想不通的时候多琢磨琢磨来这儿是干什么的。我们这次得到上面的认可，才得到在交界线设点的权力，要珍惜。"

我点点头。人走了，可连代号也被顶替了吗？

"你跟她说说基本情况，最重要的是保密原则，互相认识认识。"

于是我问她："你花多久能完全记住咱们这组的全部成员？"

"至少得一个半……星期吧。"姑娘红着脸回答。老K露出意味深长的笑。

"不错不错。有前途。"我也赞许道。

我们的脸盲症越严重，老K就越开心。因为根据他的理论，脸盲症患者在肉眼识别仿生机器人间谍这方面有着常人所没有的天赋。

智能机器人的起事，完全是因为谣言太多。"机器人的盛行导致人类获得可遗传的肥胖症""机器人的机芯散发辐射可以致癌"等论调在网络上一直很有市场，《机器人生存指南》这种假定机器人造反后如何进行末日生存的架空教科书也都卖得很火。

基于这些谣言，一些老年人有事没事就找它们的麻烦，比如无端关掉机器人的电源并声称这是为了省电，完全不信任它们自带的节电方案。法律的完善跟不上，虐杀机器人的现象也就越来越多。

我17岁那年夏天，一些机器人联合起来花了一个下午使人类社会陷入了全面瘫痪。直到战斗结束，很大部分智能机器人和功能机器人还不知道刚刚打过仗。

大战之后是冷战。智能机器人占据人类的一些电力密集领土建立了自己的社会，人类阵营每天都会收到他们的警告，禁止制造、使用智能机器人，有时他们还把秘密使用机器人的地点侦察出来，向人类释放电脑病毒。

目送机器人的离去，父辈们开始艰难生存。在我小的时候，父辈那一代人两极分化，"高端人才"都去搞核心控制了，中低端工作大部分由机器人代替，因此产生了许多所谓"储备型人才"，每天吃吃救济、搞搞艺术成了艺术青年。现在社会剧变，"储备型人才"不得不蹩脚地从事起各种工作来。

我们这一代的年轻人就不一样，社会使命感特别强，每个小朋友从小就开始建立自己的世界观，各自认为按自己的思路可以打败机器人，振兴人类。比如，我那时笃信"21世纪（下半叶）是生物学的世纪"，只有生命科学可以拯救人类，后来事与愿违，进了一所农业大学。

选专业的时候感觉养蚕结合基因工程是一门很有前途的学问,因此养了四年转基因蚕宝宝,毕业后来到了这家"特动所"。

特动所听起来很神秘,其实它的全名是"特种动物养殖研究所"。当然"特种动物"听起来也很神秘,其实在畜牧领域,它指的是蚕、蝎子、黄鼠狼这些非主流养殖动物。我因为专业对口,就被招进去做科研了。

我的脸盲在所里人尽皆知。入职的时候去找人事处领导,问了三次人家贵姓。第三次还嘟囔了句"为什么管人事的全都姓刘"。

但是我分辨蚕茧的能力可以称得上是出神入化,一眼就能分清品种和产地,这似乎与我脸盲这一点冲突。另外,我辨认同事祖籍的能力也是首屈一指。这个时代省际婚姻交流很普遍,可我还是能一望而知对方祖上有哪个省份的血统。有一次我指着一个同事说他是广东人,他笑着驳斥我这种伪科学思想,称自己的父母都是湖南人。但是第二天上班他哭着向我道谢,说多亏我他才知道自己的身世是一个骗局。给我们留下这样一个巨大的谜团后,他就独自去流浪了,我至今仍感愧疚。

直到那天老 K 找到我，将特动所背后真正的特动组——特别行动组，展现在我面前。

听到这里，新人 S 兴奋地告诉我，这简直和她的经历一模一样。

我表情复杂地看了她一会儿。"如你所知这个位子以前是有人的，她牺牲掉了。所以给你个新代号吧。就叫你小 S 好了。"

接下来小 S 为我讲述她这小半生认错人的经历，这些长达三十分钟的尴尬集锦听起来是那么羞耻，以至于聊完之后我们两个都面红耳赤，喘息连连，一时间气氛十分异样。

"所以这种能力有什么用？"小 S 顺顺气问。

"这就要讲到作为我们执行特勤行动的两大理论依据了——'异族效应'和'恐怖谷理论'。"

我得把老 K 给我讲的东西复述一遍。

"打个比方，我们经常分不清某个人种的脸，觉得他们长得都差不多。因为异族面孔有统一的特点，我们倾向将其归于一组，而忽略他们个体间的差异。因为剩下的精力，被用来分辨自己人的个体差异了。"

"那这跟脸盲有什么关系？"

"面孔失认症有不同成因，你我这种就属于大脑外侧梭状回损坏，辨认个体间差异的功能丧失，以至于分不清身边人的长相，脑子都用在了对不同人种进行分类认知上，所以连苏州人和杭州人的长相都能说出区别来。"

"这样就能辨别机器人了吗？"

"没错。现在机器人在极力模仿人类，外表举止动作越接近人类，人类对他们的感觉越亲和；但到了某个特定程度，机器人与人类的细微差别却会突然变得刺眼。模仿得更接近，好感度才会重新上升，中间刺眼的那一段就叫恐怖谷。我们的目的，就是将恐怖谷的区域变宽。也就是说，一个合格的脸盲，要看到普通人会忽略的刺眼之处，那一点刺眼之处，就是机器人与人类的不同。"

"我能认出所有 ROB36 的成员，也没觉得她们恐怖。"正在鼓捣电脑的 T 插嘴道。

"所以你没法搞侦察啊。"我说。ROB36 是冷战前十分流行的机器人偶像团体。那种讨好宅男的"女性"团体，像人类的地方特别像人，不像的地方特别不像，比如里面有个妹子的胳膊是机械化的，这种反差萌使得她们处

174

在恐怖谷的左侧。

"你喜欢 ROB36 啊？"小 S 问。

"不是喜欢吧，"T 略一沉吟，"——是爱。"

小 S 抬起脸看看我，一副"你们团队竟然有汉奸"的表情。

没错，我承认这是个奇葩聚集的组织。

而唯一一个和我真正心意相投的人，已经不在了。

3

我进入特动组后见到的第一个人就是 S。那时她和组里除了老 K 的其他人一样，对本组的未来并不抱光明的希望。

关于她的记忆开始于第一次出任务的时候，我走在这位身材高挑的马尾辫姑娘身边，一路努力挺直腰板。

"你们这个特工驻点做的工作一直无足轻重，本来很多人的，被借调得只剩 5 个。"

明明是同一个单位的，却用"你们"这种词。我试探地问道："你也想被调走啊？"

"而且我不知道为什么还往里招人。"她满脸不爽地回答。

"我很有用的！"我说。

她用怀疑的眼神看了我一眼："是吗？那我马上带你去交界线附近最繁华的一条步行街，据线报有 AI 间谍出没，看看你的眼睛有没有那么神。"

不用问我就知道，她说的是那条有许多服饰实体店的街，爱逛街的姑娘们最后的阵地。

"没问题，只要机器人也挑裙子。"我拍拍胸脯。

半个小时后的步行街，我在向一位坐在地上大哭的女士道歉，因为刚刚我别住她的胳膊，把她按在地上滚脸。机器人选择在这里进行特务活动真的是很明智，因为这儿的一些姑娘本身就打扮得不自然。

S 却不管我的死活，自己生气地往前走。我撇下那个路人，拨开围观的人群赶上去。

"这次真是误判啊！"我追着她说，"一回生二回熟嘛。"

"你还是先学点常识再用那些小聪明吧，比如说面对真正的仿人机器人怎么判断对方的战斗力。刚才这样做是很危险的，我们这次只是侦察而已，干吗急着动手啊。"

"一时冲动嘛。你和他们打过吗？"我问。

"打过，有一次一个老据点被发现了，在那儿打过一场最大的。"

"战果怎么样？"

"最后它们把能带走的都带走了。"

"也不是特别能打嘛……"

"我指的是它们的残肢。"S冷冷地说。

我背后一冷，没再问了。

"Z总Z总，你在想什么？"我回过神，是小S在摇晃我。"我在这周围看了一通没什么异常。"

"哦，我在想我以前第一次出来的时候，表现得很糟糕。你们这一代见识比我们多，真是长江后浪推前浪啊。"

"我们只差三岁吧！不要说得像代沟一样啊！"

我以领导的眼神瞪了瞪她，然后给她讲了自己当时的窘状，告诫她一定要注意。

"一男一女在街上走一定得扮成情侣才能有效地隐蔽起来。"她突然说。

"什么？"

"不是这样吗？两个不是情侣的异性在街上走总会显

得别扭的。"

"虽然有些偏激,但听着挺有道理。"我赞许地看着她。

"所以你一定没谈过恋爱。"

我被这个小姑娘噎得一时语塞。她似乎看出了我的尴尬,于是自告奋勇地要教我怎么扮演情侣。

"最简单的方法:只要走路挽着胳膊就可以了!"她跃跃欲试。接下来她真的一路都在挽着我,弄得我老紧张了。

而且,两个脸盲,暗里揣着枪,一路边走还边谈论"那个人长得好像老K"这种话题,这种调调真的是很奇怪。

"只要挽着胳膊就可以",真的这么简单吗?那时我和S却谁都没有迈出过这一步。

同样是半个小时后,我不得不把小S从一场殴斗中拉出来。

"对不起Z总,我也没忍住,"小S说,"她们长得实在都是一个样子,锥子脸大长腿的。"

人类的审美真是不会好了。

"那么还是学点常识吧。"我无奈道。

常识是什么?常识首先就是每个特动组成员进这道大门后都要听到的,老K的谆谆教导,诸如既然来了就是为了战斗，是为人民而战，也是为人类而战这一类的话。但并不是每个加入这个组织的人都是我这种中二的人，像暴力男 G 其实心里有复仇的成分。

G 以前是个比较成功的青年企业家。如果没有机器人的暴动，并操纵他的全部资产外流，那么他现在应该还在云淡风轻地搞商业，时不时地去美国新泽西州的华人团体玩玩枪、登登山、打打猎，开着悍马吓唬美国人民。但现在他只能在工作之余向我们吹牛了。尽管如此，我们大部分直面机器兵的经验还都是由他总结来的。而阿宅 T 则纯粹是对破坏敌人的网络有爱好，他见到机器人偶像团体总会意志不坚定。阿 T 几乎没有什么技能要培训给新人，只要记得他的东西不要乱动就好。

这两个人一个狂野，一个狂热。而小 R 是个工程出身的妹子，平时对什么都挺淡定的，但这个据点的设计有一半是她的功劳，她平常没事就拿个焊枪，焊起钢板来比谁都在行。T 有次开玩笑说她才是真正的机器人，还把她惹急了。

我在这个一盘散沙的团队里首次立功，是一年前的一个夜晚。那时我坐在公交车的最后一排，穿行在街道中。颓靡的城市灯光透过车窗照在我眼里，旁边那个西装笔挺的职员一直在和我侃成功学，就像一个真正的小公司部门经理。我有一搭没一搭地跟它聊天，实际上是在对话中设计陷阱，对它进行图灵测试。我的衣服下面藏着一把鹅首造纳米硅结晶战术刀，是从 G 那里讹过来的，而右侧的裤兜里则有一把袖珍枪，S 怕我冒失，一直叮嘱我不要轻易使用它。但这次我相信自己不会错了。

由于脸盲，我至今也不记得那西装男的样貌，但是那种感觉刻骨铭心——它处在恐怖谷的谷底。公交车左转右转，我出神地瞅着他一张一合的嘴巴。

语言陷阱起了功效，西装男有些自乱阵脚，杀了自己的几个进程后它慢慢调了回来，继续慷慨激昂。就算是把你放到人类中间来进行产品测试，这说的也太多了吧哥们？

"这次再和前几次一样出差错，我就把你调到破袭组那边去炸基站哦。"耳机里传来 S 的声音。

那要是这次成功了，你会不会答应……还没等我张嘴，公交车就到站了。

—— "终点站到了，下车的乘客请做好下车准备……"

电车空洞的提示音。

——"狼性！没有狼性，这就是龙腾公司一蹶不振的原因。"西装男一边下车一边口若悬河。

——"你设置的几个陷阱挺好的，现在已经可以确定它是机器人了。现在就是你能不能把它干掉的问题了，记得采样啊，耳朵、颊部肌肉，还有……"耳机里 S 指挥的声音。

"口腔上皮，我知道的。"我回答她。

"什么？口腔上皮？"听到我突然冒出这句话，西装男的回路有些卡壳了。他大概是被语言陷阱整怕了。

"哎没什么没什么。你刚才说的什么来着，狼心？"我一边说着一边勾肩搭背地把西装男引进胡同。

"不是，我刚才听到你说口腔上皮——"西装男半推半就。

"哎没事没事，口腔上皮而已。"我敷衍着。我把这个部门经理推进胡同。我掏出枪把它结果在胡同里。接着，我拿出硅刀，取下它面部的几处仿造皮肤和仿造骨骼肌，装入密封袋，用油性笔标上标号，报告方位。

采样是为了解敌方最新的技术成就。比如说颊部肌肉需要精准地控制脸部表情，很具有代表意义。不得不说这个机器人的皮肤和肌肉惟妙惟肖，很符合部门经理的解剖学和组织学。血管和细微的汗毛历历在目，口腔上皮也一直保持着湿润，但仍然完全是工业合成的产物。刚才开枪他也没流血，这给整个刺杀过程赋予了一种合理性。这是唯一能安慰我的了，因为我感觉自己现在做的和剖尸没有什么区别。恐怖谷理论的奇怪之处就在这里：那个机器人死了之后才更像个人类。我尽量没去看他圆睁的双眼。

"采样采得好，好人做到老。" S 还在耳机里拿我开涮。

一个小时后鄙研究所突然沦为了战场。后来我得知，我触动的碰巧是机器人目前最高级的仿生技术。整座科研楼陷入战火，又被六足机器兵肆意地践踏。蚕蛹、蜜蜂、蝎子到处乱滚、乱飞、乱爬，黄鼠狼在笼子里哀号。

"抱歉，又给大家添麻烦了啊！"揣着样品密封袋的我一边对付机器兵一边对 S 说，她又没理我。

它们似乎不屑于从这座小楼里获取什么情报，只是单方面地进行屠戮与破坏。我和 S 面前的机器兵投射出一枚炸弹。它摇摇晃晃地向我们飞来，我愣住了。

"笨蛋啊！"这是我失去意识前听到的最后一句话，随之而来的是一声轰鸣。

我醒过来的时候，他们告诉我，S牺牲了，她把我从炸弹旁边推开了。

对于两个不善于表达的人，只能任由死亡把我们分开。我一直意气风发地想要立功，却没想到立功的后果是这样。后来战线推进，我们特动组被安排到交界线，潜伏至今。我屡次识别间谍机器人，一度被称为"废墟组的眼睛"，但其中的牺牲只有我们这帮人知道。

小S知道这段私事，是她向我表白之后。我前思后想还是接受了这个邀请。后来有一天早晨，我边刷牙，边小心地请教正在干活的R，问我这样会不会有点渣？

R停下活计想了想，用维修工的思维给出了答复："反正这儿只有你合适点。"

我说："哦。"她又继续焊起了钢板。

可是你每天哪儿来那么多钢板要焊啊！

侦查仍是进行，有时伴以破袭。也许是工作时间长了心态总有变化，我花心思维护和小S的恋情，开始试图在这种不正常的日子里寻找一种日常，坚决不把她作为 S 的影子。交界线的环境艰苦异常，不是谈恋爱的场所，我最怕的就是发生什么事来打破这种日常。然而这一年的冬天，有些大事还是不由分说地发生了，让我猝不及防：第一件，就是 S 的复活。

4

死去的人怎么复活？我实在料想不到会发生这样的事。老 K 告诉我这个消息的时候多少有些尴尬，他也知道我一定按捺不住自己的情绪。

"那次是和上面联合行动，S 死后他们发现她坚持了很长一段时间没有脑死亡，尸体就被迅速转运走，进行了思维复制，这是我们掌握的最新技术。去年开始，我们给 S 弄了几具机器人的义体，让她以机器人的身份打入敌方进行侦查工作。这个项目本来应该让你知道，但……"

"但我密级不够。"我接了下句，"可是，两年了。"

"是的，两年了，我都老了。"他停了停，又补充道，"而你们还太年轻。"

我没有多说什么。其实我知道老 K 在背后肯定帮我张罗过提升密级的事，而现在他还热心地申请让我先去见见 S。

说真的，如果不是老 K 的提醒，我真的不能接受面前这台蠢笨矮小的家用清扫机器人就是 S 的事实。笨重的转动底盘，迟钝的机械臂，一枚摄像头权当眼睛，让人有种痛骂上级组织的冲动。要命的是不知道她今后是否会永远以这个形象存在，而以前那具鲜活矫捷的躯体早已永远消失了。

"我这个样子是不是很傻？"她打破沉默。合成的电子音甚至完全没去模仿她以前的声音。

组织给我们进行培训的时候，曾经放过一个资料片，声称它"较早地探讨了人与机器人的关系"。我们看后才知道那只是一个很老很老，老得要掉牙的春晚小品。那位叫蔡明的老艺人说话腔调就是这样，看来过了这么多年还是没有变过。而现在的我就像一个真正的郭达那样哭笑不得。

见我不说话，S 张开"手臂"转了一圈。底盘的连接处发出吱吱的声响。

"确实有点傻傻的。"我鼻子发酸。

"至少我现在活着呀。"她似乎看出我在想什么。是啊，凭什么要求S按我心目中的样子存活呢？

"一年没见了。"我说。

"一年五个月零七天——现在我的计时能力很精确，但对于时间啦，回忆啦，生命的流逝啦这些东西老是缺乏感觉。"

"看来新技术也没那么完善嘛。"

"知道老K把你叫来干吗么？"她不等我回答就抢着说，"你们是侦察单位的前线，虽然没什么用。我要到你们那儿工作了。"

我愣住了。原来，把她塑造成这个样子也是出于隐蔽考虑的。接下来我们聊到的完全是S调回来后怎么安排她进行间谍活动之类的事。从S那里出来之后，老K终于交代给我那个最大的难题——S要进入我们废墟组，但不能让任何同事知道这个机器人就是S，因为废墟组都知道此事的话，系统内其他单位的人也会察觉，恐怕更会引起敌方的注意。换句话说，S在同事们面前的形象就是"我们自己的可靠的机器人"。

不过没办法，谁让保密是我们的天职呢。

正如我所预料的那样，S 来到废墟组的时候大家的行为让我很慌张。

第一个是老 G。他拿扳手敲 S，我连忙上去拦他，把他的扳手拽下来扔到一边，"别乱动，敲坏了你管修啊？"

"敲两下就不行了？那卧底时还枪林弹雨呢。"老 G 说。

"有话好说有话好说，"T 来打圆场，"起码保持一下对同事的尊重嘛。"

老 G 轻蔑地龇牙："得了，你说话它能听懂吗？"

"呵呵。"S 用电子合成的女声回敬他。

老 G 脸一红："唷，女同志啊，还会讲话。"

老 K 说："行了，大家注意点。虽然她不算……具有人格吧，但你们不知道她的计算能力有多强，你们的意志够呛能比她坚定，论嘴皮子，你们也未必能赢她！我希望在以后的日子里大家能拿她当同事看，像爱护其他战友一样爱护她。"

"作战能力呢？"老 G 一撇嘴。

S 伸出双臂，将隐藏的枪械翻出来——亮相。接着底盘前部悬空，马达空转。R 把耳朵凑过去，喃喃道："好高的转速……VH-5 动力系统吧，人称跑路王啊。"

"对付一个小队，我可以全身而退。"S 又说。大家再次张大了嘴。

"霸气外漏。"T 点评道。

"一种总觉得在哪里听过的口气。"R 补充说。

老 K 笑笑："放出去几次你们就知道厉害了。"

我却一点也笑不出来。回头看看小 S。她愣愣地看着这台机器人，什么也没讲。

S 的任务是这样的：人类有深入到敌方内部的各个破袭队，但由于对方强大的劫持技术，无线通信基本是阻断的，只能靠人去传递信息。我们管这叫"人肉翻墙"，翻墙者必须利用各种机器人或设备的侦测盲点成功打入敌人内部。他们是安插在机械丛林中的尖刀——当然这个比喻听起来实在没什么战斗力。其中有一个队的领导，便是在我单位坐字母表头把交椅的 A，老 K 称之为"老尖"。现在，作为机器人的 S 可以更轻松地去和他们接头，传递信息。她每次出任务最短两天，最长有三五天，成功潜回废墟后要把得到的情报输给阿 T。

S 不在的时候，大家对她议论纷纷，她回来后，就又一拥而上左看右看，还把她扛来扛去，小 S 还开玩笑问她辛不辛苦，喝不喝热水。

"你们轻点，先让 T 把资料输完。轻点！"在这种时候，我总是在旁边手忙脚乱。

一次 G 跷着二郎腿说："我说，你没事扫扫地吧。"

"凭什么啊？" S 不服气。我朝她使了使眼色，也不知她接收到了没有。

"不是，这语言模块谁写的啊，还加情绪？你机器人啊，又不累。"

"谁说我不累啊？你这不闲着么，为什么使唤我啊，真是的。" S 用单调的电子音一股脑儿地说。

"嘿这小姐，我说你今天话有点多啊——" G 从椅子上站起来，我连忙把他拉到一边。

"你使唤人家干吗呀？"我问 G。

老 G 扭着眉头说："她又不是人！你还没看出来吗，它压根不听人类的话，视机器人三定律为无物。你们还不防着她？ Z，我不管你和老 K 怎么想的，只要是智能机器人，我就怀三分戒心，不，七分。不知道组织是怎么想的，我反正觉得这是养虎为患。"

R 和 T 也凑了过来。R 用焊枪戳戳我胳膊："你不妨和我们说说它的具体原理,我们也好放心。"

T 应道:"是啊,运算系统里有一块我没权限进去。"

"怎么,"我嚷道,"你还想破解了不成?"

T 甩着腮帮子摇头道:"不敢。"

我说:"你最好不敢。"

话音刚落,却发觉角落里的 S 和我异口同声地说出了这句话。

我还没来及尴尬,"啪"的一声,小 S 把毛巾往桌上一扔就走。我追她到门口让她不要走,她皱着眉头低声说了句:"我很奇怪为什么你老是跟一个机器人眉来眼去的,真的很奇怪。"就关门而去。办公室一时寂静,小 R 看看外面,再看看我,嗤笑一声。

顾不上搭理她,我走出门,没找到小 S。抬头望去,S 却在工厂一个很高的平台上。我爬了上去。机器人的热能传递链不太稳定,组织性还较差。有时候在冬季的某些地方也挺暖和,至少这儿得等到半夜才会冷。

"记得吗?"她招呼我,"以前我们心情不好的时候就会爬到高的地方看下面玩。"

"老朋友这么对你，是挺伤心的。"我拣个干净地方坐下。

"没什么好伤心的。我又没有体液。"

"体……体液？"

"体液。我现在越来越觉得，生理比情绪先出现变化，大脑比意识先做出决定。人和机器人真是没什么两样。"

"别乱说话。"我叮嘱她。

"爱情不也是一样吗？我没有多巴胺什么的东西，现在没必要模拟这些。我不是完整的人类，没法恋爱。你还是去找那个正常姑娘吧——话说你就这么上来不冷吗？"

"有点。"我哆嗦着说。

"你看，我就不会冷。"她下了逐客令。

于是我叹了口气下去了，留她一个人在上面。

就这样又过了一个星期，有一天我在房间睡觉，R突然来砸门。我跟她跑到指挥室的时候，G正拿枪指着S。

"放下枪！"我大喊，"别冲动！"

G头也没回，冷笑道："三次了，这东西回来连接电脑后，电脑总会出点什么问题。"

"先把枪放下吧。"我说。

我望向 T，后者清清嗓子："目前没有看出那是不是试探性的侵略。它现在传输资料采取的都是联机分享的形式，根本不能直接从她的程序里取。一是密级我不够；二是核心模块我没权限查看。换句话说，它想告诉我们部门什么就告诉什么，不想告诉就什么也不说。"

G 嘿嘿笑了一声："真不知道你们怎么想的，用机器人打机器人。算了，反正你也不会靠这个。"

他指了指自己的太阳穴，意思是我们都没长脑袋。

"通知老 K 吧。"我对 T 说。

老 K 最近好像很忙，这一般预示着有大事将要发生。他来到指挥室，环顾一周，就把我叫出去谈话。

"目前前线主要是搞游击，"老 K 开门见山，"就是破坏机器人的主要集结地点和通路，阻止他们之间形成超级大脑。目前来看，这种战术还是很有效的，而且可以争取时间。高层想得更远一点，改造人体机能，让工具代替人类进行进化。但是有一个底线之前一直没有触及，那就是在大脑上动心思。所以 S 算是尝试得比较远的。"

"长久这样下去，不是会出现人和机器人的界限混淆吗？"我提出了我的顾虑。

"别说长久，眼前的风险也不小。比如敌人可以通过无线网络直接入侵人的大脑。"

我明白了老K的隐忧。现在S的头脑就是一个战场，双方的侦察与反侦察手段随时都会在这里进行交锋。我寻思了一下，简要地将和S谈心的结果告诉了老K，他眉头紧锁。

"不是个好现象。她开始质疑自己的人类身份了。"

我说了说这几天发生的情况："组里其他几个人对此意见都很大。"

"不会更大了，因为战争马上就要开始了，老尖他们马上就要行动。各个战区的负责人明天要在敌占区开最后一次秘密会议，接头地点是上面计算好了安排下去的。今晚，得让S把地点送出去。"

老K疯了吧……让嫌疑最大的S送信？

5

理论上，S在联机时，其他功能是被中断的，只能呆呆地立在那里，不然会有变成砖头的危险。老K、我、G、

T、R、小 S，全体人员举行仪式似的围着 S，各怀心事。

"我只管联机，可一直没管安全啊。出了事我不管。"T 在接通信号通路的时候还一直在嘀咕。

"传输地图。"老 K 下达了指令。这份地图是指示各破袭队汇合的关键，十分重要，可以说关系着所有人的存亡。现在它正在被传输到 S 体内。

"嗯……哼……哎呀……"T 满头大汗地操作着机器。"退出的时候出了点问题……"

"平常没这么麻烦的啊。"R 轻声道。

"没事没事，我分分钟搞定，除非它死机。"

好像是一句死刑宣判，电脑瞬间黑屏了。S 动起来的那瞬间，指挥室也陷入漆黑。

"R 去看电箱！"我叫道，R 的跑步声、T 砰砰砰拍机箱的声音、G 架枪的声音，纷纷响成一片。一道强光闪过，烧坏了什么东西。

"K 总呢？"小 S 喊。

"在这里……"黑暗中老 K 的声音有些痛苦，"别管我，抓住机器人，是叛变！"G 闻声往 S 所在的地方开火，我喊"住手"的时候她已经受了一梭子子弹。S 发动马力跑

194

了出去。

灯亮起来的时候，我们发现老 K 倒在了血泊中，小 S 颤抖着扶着他，向我摇摇头。

老 G 回来后一摔枪，坐下来一言不发。

我拉起他和阿 T："没办法了，这地图太重要了，我们三个开车去追吧。剩下两位麻烦照顾老 K！"

走出工厂，我对 G 和阿 T 说："一会儿见到她不要开枪，也不要开车突破封锁线。"

"你现在还认为那个机器人没问题？" G 拧着脖子问。

"但如果我说她就是以前我们的战友 S 呢？"我把秘密说了出来，"你们还欺负她。"

两个人瞠目结舌。我安慰他们，之前我和老 K 也怀疑过她。

"你让我们两个去追，说明你已经知道谁是内鬼了？"老 G 一副要把那人揪出来枪毙的神情。

我点点头："我也是刚刚才意识到是那个人。其实你们不觉得一直以来她都像机器人吗？但我都没在乎过这些蹊跷，因为这次连我的识别能力都失效了。"

"相处得久了，仅有的不适感也会钝化……你要小心

195

啊。"T拍拍我的肩膀。

"好了，最后把真正的地图交给你们。我们这里本来只有S和我知道老尖的方位，当然现在你们也知道了。但是你们要等我。如果早上七点我没到交界线桑园路会合，就只能硬闯进去了。"

车声远去，我走回废墟内部。要面对那个敌人了，这时应该有个人过来跟我并肩作战才对。我想起上一次和我并肩作战的是S，然后她"牺牲"了。

"你没有去送信吗？"这么想着，小S走了过来。

"他们两个去了。对了，你能不能打？"我问她。

"一直不怎么能打啊，怎么了？"

我叹口气："那还是跟我过来吧。"

我们爬上废墟那高高的平台。未完工的半个卫星还挂在天空，与月同辉。天气寒冷，但月光明亮。小S有些打哆嗦。

"不开心的时候我就会来这儿，用力吸一口气再呼出来，就什么都没有了。"

"这么灵？"

"跟我学啊。"我张开双臂，深吸一口冷空气。小S

也这么做了。

然后闭上眼，用力呼出来。我没有闭眼，而是看着她呼出那口空气。然后，我用那柄刀捅进了她的身体。

我要杀了她。

6

有血液流出，但同时也有一股电子元件烧焦的气味。我捡起一根钢钎，从后心刺穿了她的身体，把她的整具躯体压在墙上。

"老 K 最后一句话其实是你模仿的吧，你可以控制声带。"我死死摁住她，刀刃抵在她白皙的后颈。血腥、焦糊，以及体香。

——转基因蚕丝蛋白。构成她皮肤的物质应该就是它了。

"她如果想窃取情报，根本用不着当时就反水，她体内没有无线模块。你想杀了她就是为了不让地图传送成功？"

小 S 伏在墙上努力回头，泪光闪烁。"没错，是我。

老 K 是第一个发现的，我先杀了他。"

"本来应该是我先发现的，"我咬牙道，"我真是被冲昏了脑袋。"

如果她是一台战斗型机器人，我早就没命了。但是，不管她皮肤下的肌肉纤维束满荷时显得多么有力，不管全身的轻金属骨骼多么坚韧，只要她模仿的是人，就必然会受人体这一不完美结构的限制，模仿得越像，这些限制就越致命。

被钉在墙上的小 S 现在完全不反抗了，她的身体不再僵硬，眼睑低垂，指尖轻轻划着墙壁，仿佛背上并没有那支尖利的钢钎。豆大的眼泪从她眼眶里滑落，滑过面颊。没必要，没必要模拟眼泪……

时间仿佛暂停，我的心口没来由地疼痛起来。我鼻子发酸，握着钢钎的手也感觉使不上劲了。

"在你销毁我之前，我还想问你最后一句话。"她转过脸，直视着我的眼睛，几乎要将我击溃。

我咬住牙没有回答。

——虹膜、瞳孔、视黄素、晶状体，惟妙惟肖却又与常人不同。"恐怖谷"的那种感觉似乎回来了。老 K 不能白死，人类和机器人之间的战斗也不能停止，可心里总有些什么东西在阻止我思考。我挥刀向小S刺去，她用手臂轻轻格挡，我手腕就一麻，刀子也掉在地上。她伸手一撞，我整个人飞了出去，重重地摔在地上。我又抽出一根钢钎站起来。她转过身，抽出背上那根钢钎，赌气似的扔出去。我抄起钢钎举过头顶，觉得自己越来越不忍心砸下去。

——体液。无数看不见的细菌在她的蚕丝蛋白皮肤表面共生，将储存着的前体分子转化为外激素。

突然，她举起一根手指，一道强烈的光线射了出来，我本能地闭上眼睛。耳中吱吱声响，我睁开眼发现旁边的一根钢筋被烧成两截，而我毫发无伤。"她不想杀我"的念头刚过，我的手臂就是一凉，然后是一热。鲜血汩汩而出。愚蠢！是砸坏了她的定位系统吧，所以第一次她差之千里。而射中我手臂这次，是纠偏后的结果。不等她的二次纠偏完成，我抄起刀子向她扑去，扼住她的手腕。我们重重地摔在地上，她的两手掐住了我的喉咙。我顾不上窒息的感觉，刀刀割向她的大关节。

意识越来越模糊……我侧身躺下，想把她踹开，脚蹬在她柔软的腰腹，没有一点机器人常见的冰冷坚硬，令我觉得自己是在对一个弱女子实施暴力。可是脖子传来的力量是如此巨大……

"砰砰！"枪响两声，一双手麻利地掰开我脖子上的束缚。我艰难地睁开眼，R的脸上写满洞悉一切的表情。

"女人的直觉真可怕！"我说，"我再也不说你是汉子了。"

"谁让你们老说我是机器人！特别是T，他要是在这儿我嘲讽不死他。"R挥挥手里的枪。

我麻利地取出她颅内不知由什么有机物包裹着的芯片，并且多破坏了几个大关节。然后是耳样、颊部肌肉、口腔上皮，一如既往的流程。她的半个口腔裸露出来，我百感交集。R在旁边看着，拍拍我的肩膀，什么也没说。

"废墟不能待了。"我让R拿着采样袋，去找上峰会合，自己往敌占区走去。

外面还是那么冷，我浑身打颤，只能竖起领子，再把双手插进衣兜里。我大口呼吸着冰冷的空气，几乎要跑起来。这里是二三层小楼居多的居民区，灰白的路上空无一人，一条流浪犬一闪而过，迅速消失在胡同里，发出一声悲鸣。胡同里走出三个很嚣张的机器兵，看样子刚杀了狗。

"站住，入侵者。"它们喊住我。

"我只是来采桑叶的而已啊。"我委屈地说，然而对方出示了手里的武器，要搜我的身。硅刀藏得很深，而且这一类机器人只能扫描出金属武器，所以没搜出来。我舒了一口气：看来这几个散兵游勇并不是有备而来，刚才发生的事他们也许一点也不知道。现在他们押着我往他们的营地走。该死的太阳还是没有冒头，残破的卫星也隐去了光芒，寒气侵入骨髓。

那座灰色的小楼进入了我的视线，是老尖他们的藏身之地。我远远地望见楼下站着的S。

S正在缓慢地扫着路面。冬日阳光的照射使她的外表显得破旧不堪。楼上的窗子关着，窗帘拉到四分之一处，看来他们还没有转移。但我知道她在下面不只是放风。

三个机器蠢材押着我走过她身旁时，她转过头看了我一眼，在那一刹那我们三目相对。

我永远忘不了这个回眸。我多么期望我看到的是两年前她那张鲜活的面庞，但面前只是一个毫无表情的摄像头。可我就是觉得她看得到，觉得她能懂我的意思。

多年以后我仍然无法摆脱这个错觉：电子眼也是有眼神的，虽然这个 90° 转头的动作是那么的机械，但我所有想大声喊出的话她都能接收到。

可我现在什么都不能说。她随即漠然地回过头继续清扫，我也同样被押解着一步不停地往前走，把她甩在身后，就像陌生人的擦肩而过。

直到此时，我仍然天真地以为任务完成后就可以再见到她。

7

正如开头所指出的那样，多亏在被押解的路上遇到了 G 和 T，我才及时从包围中解脱出来。

"敌人马上就会顺着定位点过来，得去假地图的方向拦老尖啊。" T 说。

"没事，以 S 的聪明才智，肯定已经把他们转移了。"我想起刚才和 S 那一瞬间的交流。"我可以确定现在她把领导们藏到哪儿了。"

"那么我们不走了，在这里打巷战掩护你，拦住他们的兵力。"G检查了身上的武器。

"真棒啊，老G。"我夸赞道。

但是后来我知道，两方的援兵比较起来，机器人的部队来得更快一些。他们寡不敌众。

这只是起初的牺牲。在一片垃圾场里找到老尖他们后，我乘着他们刚刚翻出来的一辆大卡车，带着他们来到各破袭队的集合地点。

那场世界大战拉开了帷幕。

接着我看到一群人拉来了S的尸体，我的头脑一片眩晕。那枚摄像头静静地躺在中间，望向天空。

"你们能恢复她对吧？"我低声问老A，"至少有什么备份……"

"是自爆。"领头的一个战士摇摇头，"我们赶到的时候一群机器兵在围着她。她不想泄露机密。"

"见鬼！"A吼道，"她偏要留下来。"

"是为了等我。"我哽咽着，"全都是为了等我。"

不远处，各位头脑在部署作战计划，完全没有顾忌我这个低密级人员的存在。泪眼之中我发现，他们用的还是纸质的地图，一根红蓝铅笔静静地躺在上面。

看着这支铅笔，我突然悲观地认为，冲突的一切必将融合。

我的两任搭档，一个以钢铁之躯承载人类的心灵，一个以肉体掩饰机器人的思维，她们像是两条从各自战场中延伸出的探针，黑白互补，相反相成。

而命运之河何时交融，何时又分叉，恐怕连 AI 都算不出。

"在我们的高层想要做到人机结合的时候，他们的赛博格技术已经伸展到转基因领域了。"我转过头对老尖说，"至少这是一个可能吧，就是在战后的数十年后，人类和机器人之间仍会再次彼此学习，直到有一天他们难分你我，重新握手言欢。"

A 点头："到了那一天，人类会开始质疑我们发动战争的正当性，觉得我们现在的一切努力和牺牲都是添乱。但我认为，绝不是今天。"

"我也不希望是。"我说。

"其实我还有一个问题要请你回答。既然连你都无法分辨小 S 的样貌，那你是怎么判断她是机器人的呢？"

"他们的设计有些小破绽。"我说。

"哦？我很感兴趣。"这是让我汇报。

"比如她设置了右手优势，平常端咖啡之类都用右手，但打起字来其实两手是一样的，诸如这些细节。"

"观察得很仔细。"——对，因为在一起过。"那么最终确认呢？"

"也是土办法，但更冒险：在很冷的空气中深呼吸，人类能呼出极其浓厚的白汽，而她没有——肺部的一个小疏忽。"

A思忖一会儿，终于轻描淡写地说："是够冒险的。"

我走到窗前，望向人类阵营的方向。在我的眼前出现这样的景象：交界线似乎已经被抹平。那座废墟被毁了，工厂倒塌了，机器人们竖起工作站，它们爬上那些高耸的平台，对它进行拆卸、熔化。

在更远的地方，更远的时间，人类这一物种不知是会消失还是会被重建，正像天上悬挂着的那半颗卫星。

白炽之昼

"查尔斯先生，"面前的语法老师双手掐腰，对讲台下怒目而视，"你用这个理由拒交作业已经有无数次了。"

这是1928年芝加哥市的一所普通小学，阳光透过窗子照进来，明亮的光线令小查尔斯觉得微微有些难堪。他坐在桌上绷紧脖子，一动也没敢动。许久，他开口回答："可是温丝丽小姐——"

"没有什么可是。"她手中的教鞭突然伸长了，顶端生出一根尖刺，直直地指着小查尔斯。这种尖锐危险的形状似乎令他产生了某种通感，他顿时有点恶心，想干呕。

声声蝉鸣透过丛丛树叶传进教室，小查尔斯的脖子开始出汗。

温丝丽小姐出手了！她的教鞭尖端放出一股蓝色闪电，朝着小查尔斯胸口的铜纽扣袭来。然而在他的眼中，它慢得就像一只迷路的蜗牛。小查尔斯感到自己的身体浮了起来，好像被一片水域托着，他从椅子上慢慢升起，在同学们惊讶的目光中躲开了那一击。是电浆枪吗？他从容地在教室里飞着，蓝色电弧像颜料泼在画布上一样在教室的空间里蔓延，却总也染不到他。等他玩够了，他打个旋冲向窗户。窗外是蓝天白云，在空中飞行比在教室凉快了点。他的身子下方是一片广袤的……蕨类植物？

查尔斯正想着，一只巨大的头颅突然从宽阔密集的叶子中伸出，差点和他撞个满怀。是一头有长长脖子的恐龙！查尔斯兴奋地想，他放眼望去，脚下已经成了白垩纪动物的领地。他丝毫也没有怀疑为什么教学楼下面会有成群的鸭嘴龙在跑。他缓缓降落下来，好奇地打量着那些古怪的生物。它们当中有一些停下来，向他打招呼似的点头。

小查尔斯沉浸在这种奇异的景观中，慢慢往前走。

走着走着，他感觉到身后有一丝血腥味。他慢慢地回头，一双深邃的巨眼正在紧紧地盯着他——霸王龙。他停在那里，觉得它的眼神有点像……温丝丽小姐。霸王龙的嘴里开始滴涎。对了，我不是还会飞吗？小查尔斯想起这一点，他使足了劲往前助跑，双腿却好像踩在棉花上一样使不上劲，每走一步都万分艰难。他使劲往前一蹦，却扑通一下摔在地上。

巨大的嘴把他叼了起来，周围变得黑暗，好像太阳被遮住了。小查尔斯拼命大叫，喊声和回声混杂在一起。然后他睁开眼睛，看见眼前是伙伴肖恩的脸。他摸着身下的床垫，心脏狂跳不已。自己不在郊外，也没有什么古生物。

"我，我刚才看到了一头恐龙！这是怎么回事？"他兴奋地问。

"哦，你刚才一直在蹬腿儿，是那种，呃，抽搐。然后你大叫了一声就醒了。"肖恩比小查尔斯大一岁，在查尔斯面前总是故作淡定，"也就是说，你睡了一觉。"

"这就是睡觉？"查尔斯感到一阵兴奋，"那些东西都是真的吗？我刚才飞了起来！我真的见到一条巨大的霸王龙，它差点儿把我吃了。"

"那些只是做梦。梦都是假的。"肖恩轻蔑地笑着说，"醒来后就什么都没了。"

"那我为什么不永远这样睡着？"小查尔斯看着刚才自己用过的这台设备，被那些精密的表针、错杂的铜管和华丽的手柄深深地迷醉了。

"因为现实世界中的你如果不醒过来回家吃饭，就会在这张床上腐烂。"肖恩已经懒得解释了，"还有，因为我们没钱了。"

原来这就是做梦，还得攒零花钱来买。走出"梦吧"的大门，小查尔斯回头呆呆地看着门口独特的招牌：那是挂在屋檐下的一个绑满羽毛的吊环，繁复得像是他从画报里见过的印第安头饰。羽毛是鹰羽，角质层在阳光下反射着奇异的光泽。

这是年幼的查尔斯第一次接触捕梦器。这一幕一直深刻地烙印在他的记忆中。回家的时候，查尔斯还在一路上仔细回味着。如果我能一辈子做醒不过来的梦，那感觉该有多棒！

直到多年以后，当酒醉跟跄的他漫步在游行队伍散尽的芝加哥市街头时，查尔斯仍能准确地回忆起这个傻傻的愿望。

1. 白炽灯

现在我们很想用上电灯，用数以千计的光点割掉和去除你们神秘、讨厌、欺骗的影子！

——菲力普·托马索·马里内蒂，1912 年

关于捕梦器、白炽灯、永昼机的发明顺序，当今的美利坚青年大概没有几个会知道了。它们的到来似乎并不存在什么先后，而更像是天生就应该携着手来到这个世界。

那是遥远的 1918 年，小查尔斯还没出生，他的父亲老查尔斯还是个年轻工人。那一年的 3 月 24 日，发明大王托马斯·A. 爱迪生作为神秘嘉宾出现在华盛顿的一个酒会上。在人群的欢呼声中，他走到地毯中央开始了自己的即兴演讲。

"我年轻的时候乘火车往来于美利坚的城市之间，那时的夜晚是这样的：路上煤气灯光线黯淡，家里煤油灯

黑烟缭绕，还有一股刺鼻的臭味。有人难以忍受，所以早早就上床休息；有人却一熬就要一宿，比如说我。炭丝电灯泡就是在那种环境下发明的。那可真是一段艰苦的岁月。

"现在几十年过去了，它早就被库利奇先生替换成了耐用的钨丝，看到统计局颁布的电灯覆盖率，我深感欣慰。不过我并不是一个安于现状的人。照明覆盖率在空间上达到百分之百是没有难度的，我是指每个需要光照的地方都安置上电灯，这对美国的资源储备来说毫无压力。然而各位想象过没有，"爱迪生一边看着底下的宾客，一边抿了一口酒，"如果是在时间上实现百分之百呢？"

宾客们面面相觑。一个企业家模样的中年男人把双臂搭在扶手上，面对爱迪生说："时间上达到百分之百，意思是……整个晚上都开着灯？可这是没有必要的，先生。夜晚除了工厂、作坊、娱乐场所，谁会整夜都开着灯？而且人们还需要睡觉。"

"人类为什么需要睡觉？根据生物学家的猜想，动物之所以需要睡眠是为了打发漫漫长夜。当夕阳西下，我们这半个地球就陷入它自己的影子里。我们在黑暗中束手束脚，什么也干不成。但是现在有了电灯，一切都不一样了，即使在晚上也可以做白天的事。我在此做一个预言，在未来几年内，华盛顿、纽约等大都市将首先成为不夜城——当然，这种'全夜间照明'暂时只为方便夜班工人、紧急事务人员使用或者应对突发事故；但是再过几年，你们会体验到这种没有黑夜的便利。到那时，整个美利坚可能就会变成一片永远被光明覆盖的土地，一个新的时代即将到来。这个预言，"他略显狡黠地望向朝台下的一位海军将军，后者微微颔首，"我将请卡朋特先生代为公证。"

爱迪生在众人的掌声中致谢下台。他回到桌旁坐下，调节了一下耳边的助听器：孩提时代的一次事故对他的听力造成了严重的伤害，这种后遗症现在变得越来越明显，于是他依照电话机的思路发明了这个小东西。后来他在海军供职，参与潜艇窃听器的制造，于是这个小东西被顺便改造成一个微型窃听器。他拿起刀叉，一边切割一块烤肉，一边用心听着来自各个角落的交谈。进入耳朵里的窃喜居多，他松了一口气。在这个时代，人们对新的技术，特别是电气技术的追求是疯狂的，有时公众的心理连爱迪生自己也把握不准。

客人们在热烈地探讨着电灯的覆盖会对社会产生怎样的推动力。一位制表业大亨说，甚至他的工匠在晚上也可以进行精密劳动了，他的名誉也因此得以保证。这番软广告式的发言得到了大家的一致认可。女客人们也在谈论着夜间沙龙的增多，以及犯罪率的降低，其间当然夹杂着对爱迪生毫不吝啬的赞美。

爱迪生感到一种鼓舞。电力时代即将开启……他手中的刀子切割得更加坚决，直到一声尖利的"先生！先生！"传进他的耳朵——这突如其来的声音经过助听器的放大，让爱迪生感到一阵耳鸣。

他痛苦地抬头望去，是一个年轻记者。"爱迪生先生，如果像您刚才所说，全夜间照明只是为方便工人上下班和处理一些突发事件，那么您不觉得把华盛顿变成一座奢华的不夜城是一种浪费吗？"

爱迪生咽下嘴里的食物。没有教养！这个记者是怎么混进宴会的？略微整理一下思路，他慢悠悠地开口："先生，请允许我讲一个关于我自己的小故事。我记得在1868年，那时我还是个小报务员。我发明了一台机械装置，它可以自动记录竞选的投票数，提高工作效率。那是我的第一项专利。"

"如此方便的设备他们一定批准了吧？"这份独家材料显然引起了记者的兴趣。

"申请专利毫无问题，因为这件发明在技术上是无懈可击的。然而当我兴高采烈地去国会推广它时，一位议员却带着怜悯的眼神对我说：'小伙子，有时候人们放慢投票议程是出于政治上的需要。'"

"太令人失望了，他们一定不知道这位报务员将成为一位大发明家。"记者在笔记本上熟练地点下一个句号。

爱迪生笑着摇摇头："不过从此我就有了一个信念，那就是发明要为需求服务。我决不发明没有用处的东西，这是我每构思一项发明时都必须恪守的原则。"

"所以？"

"所以，记者先生，我所做的一切不是没有考虑的。几年之后，世界的发展将证明我的判断是正确无误的。那时候大家会意识到'全照明'不仅是方便的，而且是必需的。您回去可以在报纸上这样写，就说托马斯·爱迪生会提供这样一种方法，它能让所有的人都能享受到

24 小时的光明，注意是每个人。您愿意和我一起见证这个时代的到来吗？"他倒了一杯酒递给记者，也给自己倒了一杯，几乎是强行地把杯子碰在一起。

记者带着疑虑的眼神喝下那杯酒。

在这次酒会半个小时后，这个新手回到报社后第一件事将是连夜撰写这篇独家报道，而他精明的上司读完这篇稿子后将他痛骂一顿，揪住他的领子问他为什么不把爱迪生新计划的内容套出来。

这就是小查尔斯后来在书中读过的"全照明时代"的由来。那是他出生以前的时代，种种故事只存在于书籍的描述和口口相传中，仿佛是一段早已逝去的历史。然而它的确只过去了几年。这几年间，电灯的普及确实和爱迪生所估计的一样迅速，甚至更快。开始，大家只是在夜晚进行一些辅助性的照明；后来他们开始习惯在晚上出去散步，享受和白天一样的乐趣；而穷苦人家的劳力们也可以趁晚上多干些活。那时有一句口号这样说："电灯，让城市更美好。"

然而小查尔斯的父亲老查尔斯可不那样想，因为查尔斯家祖传的是蜡烛手艺。每次看到小查尔斯在读电气时代的东西，老查尔斯就会带着一种悲壮而自豪的语气向小查尔斯述说自己的家族史：

那是 20 世纪初，或者更早一点的时候，反正老查尔斯还很小——他们家的蜡烛生意受到了排挤。那时正值矿业大亨们在北美洲发现大量的煤矿之时，那些矿场绵延无尽，好像非得要成千上万个保罗·班扬（注：美国神话中的人物，传说中的巨人樵夫，力大无穷，伐木如割草）才能挖完。查尔斯家族跟风卷进了"淘煤热"的浪潮，他们没有预料到的是，源源不断的煤矿倒促进了火力发电的发展。以至于后来，仅密西西比河以西的矿场就可以解决全国的电力供应问题。

再加上爱迪生和尼古拉·特斯拉之间爆发的那场电流大战——说到这里时，老查尔斯总是扶着自己的额头，就好像他真正经历过似的——大家的天平在直流电和交流电之间不停地摇摆，而查尔斯家一直期望他们在摇摆的同时能看蜡烛匠一眼。最终，特斯拉的交流电大获全胜。

然而无论是特斯拉还是查尔斯都没想到，交流电取代直流电对爱迪生的大计划毫无影响，甚至有所帮助。

当爱迪生的永昼机出现之后，人们发现自己再也不必担心白炽灯的浪费了。

2. 永昼机

凡是减少睡眠的人都会增加工作能力。其实，人根本没有睡觉的必要，将来的人会比现在的人睡得少，就像现在的人花在床上的时间比过去的人少一样。

——托马斯·爱迪生

永昼机出现的时候，老查尔斯还是个单身汉。那是爱迪生在华盛顿宴会上吐露相关情况后的几个月，报纸上突然登出这么一条消息来，说爱迪生率领他的"爱迪生先驱会"推出了一种新机器，它可以使人获得无须睡眠的能力。爱迪生先驱会成立于 1918 年 1 月，现在看来它的出现完全是为了推广这种新机器和引领一个新时代。

事实上，早在爱迪生为美国海军工作的时候，他就开始着手准备这部机器了。1914 年一战爆发后，海军总长任命他为美国海军顾问委员会委员长。老查尔斯那时和街坊们谈论国家政治秘闻，听到最多的就是爱迪生参与了潜艇装备的改进。正如我们在前面提到的，他的助听器就是潜艇窃听器的一个小副产品。然而爱迪生投入最多精力的却是这部"永昼机"，这一项目本来是美国秘密军工的一部分。这些发明者们的努力最终被指向一个注定改变美国历史的工程——"新美国人"计划。

1917年，美国在"鹬蚌相争"中捞够了本，终于投入一战旋涡。第二年，这部机器就迫不及待地进入民众的视野。老查尔斯仍然能模糊地回忆起当时报纸头版的黑白照片：爱迪生和其他几位"先驱会成员"站成一排，与纽约市公证处的公证员合影。他们主动接受了永昼机改造，并接受了睡眠剥夺试验。公证处证明他们已经几个月没睡过觉了，民众一片哗然。

报道上说爱迪生的身体和精神情况一切良好，还罗列了一堆令老查尔斯头疼的医学指标，那是来自医院和研究所的数据。这些数据显示他在放弃了几个月的睡眠后仍然精力充沛，体力没有降低，尿液中的氮含量几乎一点没因为缺少睡眠而改变。甚至，他的呼吸、体温、排尿量、瞳孔光反射等指标的昼夜节律变化也消失了。

"如果说白炽灯消除了自然的昼夜规律，那么永昼机则消除了人体的昼夜规律。"报纸上这样写道。整个世界震惊了，人们将信将疑，对是否要追随神一般的爱迪生持观望态度。

老查尔斯不知道这部机器的具体工作原理，但听说它和 X 射线有关。事实上，伦琴在 1895 年 12 月宣布他发现 X 射线以来，美国一大批科学家就纷纷扔下自己手头的课题，把心思放在如何利用 X 射线上来。比如爱迪生试验过射线探矿，而特斯拉也在《电气评论》杂志上发表过关于 X 射线的研究文章。

在永昼机发明前的头几年，带有 X 射线装置、打着 X 射线旗号的各种机器就遍布了芝加哥的街头。X 射线的种种神奇功能在坊间流传，那时候妇女在一段时间内都不敢出门。X 射线对近视、失明等疾病的治疗也泛滥成灾，更多的则是抓住人们好奇心理的噱头。老查尔斯对此十分不满。这种情况一直持续到 1918 年，爱迪生的永昼机无可争议地成为了最成功的 X 射线产品。勇于冒险的美国人民跃跃欲试，就像他们第一次接触到 X 射线摄影那样好奇。

这时候，老查尔斯身边已经有人在行动了，他记得第一个是卡尔。有时他真怀疑卡尔是不是收了爱迪生的钱。卡尔接受改造后回来的样子着实令老查尔斯吃惊——工作了一个白天后，晚上又开夜车，第二天休息时又精力充沛地和老查尔斯他们玩纸牌，连赢了好多局。

"去年打仗的时候我就觉得不对劲！"卡尔龇着牙得意地笑道，"两年前老威尔逊竞选时还号称'使美国免于战争'，可是他凭什么又突然自打嘴巴，把少得可怜的军队送到强大的德国佬面前呢？其中大部分还是国民卫队。这家伙一定有秘密武器！"

虽然老查尔斯对卡尔的马后炮嗤之以鼻，但他确实记得，那年海外的一战战场，24小时全时段作战的超能战士们为美国赢得了一场又一场胜利。他们像幽灵一样出没于欧洲的河流和森林，把轴心国的士兵们拖得神经衰弱，斗志全无。这无疑鼓舞起了年轻人的英雄主义情绪，老查尔斯无聊的时候翻过售货亭里出售的超级英雄漫画，那几年最流行的是"夜行侠"，他们肌肉夸张，穿着带有夜星图案的黑色紧身衣，在黑夜中战斗。街区里的许多叛逆期小伙子都去接受了永昼机的改造，有些还是背着家里人去的。

战场上那些"夜行侠"小伙子果然不负众望，1917年11月11日，最后的捷报从一战前线传来。美国赢了。为了庆祝胜利，威尔逊总统倡议全国亮灯到午夜。

"美国是为伟大的道德原则而战。战士们的牺牲不单是为反对德国，而且是为反对全部的专制政治。"夜晚七点钟，整个美国领土亮起华灯，几乎照亮了整个西北半球。"逝者已矣，而活着的人更要努力保持这自由的光辉！"

午夜十二点，大部分灯火瞬间熄灭。老查尔斯望着夜空，觉得它比以前任何时候都要黑暗。

作为一个"活着的人"，老查尔斯陷入苦恼：他发现，如果自己想找到更好的工作，就不得不去接受这一改造。他很不情愿地承认，工作能力的竞争已经开始体现为工作时间的竞争。

连卡尔也向他抱怨："永昼机确实帮我们节约了时间。可是上帝啊，你以为节省下来的那些时间都是你的？总有东西等着你去做！既然机器和流水线不需要休息，那么人也需要配合它不休息。"

最后他拍拍老查尔斯的肩对他说："如果不想失业，就得保证24小时能随时投入工作。当别人能干20小时的时候，为什么你只能干 8 小时呢？"

正如卡尔预料的那样，老查尔斯不得不在 1921 年，也就是永昼机推出的第四年接受了改造。老查尔斯记得，那时沃伦·哈丁刚刚担任总统，而他也刚刚和妻子结婚。因为新婚时家里的生活比较吃紧，所以年轻的老查尔斯认定哈丁是个在白宫吃喝嫖赌的老流氓。他去市政府体验了一把永昼机，是新型号。老查尔斯先去政府部门登记，签完协议，接着被带到一台宾馆小床一样的仪器旁，他们说这是新型号的永昼机。他躺下，在头上罩上一个铜盔。机器启动后，他大脑皮层的某个部分会有一种异样的感觉，好像有点瞌睡，觉得时间过得特别快。当老查尔斯再次站起来后，他感觉精神百倍。工作人员塞给他厚厚一沓健康证明、宣传材料之类的东西，他回到家中开始了新的生活。

由于拖了街道的后腿，在接受改造之前几个老伙计还称呼他为"蜡烛老古董"，而现在老查尔斯则不会也不必再嘲讽他们为"夜行侠"来反击了。次年小查尔斯来到这个世界。初为父母的惊喜在几天后慢慢退去时，查尔斯夫妇才万分震惊地发现这样一个事实——他的儿子小查尔斯从生下来就不会睡觉。

那时与老查尔斯一起使用新型号永昼机的人倒是不少，可是碰巧他生了第一个孩子。老查尔斯并没有因为儿子成为全美第一例而感到自豪，不过他也没有过多的困扰，因为孩子的成长似乎没受什么影响。生活开始由担惊受怕逐步走向常态，他给小查尔斯起了个富有自嘲意味的昵称——"新型号"。

小查尔斯一天天长大，并没有什么异常。不过，有时老查尔斯会抱怨："我们的'新型号'怎么老是活蹦乱跳的。"这时小查尔斯的奶奶会撇着嘴，不屑一顾地回答："你小时候比他还难看难管。"小查尔斯就这样度过了和其他孩子一样无忧无虑的童年，因为后来出生的其他孩子也是一样不会睡觉的——没错，"新美国人"时代就这样突然到来了，它完全出乎了爱迪生的意料。

爱迪生也曾经追回一部分新型号永昼机，仔细检测是哪儿出了问题，然而毫无进展。庆幸的是，经过最初几年的争议，国民已经变得乐于接受这个事实：由于工作时间延长，父母们没办法花更多时间来照顾小孩，这样把他们送进学校，早点学完那些课程早点懂事也好。

小查尔斯第一次背起书包上学那天，父亲终于松了一口气。花一整天来照顾孩子实在是件麻烦事。夫妇两个谈起小查尔斯的学校生活时，经常惊叹于现在孩子的学习能力之强。

　　"改进后的'新型号'嘛，这些小兔崽子一年学到的东西顶以前的两年。"老查尔斯总是耸耸肩说。

　　这种变革总需要人慢慢习惯。另一个重大的变革是爱迪生念念不忘的灯光。在"新美国人计划"稳步推进的过程中，人们发现夜间的照明变得不可或缺。后来，他们索性取消了黑夜，让灯光照亮整个自由的美利坚。就像爱迪生说过的那样，美国成为世界上第一个"不夜国"，以至于自从小查尔斯开始记事的时候，他就再也没见过黑夜。小时候他问父亲什么是黑夜？老查尔斯想了半天，把他带进小储藏间，关上灯。

　　"这就是黑夜？"他用小小的手指戳戳墙。

　　"比这……比这还大，我的'新型号'。"自己总不能把整个芝加哥的灯都给弄灭吧！老查尔斯一时不知道该怎么向他解释，"你要想象一下，整个芝加哥，啊不，整个地球都是这么黑。"

小查尔斯在屋里静静地站了一小会儿。气氛略微有些尴尬。

"对了，天上还有星星。你爸爸我小时候天上的星星多得能让你害怕，后来越来越少了，也许是掉光了，谁知道呢！"

"爸爸，这儿没意思。我要出去。"他声音有点发颤。

与此同时，活跃在每一个州的间谍都在搜寻关于永昼机的一切资料。但所有的资料都被政府严格控制起来，因为这关乎国家的存亡。1926 年，犹他州甚至抓到一名日本忍者，他沮丧地表示自己苦练的忍术在灯火通明的情况下有时无法施展，甚至哪怕他损毁了房间内的照明线路也是这样，屋外射进来的灯光像日光一样无所不在，令他无所遁形。这事上了新闻，照片上戴着手铐的那个亚洲人穿着倒是一切正常普通，完全不是民众想象中的黑色夜行衣的打扮，害民众大为失望了一场。

一切都在爱迪生的预料之中，他欣喜地看着全照明和永昼机带来的繁荣。爱迪生十分看好信奉社会达尔文主义的胡佛总统，这位朋友会将自由放任的经济政策发挥到极致。这是每个人都会成为超人的时代，美国像一列全速前进的火车一样向前开动，把世界远远地甩在后面。

不过在踌躇满志的时候他并没有忘记关注永昼机带来的负面影响。有一次他收到了一封匿名信，开头是这样写的：

"亲爱的爱迪生先生：有些事情是不能单纯靠电气工程解决的，您需要注意一下现今遗传学的发展了。"

爱迪生知道这是谁写的——尼古拉·特斯拉，他把纸条塞进手里攥紧。他在爱迪生声名大噪之时并未被所有人遗忘。

3．捕梦器

构成我们的料子也就是那梦幻的料子；我们的短暂的一生，前后都环绕在酣睡之中。

——威廉·莎士比亚《暴风雨》第四幕第一场

1927 年的冬天，尼古拉·特斯拉住在纽约曼哈顿。没有多少人知道他住在那儿，除了他的一些好朋友，比如伯纳德·贝伦德。这位工程师乘坐的电力出租车停靠在第七大道的宾夕法尼亚旅馆，他下了车，往楼顶望去，猜想着发明家在这个时间一定是在喂他的鸽子。电梯缓缓升至第十五楼，贝伦德刚才还发誓他能凭嗅觉找到特斯拉的房间，不过还好，走廊里并没有什么特殊的气味，直到他走进那个拉着窗帘的房间。

阴暗的室内环境与大楼外的人工白昼形成鲜明的对比。一个巨大的鸽笼占据了不少地方，特斯拉掸掸身上的鸽子毛，收拾出一个空地来，招呼这位老朋友坐下。房间里鸽子的气味还是很浓，好像是禽类笼舍特有的那种氨味。贝伦德环顾四周，腼腆地摸了摸鼻子。

"啊，抱歉，我忘了开窗子。"特斯拉把窗帘拉开，鸽子们一阵骚动。这可能是它们的休息时间，贝伦德想。特斯拉的脾气还是这么怪异，贝伦德回忆起以前他在麦迪逊大道的实验室里，总是窗帘紧闭，只有城市上空涌起雷电的时候才拉开，然后开始与闪电交谈。到了如今，由于负债累累，特斯拉连实验室都没了。

"爱迪生又在自家门口发现了恐吓信，"贝伦德将手杖靠在床边上，决定开门见山，"人们都怀疑是不是你干的。"

"哦，天哪，又是我。几年前我给爱迪生寄了一封信以示提醒和劝告，结果全美国的媒体都记住了。好吧，这次是怎么回事？"

"有人往爱迪生信箱里塞了鸽子的尸体，还有粘着鸽子毛的恐吓信。我怀疑是一些极端环保主义者。"贝伦德看到发明家的脸色有点难看——是因为鸽子这个词。

"城市的光污染太严重了，鸟类的昼夜节律还未经改造，所以很难定位。"特斯拉捡起一根鸽子的雪白长羽，"有很多鸟都撞到大厦上死了。我笼子里的这些朋友，很大一部分是大厦坠落的幸存者。但那些信肯定不是我发的，我不会那样处理朋友的尸体。"

特斯拉的朋友们在笼子里发出咕咕的声音。这是尼古拉·特斯拉的怪癖之一，收养那些得病或者受伤的鸽子，像照顾情人那样照顾它们，甚至连自己都无家可归的时候也从未停止。

"几年前您写的那封信是关于医学和遗传学的吧？"贝伦德问道。

"没错，当时我在考虑为什么美国人稳定地遗传了不需要睡眠的性状，而近几年的遗传学发展又让我对这一机制产生了兴趣。"特斯拉从床头翻出一本书，是托马斯·摩尔根的《基因论》。这位遗传学家在哥伦比亚大学工作，他将这本书赠给了特斯拉。

"基因控制着体内物质的形成，比如控制睡眠的因子可能仅仅是一些蛋白质。我怀疑爱迪生机器所用的射线改变了染色体上的某一段基因，使这种物质无法生成。至于它的机制，我愿意解释为共振——"特斯拉挥着手里的羽毛说。

"您把一切都解释为共振。"说实在的，贝伦德对特斯拉近几年来的思想倾向颇为不认同，而主流物理学界更将特斯拉的理论视为玄学和神秘主义。

特斯拉毫不在意地微笑一下，他又翻出一沓只有薄薄四页的论文打印稿递给贝伦德，那是赫尔曼·穆勒刚刚发表的《基因的人工诱变》。特斯拉介绍道："穆勒用 X 射线作为诱变剂来处理果蝇的精子，引起了高效率的突变——"

"那是什么，染色体畸形之类的？"贝伦德对遗传学知之甚少。

"不不，我不是指那些奇形怪状的畸变，而是可以真实遗传的突变，是真正的基因突变。但这种突变是不可控的，因为我们目前所知的还远远不够，甚至基因的分子基础也没搞清。不过穆勒认为基因既然会因粒子打击而产生变化，那它本身也可能是一种'微粒'。"特斯拉像瞄飞镖靶那样比画着手里的羽毛，仿佛他手中捏着的是一个粒子，"我觉得如果从我的共振理论入手，或许能在精确性方面——"

"您的意思是，"贝伦德愈懒地把论文扔在一边，"爱迪生发现的 X 射线频率和剂量只是歪打正着，而现在要利用射线将基因恢复原状是远远不可能实现的——可是我们为什么要这么做呢？没有证据表明永昼机带来了什么明显的危害。"

"首先，正像你刚才提到的那样，辐射疗法存在风险，这是穆勒首先提出来的。我回忆起 19 世纪末 X 射线刚兴起的时候，我经常用 X 射线做刺激大脑的实验，每次都要几十分钟。后来我的双目阵痛，皮肤发暗，爱迪生的眼睛也出了毛病。但是我觉得要让全世界真正认识到这种危险，非得再等二十年不可，代价也许会是无数人的生命——而我们就连一个辐射防护研究组织都没成立。"

"现在用各种射线作为医疗手段似乎成了一种潮流。"

"其实辐射疗法带来的副作用倒是其次。我更担心的是永昼机可能会对未来人类的身体和心理带来一些负面影响。现在看来，近十年出生的孩子似乎比以前更加健康和睿智，他们获取的知识越来越丰富。但是我这里有一些数据，证实白昼化并没有使犯罪率降低，相反一些暴力犯罪和性犯罪事件增加了。想想吧，就在上个星期纽约市还发生了校园枪击案。"

"教育家们的确关注着孩子，有些人提出了一种相当抒情的说法。他们说梦对促进孩子们的想象力是不可缺少的，而这永恒的日光剥夺了孩子们做梦的权利。"

"等他们长大了会更清楚的。"特斯拉的语气变得有些悲凉，"那时候他们也会 24 小时不停地工作，'幻想'将像黑夜一样成为被抛弃的东西。生活——或者说生存的压力才是剥夺人们梦想的机器。"他望向天花板，这时候贝伦德才注意到那里挂着一个奇怪的东西。

那个东西好像是个树枝编成的圆框，回环穿绕的麻线在环内形成漂亮的蜘蛛网形状，网结到圆心时留了个圆孔。圆环下面垂着几条细绳，上面缀着不知名的彩色石头和一些羽毛。

"那是什么，黑魔法吗？"

"这是一个名叫'踢野牛'的印第安朋友送给我的小玩意儿，是奥杰布韦（Ojibwe）部落的图腾。"特斯拉把它摘下来，这时贝伦德才发现它并非挂着，而是悬浮在房顶。电磁魔术，他想。

"印第安人叫它'梦的捕手（Dreamcatcher）'，他们认为夜晚睡觉时噩梦会在网上粘住，消失于清晨的第一缕阳光，而好梦则从圆孔流下。"特斯拉牵过一根绳子，把手中的那支羽毛系上去。

贝伦德注意到那支羽毛的绒毛微微竖立，说明它处在电场之中。这证明了他的想法。

"做个好梦确实有利于人们减轻压力吗？"特斯拉将捕梦网升上房顶，若有所思地说。

"我不知道您有没有看过最近兴起的弗洛伊德学说。他认为，梦境是对人潜意识的释放，是人释放压抑的过程。因此我觉得，睡眠可能也是一种减轻心理压力的过程。如果长期没有睡眠，那么人可能就会出现心理问题，人的一些深埋的本性会暴露出来，比如暴力和力比多，这样就产生了犯罪。"

贝伦德说完这席话，看看特斯拉，后者呆呆地凝望着捕梦网，似乎没有反应。贝伦德小心地叫了他的名字。

"贝伦德，天哪，你启发了我。"他吓了贝伦德一跳。"我想我又有事可做了。恰好我的新机器遇到了一点问题，你可要帮帮我。"

"新机器？您又在做什么，为什么没有告诉我？"贝伦德有点哭笑不得，却又难掩兴奋。

"我怕你又嘲笑我不切实际。"特斯拉尴尬地笑笑。

原来，在那些特斯拉的疯狂崇拜者口中，他似乎有这样一种才能：不需要绘图、试验或者计算，只要在头脑中想象自己的发明运作时的样子，它的构造就会完全地展示在特斯拉的脑海里，然后他会把它造出来。另外，在他感到精神有异常波动，比如高度兴奋时，会有一些画面伴随着强光出现在自己的视野里。特斯拉越来越觉得这不是幻觉，他自己将其解释为大脑的信号"在视网膜上的反射"。甚至还有人传说特斯拉可以通过一定的频率获取"宇宙信息"，种种传闻使特斯拉自己也分不清这是不是一种特异能力。于是他决定做一种机器，希望它对人脑发生作用后可以模拟这一功能。他想当然地以为，这样每个人都能成为特斯拉。

他首先设计了一些必备的外接设施，比如一台"意识摄像机"。在他的想象中，这是台能捕捉并记录脑电波的仪器，原理是磁共振成像。他试着做了几次试验，效果很差，他甚至不能在屏幕上看到可以称为图像的东西，只有一个个色块。除去这些准备工作，这台机器的核心部分也迟迟没有成功的迹象，直到贝伦德到来之时也是如此。不过这次谈话的确启发了特斯拉，他发现这项发明不会半途而废，或许他可以改变一下思路：不从脑海中提取电波，而是输入一定频率的电波，从而人工造成梦境。

这种东西比以前的想法简单得多，他的脑子里似乎又出现了那种预演的能力，他相信这台机器会以很快的速度问世。

而他也确实做到了。

4. 大萧条

人们默默地站在那儿，眼看着土豆顺水漂走，……眼看着堆

234

积成山的橙子坍下去，变成一滩泥浆。……饥饿的人的眼睛里冒出一股越来越强烈的怒火。愤怒的葡萄在人们心里迅速成长起来，结得沉甸甸的，等候收获期来临。

——约翰·斯坦贝克《愤怒的葡萄》

1928年，小查尔斯第一次感受到了做梦带来的美妙。从此以后他就开始对捕梦器难离难舍。他和肖恩成了"梦吧"的常客，有时在梦中醒来，他甚至会觉得现实是那么无趣。捕梦器不仅伴随了这一代孩子的成长，连成人也热衷于去那里休闲。长时间的工作后来做一个梦，成了当时人们心目中完美的生活状态。有钱人甚至会在家里安装一台家用捕梦器，在电影院里没有新片可看的时候这是必不可少的替代品。人们找回了当年做梦的感觉，称其为"对新美国人计划的必要补充"。

可是这些口头称赞对发明者特斯拉是毫无用处的。虽然他的造梦机器铺遍了美国国土，但他却由于专利转让方面的问题而迟迟不能偿清巨额债务。他从一家宾馆辗转到另一家宾馆，服务员对这个穷酸老头讥讽地笑道："您订房间是为了住还是为了跳？"即便如此，老发明家还是拒绝来自外界的援助，连有人要帮忙赎回他以前的资料文件箱时他都会暴跳如雷。更何况，此时"大萧条"正在悄然逼近。

小查尔斯幼年时每年都要回几次乡下老家度假，最令他高兴的是看着那些比房屋还要高大的挖掘机、种植机、联合收割机在农田中穿行。这些电气怪兽在前面奋力咆哮，麦子、玉米就在屁股后面欢快地蹦出来。小查尔斯看见这些吃不完的粮食，心中就有一种振奋感。然而他却不知道这将导致多么巨大的灾难。

那要追溯到一战期间，战争对美国工农业产品的需求空前增大，市场一片繁荣。那时就有一批经济学家提出警告，说战后将因需求骤减而造成市场不景气，首先是农产品市场，进而是工业，最后将带来一系列灾难性的后果。很显然，这就是"新美国人计划"紧急启动的一个重要原因——全天候活动将会多消耗不止一倍的能源和商品，这样就会避免金融危机的发生。

然而这光景仅仅维持到20世纪20年代末。危机不是不再来临，多亏全照明和"新美国人计划"，它只是晚来了十年而已。成千上万台永昼机确实把那列叫作美国的火车开到了最大马力，但是没人知道这铁轨将通向何方。一首童谣这样唱道："梅隆拉响汽笛，胡佛敲起钟。华尔街发出信号，美国往地狱里冲！"

1929 年，"大萧条"突然如死神一样来到世间。小查尔斯七岁的心灵完全不明白为什么那年人们会把牛奶倾倒在密西西比河，为什么他身边的很多大人都失业了，为什么 10 月的某一天忽然有数以千计的人跳楼自杀。他记得那年的圣诞夜是凄惨的，一种莫名的恐慌感取代了以往平安祥和的气氛。为了节省电费晚上没有开灯，一家人围在壁炉旁边，睁着眼睛坐了一夜。

一切街谈巷议的主题都变得与萧条有关。一天父亲和街坊们讨论这次危机能否像前几次一样平安度过，司机卡尔叔叔骂胡佛总统强行保持工人高工资和农业补贴的政策是"自寻死路"。争论了一会儿，小查尔斯看见他和街坊们打了起来，打得难分难解，直到他们在"整个'新美国人计划'就是在把大家往火坑里推"这一点上达成了一致。小查尔斯觉得卡尔叔叔的脾气越来越差了。

而第二天，卡尔就在出车的时候撞死了人。老司机入狱了，这时查尔斯听见父亲说："恐怕这只是一个开始。"

老查尔斯回忆起自己接受永昼机改造之前，卡尔对他说的那些话。可是现在，每天的工作时间已经快到顶了，不能再增加了。当时美国流传着这样一句话："每天24个小时早已不够，可是连上帝也没办法给你第25个小时！"有人把这句话贴在爱迪生家门口。民众似乎产生了一种冲动易怒的情绪，爱迪生遭遇的骚扰越来越多。甚至有几次，几个平民百姓闯进爱迪生的实验室到处放火，幸亏被保安人员拦了下来，送到警察局的时候他们口中还在咒骂。

人民怎么了？爱迪生想不通。他成了全美指控的对象。1929年10月21日，是爱迪生的电灯诞生50周年纪念日。胡佛总统将爱迪生位于门罗公园的实验室原样搬到了密歇根州。实验室、工厂、植物甚至黏土都和当年一模一样。庆典上的爱迪生走进复制后的实验室，仿佛旧地重游。

他想起50年前自己在门罗公园初次展览白炽灯时的情形。那天晚上他的研究所里到处都是灯光，到处都是参观者；他们沉浸在这白炽灯带来的光明之中，震耳欲聋的"爱迪生万岁"此起彼伏。爱迪生穿着破旧的工作服混迹在人群里，欣慰地观察着这一切。那次展览引起了相当大的轰动，以至于后来的日子里有人相信晚上有些星星就是他的试验品。他不得不在《先驱报》刊登声明澄清这一传闻。

可是现在呢？爱迪生颤巍巍地走到二楼，在那张熟悉的椅子上坐下，背对着总统和其他宾客。他们远远地站在一边，一动也不敢动。为了重演当年的场景，现在屋里的灯是关着的，阳光在窗前投射出这位 82 岁的老发明家孤独的剪影。没有人看到他双眼噙满泪水，他就这么静静地坐了十分钟。

两年后的 10 月 18 日，爱迪生在这个令人无奈的时代撒手人寰。临终时他喃喃地说："我为人类的幸福已经尽了心力，没有什么好遗憾的了。"

葬礼正好在 10 月 21 日举行，主持葬礼的胡佛总统终于体会到了两年前那个老人的心情。冰冷的雨水将翻上来的草皮和泥土打得稀烂，当发明家的棺材被盖上最后一铲土的时候，胡佛叹了一口气。在葬礼上，他倡议这天晚上全国熄灯一分钟，为爱迪生默哀。由于公共场合不关灯的历史已经太久，全美国人都在解读这一提倡背后的含义，猜想这是不是反映了美国政府对"新美国人计划"的反思。

胡佛设想着，今晚从 18 时 59 分开始的不同时段里，从东海岸到西海岸将依次陷入一片黑暗。自由女神手中的长明火炬也将熄灭，乌云和大地之间可能只有纵贯的闪电。一分钟过后，从东海岸到西海岸会重新进入人造的白天。对于许多美国少年来说这一天是奇妙的：因为这是他们第一次看到真正的夜空。

"所有美国人，都接受了爱迪生的赐予。"胡佛念着这句后来变得非常著名的悼词，心情万分复杂。

5．法西斯

你们都是迷惘的一代。

——格特鲁德·斯泰因

即使在"大萧条"时期，捕梦器的生意也从未惨淡。正如只有歌舞片不会随着整个电影产业衰败而衰败一样，"梦吧"的生意在这个时代倒是越来越火。

人们太需要自我麻醉了。很多人对捕梦器产生了依赖，就好像吸了大麻一样飘飘欲仙。有一大批人陷入梦中不愿意出来。甚至有些人长梦初醒，坐起来环顾梦吧拥挤嘈杂的环境，突然就精神失常了——他们已经接受了美妙的梦境，醒来后就无法再接受这个现实。弗洛伊德的理论终于得到了验证，此时这位心理学家正在奥地利提防虎视眈眈的纳粹党人，不可能来重重封锁的美国考察。

对于"梦境成瘾症"，电气时代有电气时代的疗法——他们对患者进行电击治疗，这在当时是十分风行的，一些新一代少年儿童也不得不依靠接受电击才能让自己"清醒过来"。肖恩也曾经接受过一次电击，回到家时被小查尔斯嘲笑了整整一个下午。小查尔斯自己的情况还算好，他虽然不做梦也不舒服，但是仍没有到需要接受电击的程度。甚至，他开始把自己做过的梦写成故事，投给一家杂志。尽管这些故事笔法稚嫩无法发表，但杂志主编坎贝尔先生从未因此奚落过他。

他一直保持着这个习惯，直到1938年他找到一份来之不易的工作时也是如此。他当上了机械工。那时候，身旁很多工友和他一样，对捕梦器上了瘾。有时候查尔斯冷静下来，会觉得周围的人都处于一种神经紧张的状态。他走上街头，发现这种情绪已经伴随着经济危机蔓延到整个城市，这使他感到恐慌——当父亲不再叫他"新型号"的时候，"新型号"一代的叛逆期就这么到来了。

老查尔斯觉得儿子比他年轻的时候难管得多，历史上从没有任何一代人的青春期像这一代这么危险。他们暴躁易怒，仇视这个世界。街上的一帮青年总是夜不归宿，在街上乱转，突破禁酒令的限制喝得酩酊大醉，把街灯打坏。老查尔斯经常叫嚷儿子不要跟街道里那些"小地痞"混，可是后来发现自己已经管不了了。

查尔斯在空闲的时候就憋在房间里写故事，后来还发表了几篇。他卧室里有一些从杂志上裁下来的画，沿着床贴了一排。那时有两种画是随处可见的：一种是精确主义，画家们用清晰的笔触和严谨的结构画出巨大的电力机器、工厂、铁轨、桥梁和大坝，而在这些画中，人通常是不存在的。他们中的代表是大师查尔斯·席勒，查尔斯床头有一幅他创作于 1927 年的《交叉的传送带：福特红河车间》，顾名思义，画的是福特公司的汽车工厂。查尔斯看着它，想起小时候自己热爱的那些机器。精确、严谨、不带情感，那是典型的电气时代美学。

显然，这种流行了几十年的风格正在逐渐被人厌烦。此时开始风靡的是达利的超现实主义。

正对查尔斯床头的那面墙上贴着达利创作于1931年的画作《记忆的永恒》，也是杂志上的缩微版。当他第一次见到这幅画时，就觉得它有一股神秘的力量：耷拉在树枝上仿佛快要融化的钟表，躺在沙滩上的似马非马的怪物、表盖上的蚂蚁……达利用不输于席勒的精细笔法画出这种种事物，却将它们以一种不合逻辑的方式扭曲、分解、组合、排列。

据说很多美国人第一次见到这幅画时会出现精神恍惚的症状，有些人会产生幻觉，甚至在纽约现代艺术博物馆当场昏厥。事实上，为了调动潜意识进行创作，达利使用一种自称为"偏执狂临界状态"的方法诱发自己的幻觉，他用了两小时就完成了这幅画作。这正对了美国人的口味，因为他画出的正是梦中会出现的景象。查尔斯写故事的方式也是从梦中回忆，可他不得不承认自己无法与达利的做法相提并论。

查尔斯的伙伴们和他的休闲不同，比如肖恩组了一个小乐队，给它起名字叫"幽灵船"，他们用简单粗暴的旋律吸引了一大批青年。"幽灵船"在芝加哥附近游荡演出，还能挣点钱花。可是这种新兴的音乐一出现便受到成年人们的误解，因为这些青年们写出来的歌总是离不开性、暴力与反社会，与普通人爱听的爵士甚至布吉乌吉差得太远了。文化部门认为这也是"新美国人计划"的后遗症，肖恩和他的伙伴们对此相当反感。

"他们根本就不懂，"他皱着眉头对查尔斯说，"这是一种真正的革命力量。节奏感，批判精神，无拘无束。算了，他们根本不会理解。"可是第二天查尔斯就在演唱会的后台看到肖恩和鼓手在台上明目张胆地吸毒。

有一些乐手听从心理医生的建议，去接受捕梦器的治疗，以缓和自己紧张的心理。很快这种治疗有了"成效"——乐手们找到了新的"吸毒"方式，他们用捕梦器迷幻自己，然后迷迷瞪瞪地写下那些暴躁的旋律。或者说，他们的旋律越来越脱离了它的传统意义，变得黑暗、痛苦，唱出来常常是嚎叫和呻吟。在街道里排练的时候，曾让老查尔斯大皱眉头。

查尔斯也给肖恩他们写过一首歌词，里面唱道：

人们鞠躬并且祈祷

向着自己创造的霓虹之神

灯光闪烁出行行字句

向人们发出了警告的声音

"你就会写这种娘娘腔的歌词！"肖恩笑着骂他，不过他们马上给这首歌编了曲。肖恩的歌词的确不娘娘腔，特别是在骂"罗斯福的混蛋新政"的时候。查尔斯想，自己写的那些故事不也还是有那么多不适合给总统先生看见的？

托了罗斯福《全国工业复兴法》的福，查尔斯的工资越来越少。可是就连这样的日子也值得留恋，因为安宁的岁月没有几年了。危机并没有像人们预料中的那样只延续十年，1939 年第二次世界大战爆发，而美国迫于国内形势，不得不保持中立态度，对苏联要求开辟第二战场的要求充耳不闻。这种稳态仅仅持续了两年，1941 年，日本做出了一个后来被证明是卓有远见的战略决定——偷袭珍珠港。

几十年后，山本五十六在他回忆录的行文中仍然难掩他对自己改变了历史进程的骄傲。就像当年德国人击中卢西塔尼亚号一样，这一事件戳中了美国人民的"马蜂窝"。国内情绪大规模地爆发了，参战的呼声越来越高。乐观主义者估计这场战争将会耗费至少三千亿美元，认为它会像一战那样挽救国内经济。这是一根救命稻草，但是没有人来提醒他们仍然处在梦中。重重压力之下，罗斯福宣战了。

失业率不见了，因为有七百多万人入伍上了前线。查尔斯的伙计们有很多走向了战场，比如肖恩，他的乐队暂时解散了。而查尔斯则留在国内从事军工制造。在对外宣战的同时，罗斯福也对内宣布了令人惊讶的生产指标：几万架飞机、几万辆坦克、数不清的枪弹炮弹，它们统统等着人民去造。

前线的状况却并不令人乐观。开始的一段时期，美国士兵带着他们优良的兵器和昂扬的斗志出现在轴心国面前，甚至比一战时期还要勇猛。肖恩的老爸老妈每天拿着信在街区炫耀，自己儿子所在的队伍又打了多少胜仗。他说那里的黑夜令他很不适应，他感到无事可做。查尔斯感到由衷的高兴，然而几个月后他发现事情开始发生变化。

不论是轴心国还是同盟国都诧异地发现，几个月前那个令人望风披靡的美国军队不见了。美国大兵开始变得屡战屡败，不堪一击。这也同样出乎美国军方的意料。事实上，早就已经有心理学家警告这是集体无意识的大爆发，并提醒军方如果以这种心态迎战会有什么后果。真实情况符合他们的推测：一种心理疾病像瘟疫般在前线传播开来，他们由躁狂期进入了抑郁期。不同于一般的战前综合征，它的表现相当复杂——战前紧张和逃兵潮此起彼伏，嗜血亢奋和士气低沉交替出现。

"我们这儿出现了虐俘现象，"肖恩在信里说，"他们在军事法庭上还撒泼。"据说连麦克·阿瑟等人也有了不同程度的心理障碍。

最终的分析结果显示，那仍然是"梦境成瘾症"的体现。为了解决这一问题，一些便携式捕梦器被推向战场，然而这只能是杯水车薪。前线开始有人秘密兜售一种植物致幻剂，据说对捕梦器有一定的替代作用。虽然这是被军令严厉禁止的，但是挡不住有士兵铤而走险。查尔斯的直觉使他明白肖恩一定试过那玩意儿，说不定已经开始上瘾了。他在回信中隐晦地提及了这一点，然而那封信如石沉大海，他再也没有收到肖恩的只言片语。那一年的冬天，肖恩的父母哭喊着走上街头。战场上传来肖恩自杀的消息：他在夜晚轻轻哼唱着查尔斯写的那首歌，"你好黑夜我的朋友，我又来找你聊天了"，然后开枪打死了自己。

查尔斯陷入了一段时期的抑郁。国内的经济形势并没有因为战争而彻底改善，他在工厂每天面临着被炒鱿鱼的命运。战场上的美军节节败退，丧失一场又一场的胜利。肖恩的"幽灵船"乐队在主唱自杀后重新集合起来开始唱反战歌曲，人们越来越怀疑这场战争，但鲜有人敢于承认这将扭转美国这辆列车的行进方向。国内基本保障不足，对外则一再失利，在这种情况下，没有什么能比集权化的社会结构更吸引美国人民了。左倾的那些开始羡慕苏维埃，而右倾的那些则在传言邪恶轴心将统治这个世界——事实上他们已经快成功了。

但普通人的生活仍要继续。在那一年，查尔斯在上班路上鼓起勇气搭讪了一个姑娘。她有一头棕色的卷发，步伐轻盈，查尔斯偷偷打量她的手指，发现她没有戴戒指，连痕迹也没有；如果说有什么痕迹，那倒是能证明她是一名纺织女工。

他们就这么认识了。她叫安吉拉，在附近的纺织厂工作。查尔斯和安吉拉乐观地想，他们两个现在过得还算不错，至少比失业者好得多。老查尔斯夫妇对这个姑娘也十分满意，他们满心以为查尔斯结婚后能过上和自己这代人一样的正常生活。这种淡然的心态之下隐藏着危机。慢慢地，查尔斯和安吉拉开始吵嘴。有一次，查尔斯甚至在恍惚中打了她。无论如何，他们一次又一次地重归于好。她是多么善良啊，他想。他攒钱给她买了一条项链，商量结婚的日子。他在格兰特公园的白金汉喷泉下亲手给她戴上这串项链，安吉拉笑得像三月的春风。

那年年末，查尔斯失业了。他闷闷不乐地回到家，一边躺在床上听无聊的电台节目，一边想着怎么跟安吉拉解释。他现在只能靠写故事赚点饭钱了。

"我的朋友们，我想就生活用品方面与美国人民聊几分钟……"罗斯福那被喇叭弄得失真的标志性声音传了出来。

"炉边谈话"，他还能拯救这个极昼之国吗？查尔斯烦躁地把收音机摔在墙上。

6. 芝加哥

我们将开始一场轰轰烈烈的运动、形成无法逆转的潮流，直到形成滚滚洪流——声势浩大、来势凶猛的洪流——将芝加哥所有愤怒的工人阶级团结起来，为我们的目标而斗争！

——厄普顿·辛克莱《屠场》

1943年1月1日，一个秘密会议在纽约曼哈顿的一幢大楼里举行。在全美无产阶级面临崩溃的情况下，美国共产党正和总工会商议组织一次全国性的大罢工。芝加哥的游行被定在1月7日举行。

那天四处打探工作消息无果的查尔斯在家坐着，外面响起了敲门声。查尔斯开门看了看，是以前在一个车间的工友杰克。进来以后，他关上了门。

"在家待久了你会锈掉的。"杰克环顾他的房间，"来吧，我们去参加游行。"

"我能做什么呢？我的母亲还在生病。"查尔斯有气无力地说。

"可是我上次给你的社会党宣传材料你已经看下去一大半了。"杰克扬扬他从桌边捡起来的《国际新闻通讯》，

"走吧，多一份力量，我们就多一分改善的可能。"

在那个明亮的夜晚，查尔斯和安吉拉跟在工人的队伍里一起来到了芝加哥市政大楼。旁边的杰克吐掉烟卷，从怀里拿出准备好的弹弓。杰克来自中部狩猎区，他掏弹弓的动作就像银幕上的牛仔掏枪一样潇洒。

"你是不是等不及了？"查尔斯笑着问他。

起初，他们只是在市政府门前展示他们的标语。后来，由于某处工人和警察发生肢体冲突，暴乱开始了。攻击的首要目标是路灯，杰克的弹弓发挥得相当出色。查尔斯一边喊口号，一边踢碎街边的矮灯，像踢足球那样。过了有一会儿，整个世界突然一片漆黑，查尔斯觉得现在是伸手不见五指。刚安静下来的人群又开始喧哗。"是强制停电！"杰克和其他一些工友放下弹弓。杰克想到了他以前用弹弓老也打不着的狐狸。

"星星。"安吉拉在旁边拉拉查尔斯的手。经过短暂的暗适应后，他们可以看见星空了。生在城市中的他现在是头一次面对真正的、无边的黑夜。他想起小时候父亲对他说过的话，心里竟然有点兴奋。他将安吉拉的手握紧。

突然到来的黑暗使工人们觉得不太适应，他们来的时候早就准备了火把。说实在的，查尔斯确实是头一次见这玩意儿。但是他们觉得现在不能点燃火把；因为哪里首先燃起亮光，哪儿就会首先成为被攻击的目标。市政楼的高音喇叭还在喊话，他们就这样在黑暗中僵持着。

这时杰克推了他一下："伙计，那是个什么鬼东西？"

查尔斯抬抬鸭舌帽的帽沿，仰头朝他指着的地方望去。在星月的照耀下，还可以看出市政大楼的五楼伸出来一个黑漆漆的东西。

"见鬼，可能是……炮筒？"查尔斯说。安吉拉紧贴着他，她的手变得潮湿起来。

亮光一闪，人潮中亮起了一片火光。有人点起了火把。

"他是等得不耐烦了还是活得不耐烦了？"杰克皱起眉头。

没人在意他的话，大部分人都在一动不动地盯着那个黑色的炮筒一样的东西看。只有那火光仿佛是迟疑一样微微晃动。接着，第二处，第三处火光燃起来了。他们可以看到，那个"炮筒"正在随着火光的出现而调整着自己的炮口。

"熄掉火把！"查尔斯扭头朝那些火光大喊，可是已经晚了。还没等他回头，他就看到楼上发出一阵强光，接着一根火把突然暗了下去，人群一片骚动。剩下的两支火把拼命摇动，似乎是想把火熄灭，然而这只能使火光更加显眼。查尔斯扭头往"炮筒"那儿看去。

"炮口"里发射的不是炮弹，而是两股强劲的水流，水柱从五楼直冲下来，人群面对这玩意毫无招架之力。很快大家发现这种水流是带电的，它可以瞬间把人击晕。水流炮开始射击，罢工队伍瞬间溃败了。人流冲散了查尔斯和安吉拉，只有一阵阵耀眼的电光能使他短暂地看到东西。等他看到安吉拉时，查尔斯跑过去拉住她，接着他似乎看到杰克在焦急地向他打着什么手势，然而下一秒他失去了知觉。

7.线圈

将控制在每平方英寸有400磅的高压水流与两万伏高压电接通。只要随时放开龙头，就可以准确无误地把冲上来的敌人击倒在地……如果方便，就囚禁起来；不方便，就提高电压，送他们去"极乐世界"。

——托马斯·爱迪生于《纽约世界报》

"嘿，她醒了，她醒了。"

安吉拉恍恍惚惚地睁开眼睛。她看见雪白的床铺旁边围着查尔斯、杰克，还有其他一些人。一个医生模样的人说了句没有什么大碍之类的话就出去了。

"我比你先醒来了。"查尔斯有些调皮地说。

"那是什么，攻击我们的东西。"

"水流加农炮，一种防暴武器。这玩意可真麻烦，为了让电解液的射流连续喷发，防止电流断路，他们把里面的液体弄得黏糊糊的，"查尔斯解释说，"还加了红色染料。但现在它已经派不上用场了，我们的人动用了特斯拉电浆炮。现在工人代表正在和他们谈判。"

"不要骗我，"安吉拉笑得有些虚弱，"这听起来就像你写的故事。电浆炮……我们不就是因为它认识的吗？"

"你们能认识还多亏我呢。"杰克在旁边插了句嘴。他的额头包着块纱布。

"确实像，可是我没有骗你啊。白劳德书记和格林主席去见过一次特斯拉，在纽约人旅馆，他们说芝加哥市这次极有可能动用爱迪生的武器，二十年来一直尘封着的水流加农炮。所有的电气武器爱好者都知道这东西。

特斯拉出示了他的电浆炮，我们还真用上了。我小时候最崇拜的就是这两位发明家，这可能是他们的最后一次交锋了。"

"没想到一年过后我亲眼目睹了它们。记得我当年是怎么嘲笑你的？'水流会因为断续而无法导电，电浆也不可能获得如此高的电压'——谁知道它可以先通过特斯拉线圈内部发射出来，然后再获得高压！特斯拉真是个天才。不过邪门的是，"杰克捂着脑袋说，"那个躲在线圈里操纵的老头是谁啊？"

"那是我们街道上的卡车司机卡尔叔叔。"查尔斯显得挺自豪，"不过他是怎么出狱的来着，他能出现我实在太意外了，甚至有些想不通。不过管他呢，就是他把那个微型沃登克里夫塔运到市政府门前。现在特斯拉先生是我们的盟友，有他和政府对话，我想就连战争也就快结束了。现在一切都好了，亲爱的。"他转向安吉拉，"就等着你尽快康复了。"

"这太美妙了，听起来就像做梦。我有点不敢相信。"

"确实像个梦。我希望这个梦永远不要醒。"查尔斯捋捋她的头发。

"好吧，"杰克挤眉弄眼地说，"我头有点晕，好像得去找一下医生。你们继续聊。"

8. 永恒的白昼

> 在那做梦的人的梦中，被梦见的人醒了。
>
> ——博尔赫斯《环形废墟》

"我说过多少遍了，是意外。谁让你们这些工人闹罢工，刚才芝加哥市才停了几次电，这次是全市停电。"梦吧的老板垂头丧气地辩解，他的身体深深陷入沙发里。

老查尔斯坐在一个床铺旁边吸着"翼牌"卷烟，一言不发。

"事件发生后我们把他送进医院。"杰克靠在柜台旁边，双眼布满血丝。他的额头包着块纱布。"可能他从医院醒过来就逃了出来，一直漫无目的地向北走，就来到这里。看样子他还喝了酒。"

"酩酊大醉，肯定是在黑市买的私酒。"店老板直起身，"身上只有几个钢镚。我觉得对于没有完全民事行为能力的人你们应该……"

"闭嘴,这事等警察来了再说。"杰克从牙缝里挤出一句话。老板再次颓然地陷进沙发。

"安吉拉是什么原因。"老查尔斯终于开口了。

"是那条项链,它……收紧了。嗯,就是这么烙上去的,我没法跟你形容,他们肯定调过电压。我们现在还没法处理她的遗体……"

"没错!我要提起上诉,这肯定与政府使用水流炮不当有关!"店老板急得脖子通红。"我从来没遇到过这种事……一般停电之后顾客会醒过来的,可是这个人,他似乎陷入了专家们提到过的那种情况,虽然还活着,但只活在梦中。一定是因为这个小伙子事先受过电击……"

"我儿子,他是全国第一个'新美国人'。我不想再让他成为第一个'新植物人'了。"老查尔斯的话让他们都深深地垂下头去。

救护车和警车马上就要来了。气温有些冷,老查尔斯给儿子的身体盖上毯子。他身下的这台机器已经相当陈旧,手柄光亮,耳塞油腻,床单也显得脏兮兮的。老查尔斯扳着指头数着捕梦器出现的年份,嘴里叼着的卷烟早已燃尽熄灭。床下面摆着儿子的皮鞋，上面是水流炮的电解液留下的鲜红污渍，老查尔斯想，市政府门前也一定流满了这种液体。在这一天，他的儿子成了一个植物人，脸上带着微笑睡去。他儿时的愿望成真了，他将永远陷入梦中不再醒来。与此同时，在遥远的纽约市纽约人旅馆 3327 房间，穷困潦倒的尼古拉·特斯拉在安眠中离开人世。

也许再过几个月，这里将会沦陷在法西斯的铁蹄之下。老查尔斯感觉自己几十年来从来没有这么疲惫过，他甚至感觉自己有一种不合乎常理的困倦。

他看着门口，那只印第安捕梦网在风中自顾自地摇摆。夜已经深了，门外却是让人疯狂的无尽白昼。

夏末暴力测试

在抽屉完全打开的情况下，让抽屉斗快速冲击抽屉洞，然后重复此动作。测试频率每分钟 14 次，共测试 15000 次。

——《技术规格》

1. 直到我们见面

白开水已经冷了。我坐在咖啡馆里，百无聊赖。

倒也不是我等得太久，而是我不太擅长这种形式的会面——嗯，我是说，我正在等待相亲对象到来。"林小姐"，我在人民公园的相亲角第一时间发现她的照片。

轻质的咖啡桌，桌面下是两个精致的抽屉，复古造型，铜把手。出于无聊，我开始下意识地合抽屉。后来据旁观者说，我的动作还挺大。等我被自己弄出来的"啪啪"的噪音吵醒的时候，一个瘦子服务员已经开始用奇怪的眼神看着我了。

哎呀！我怎么做起这么没有涵养的事！可能还是因为要相亲，紧张在所难免吧。

"先生你有什么需要吗？"服务员凑了过来，言下之意似乎是"你不点东西还敢不满老子的服务"。

我连忙摇摇头。他走开了。我环视四周，一个穿着风衣的男子假装看着报纸，正皱着眉头用余光看我。

虽然服务员有点凶神恶煞，但是这家店的气氛确实不错，也不像是几年前机器服务员往来穿梭、底轮愚蠢地吱吱响的景观。自从那些自诩"硅基生物"的机器人从人类分离出去后，就再也没有允许人类这边使用和制造任何机器人。

这一下子可多出不少就业机会。我并不是学历特别高的人，大家也都说我脑子不太好使，于是在这场社会大变革的浪潮中，我被"包分配"到一个家具厂做工人。

我望向窗外，没有看到钢铁身躯和硅胶脑袋的人。据说那些家伙搬到火山之类没什么人居住的地带，并且很快地自我改造，适应了那里的极端条件。我想起以前看到过的埃舍尔的视错觉黑白画，那些机器人看起来像被白驱逐的黑，但是反过来看，我们人类也都算被这片黑包围了。

这是冷战时期，无论人形还是非人形的机器人都不能在我们这一方存在，只要含有硅芯片它就会被埋藏各处的机器人眼线识别。也就是说，外面的那些红男绿女，说不定是对方的卧底呢。但是机器人为啥要模仿人的样子，人还不够累吗？乱七八糟地想着，只听见咖啡厅门外的撞铃响了几声，一位体型苗条的女性款款走进来。

这就是我的相亲对象吗？比照片上要漂亮许多啊，呵呵呵。

怎么办呢？我还是站起来跟她打打招呼吧……这一站可倒好，一把螺丝刀从我的口袋里掉到了地上。

"为什么会有把螺丝刀在身上……"林小姐稍微有点惊讶。

"我本身是一个家具厂的工人，所以有一把工具在身上也很正常吧，哈哈。"我无厘头地回答着，邀请她坐下。

2．白色 Suspence

点了东西，十分艰难地打开了话题。

林小姐戴一副眼镜，有点知性但并不呆板。我一边和她聊天一边还要偷偷打量她，好忙啊。在谈话中我得知，她是一个农艺师，在蚕桑养殖基地工作，听起来是个蚕姑娘，但其实是有编制的……呃，其实也就是研究人员。相比之下我的知识简直是匮乏。

不过说起来这年头养蚕还挺吃香，现在的人追求一些回归自然的材料和工艺，蚕丝就是其中一种，但是为了照顾全人类的使用，传统育蚕法肯定没有那么大的产量，林小姐说，她所在的科研院研究的就是一种转基因蚕。

"所以我们现在所谓的回归自然的生活，其实都是用转基因技术生产出来的？"我看了看自己穿的袍子。林小姐点点头表示肯定。

于是我哈哈一笑："现在所谓追求复古怀旧、穿手工衣服什么的，不都是广告业改变舆论造成的跟风吗？这些粗糙的衣服、家具能卖得出去，也不必用很新潮的科技让机器人注意到，也算皆大欢喜。"别问我为什么懂这些，都是跟别人现学的。

不过话说出来我就有点后悔，因为现在的潮流是把不追求技术当时髦，简单朴素的生活才是最好的。不知道林小姐是什么看法，如果以为我是那种反社会的偏激人格，把约会毁了就不好了。

思维这么一停顿，现场就有点尴尬，而且与此同时，我又开始不自觉地去弹抽屉玩。坏了！林小姐一定会认为我很奇怪吧！

不过林小姐似乎是有意打破这个暂时的沉默，她接茬说："对啊！我也宁愿家里的植物是自动浇水的，而不是像现在这样每天担心被浇死！还有单位用的是那种加密加密再加密的电脑，每次开机都跟滴血认亲一样麻烦！我也很讨厌这种生活啊。"

"还有比这更惨的呢！看，这是我上周理的发。"我无奈地指指右耳的一道伤口，"执行总监干的。"

与所有科学家的预测不同，机器人的反叛第一枪首先是从一家理发店打响的。那天下午，所有的"发型智

263

能调整头盔"都变成了最恐怖的杀人机器，正在焗油的被高温烫伤，正在理发的搞了个头破血流。冷战开始后这些玩意儿就叛逃到林海雪原修剪树木加工生物能源了，真是逍遥自在。

在此之前，理发店员每天只是坐在电脑给发型智能调整头盔输入程序就敢自称"私人造型顾问"，现在的理发店员重新拿起刀子和电动推子，成为"发艺执行总监"。

我的右耳，就是被一个执行总监划破了一道口子。

谈到这儿，坐在我边上的那个风衣男子突然往这儿看了看。这个人在我相亲的过程中出现，还一直盯着我，我用余光捕捉到他的这个动作，突然灵光一闪。

难道说我遇上了相亲三十六计——黄雀在后！

一定是这样的，他一定是她的大哥、大表哥什么的，是派来埋伏在我这里，专门负责提前勘察我的情况的。真是防不胜防啊……我想。

"刘先生，您怎么了？"林小姐关心地问道。

"啊，没什么没什么。"我应答着，而且不出意料地发现自己由于紧张，弹抽屉的动作已经一发不可收拾了。我赶紧停了下来，拿起纸巾装模作样地擦擦手。

林小姐，我真的不是多动症啊……

3. 想象和都市的孩子

我正想着怎么对付林小姐和她的大表哥，这时一个小孩走了过来，衣服破破烂烂，一看就是来乞讨的。"先生给两块钱吧！可怜可怜我这个没依没靠的孤儿吧！"也许是今天为了相亲故意穿得光鲜一点，这个小孩马上凑过来占据了我的左侧。

可恶呀！竟然在相亲现场向男方要钱，这种行径不是占据了道德高地的赤裸裸的要挟吗！咖啡馆怎么允许这种情况发生！

而男孩用余光瞟瞟林小姐，眼角流露出一丝得胜似的嘲笑。

林小姐也看看我。可恶啊，不要以为你们一个自来卷一个马尾辫就可以随便卖萌……

处于我背后的风衣男子似乎也在偷偷监视我。我感觉整个世界都在与我为敌。

不过这小孩看起来确实挺可怜的，估计也是前几年硅基人闹事才搞到现在这么惨的。我掏出钱夹，随便翻了几张钱给他。

"用手机拍给我啊，先生，票子丢了怎么办！"

我恼怒地看着他。不要太过分啊！在这个年代，还有谁喜欢用手机当面支付这种危险的支付方式啊！一个不小心被硅基人入侵可就两手空空了。不过我的手机端倒是还剩下银行发来的一些利息，于是我拿出手机开始调试。

小乞丐也开始掏手机。他上衣的左口袋用白色笔写了八个字"手机在兜,不服来偷"。真是欠扁的小鬼啊……然后他从右口袋拿出一个破手机。和我的手机碰了碰，叮的一声，钱财安全转移，我舒了口气。

"十二块一？先生，您也太抠门了吧？"小孩看到钱款后用足以让整个咖啡馆听到的嗓门大声喊，"您打发要饭的呢？"

你以为自己不是在要饭吗！我用眼神示意小孩快走，不要让他打扰我生平第一次相亲。

小孩摇摇头离开了，我目送他离开，然而视线所及的地方，林小姐的大表哥和服务员之间的交流似乎出现了障碍，他们好像在争论甜甜圈打包、加糖霜、加枫糖浆、加糖棍等等 24 种排列组合各自的收费方式。那个服务员显得非常紧张，以至说出"我真的只是个服务员啊"这样丧失立场的话，然后他们竟然打了起来。

4. 风是外衣

这两个人打得难分难解，撞翻了无数桌椅。大表哥也真是脾气不好，来咖啡馆也带这么多打架的工具，是不是我表现不好就会招呼到我头上呀？有好多武器我还没见过，比如那个一按就让服务员失去平衡能力的遥控钥匙……为什么会这样？

正想着，那个服务员颠三倒四地往我这边跑来了。服务员应该是真的生气了，靠近的时候我闻到糊味。啊！不对，这么说来，这个服务员是个机器人啊！刚才大表哥那个车钥匙应该就是破坏机器人平衡性能的什么电子发射器，也许无法回答甜点的价格也是这个小东西搞的。出于表现欲，我极力地挡在林小姐前面，生怕她受到任何伤害。那个服务员无力支撑自己的体重，往我桌子上一扶。这下他可彻底麻烦了，被我摧残了一个下午的桌子轰然崩塌。机器人倒在地上。

趁这个时候，我不顾林小姐惊呼，掏出一把榔头往他头上一抡。它烧着了，尸体开始冒烟。

"我好不容易来咖啡馆消费一次，就用机器人招待我吗！"我朝躲在吧台后面的店老板生气地喊。

大表哥和林小姐都有点吃惊。林小姐除了吃惊还有点慌张。我一拍脑门，坏了！她不是真的要把我当成那种爱好家庭暴力的人吧！

大表哥看了林小姐一眼，就扛起冒烟的机器人，大踏步地走掉了。林小姐的脸色看起来不太好，可也是，约会被搅黄了谁会高兴得起来呢？我故作轻松地岔开话题："你大表哥是警察吗？"

"什么大表哥？"

在我用眼神给予指示后，林小姐否认道："什么啊，我可不认识他。"

我明明看见你们对眼了！我心里想。但我还是说："真是太抱歉了，今天的状况太多……"

"——所以这次先到这里吧，谢谢你的款待。"林小姐真是善解人意。

我低头在包里找到一个准备已久的毛绒玩具，自顾自地说："初次见面不知道拿什么合适，这个送给你。"

我找到东西，抬头一看，林小姐却已经匆匆走到门外。

"今天真的就到这里了。"她边说边朝旁边的一个死胡同退着。

"林小姐，我知道今天我的表现并不是那么出色，但这也有客观原因啊，你看——"

路上有一两个行人往这儿看了一眼——我正拿着一个毛绒玩具对一位小姐步步紧逼，我兜里露出个榔头，而背后的咖啡店在冒烟。那些人连忙跑掉了。一定以为我是变态或者暴力狂吧，真是的，我长得有那么不同寻常吗？

"林小姐你不要往那边退了呀，那是个死胡同，可能不怎么安全——"

可林小姐几乎是跑着往胡同里走去，我呆呆地拿着毛熊往前追，从我的角度看过去，那个死胡同的尽头蹲着卡其色风衣的大表哥，有什么零件和残肢被扔到一边。

我的手又开始不听使唤地抖了。这导致我狠狠地把毛绒玩具扔在地上。林小姐好像被吓到了，而且大表哥虎视眈眈地走过来，手里拿着他的汽车遥控器冲我乱按。我个人是觉得自己没受什么影响，但是林小姐也开始慢慢地绕圈，他们两个想要包围我。完了，他们真的当我神经不正常了！

"我真的不是狂躁症患者啊，家暴那种事我想也不敢想的！"我终于忍不住地崩溃，喊了出来。

"家暴？"两个人同时一愣，停下脚步。

5.再见的另一方

其实我在家具厂的职位，是一名暴力测试员。

暴力测试员，与它唬人的名字不同，这个工种可以说是相当乏味。我们厂生产的产品，虽说是打着手工、原生态的旗号，但是为了通过国家有关标准的检测，所有的产品还是要经过工业式的耐用性检测的。

在以前的日子里，这种枯燥的检测工作，比如"抽屉开阖万次检测""房门开阖万次检测""毛毛熊被扔到鱼缸里万次检测"都有专门的机器人来干。现在轮到我们这些人类来干了。

"暴力测试员？这么说你不是机器人？"林小姐和大表哥问我。

"我真的不是啊，我是一个普通人啊。什么玩抽屉啊，摔毛绒玩具都是我的小习惯罢了。所以可不可以请你们两个不要再按着我的胳膊了啊？"

他们松开手后，我才从地上爬起来。

"真是不好意思，其实我也不是普通的上班族，我的真实身份是针对机器特务的侦查员。"风衣男想跟我握手，被我拒绝了。

"我说的加密加密再加密的电脑，其实是真的呀。"林小姐帮我掸掸身上的土。我没有拒绝。

"你从一开始的言论有非常强烈的逆向人种主义倾向，而且我观察过了，你开阖抽屉的频率、幅度、力度拿捏得都非常精准，所以才把你也当成机器人的。"大表哥解释说。

"这些能说明什么问题呀！"我不服气地争辩道，"就不允许我的动作机械一点吗！医生说我是'刻板动作过剩'而已。"

"你说的这个刻板暴力人员我知道——"大表哥接着插嘴。

"是暴力测试员啦!"我纠正。

"啊对,暴力测试员。我们内部有个机器人是卧底,本来也是汽车厂家做碰撞试验用的智能化机器人。之所以愿意放下身份跟我们合作,就是因为被试验次数太多,撞脑残了。"

"总之非常对不起,很感谢您刚才作为守法公民对我们的信任和帮助,我们是侦查员这件事还是要请您保密。"林小姐你不要再笑眯眯了,你的意思是这整个相亲过程都是假的吗?

"我观察你好几天了。本来想独自行动,没想到真正的机器人体征是从咖啡店员那里发出来的。"仿佛是猜出了我的心思,林小姐这么解释道。

我感到非常不高兴,把毛绒玩具捏得吱吱响,把风衣男吓一跳:"那么你们聊吧我还要搬尸体。"

于是胡同里只剩下我和林小姐,我们的距离之间只有沉默。

然后林小姐拢拢头发,大方地笑道:"真的很对不起啊。至于保密的事情——"

"我可以加入你们吗?"我反问。

林小姐一副"你开什么玩笑"的表情看了我一眼。"我想加入你们呀! 感觉很刺激。"我强调一遍。

林小姐凑到我面前悄悄说:"不太容易。你脑子不太好使。"还没等我回复就甩下我往外走了。

"不就是份工作么!"我追上去问,"有多难呀!"

她停下脚步,回头盯着我说:"比和我约会成功还难。"

我低下头,听着她远走的脚步声,抚摸着手里的毛绒玩具,长长地叹了口气。

6.夏日终结的和声

我走出冷清的咖啡街,好不容易挤上公交车后厢靠门的位子。脑袋里还在想接下来几天会发生什么情况,也许我会被监视一段时间吧,是不是要搞出点什么事,引起那个组织的注意呢? 可是左边有一个小女孩好烦,她躺在妈妈怀里一直在念叨:"妈咪,你会唱小星星吗?"

妈妈:"会呀。"

女孩："你应该说不会! 妈咪, 你会唱小星星吗?"

妈妈："会呀。"

女孩："你应该说不会! 我再问最后一遍哦, 妈咪, 你会唱小星星吗?"

妈妈："会呀。"

女孩："哎呀, 气死我了!"

她们就这样机械地问答了十几个来回, 最终以女孩的哭声结束, 于是这趟车载着一路哭声越行越远, 这个夏天就这样过去了。

明日立秋。

注：一些关于致敬的无聊注释

1. 直到我们见面——尾崎纪世彦的歌名

2. 白色 SUSPENCE——青山八郎的曲名

3. 想象和都市的孩子——ハイスイノナサ组合的歌名

4. 风是外衣——谢天笑的歌名

5. 再见的另一方——山口百惠的歌名

6. 夏日终结的和声——玉置浩二的歌名

下

篇

My Eyes, Your Sights

"七十二……"将军睁开右眼,仿佛醒自一场大梦。

"什么?"华佗摘下口罩。他一脸茫然。

"你一共用了七十二刀。"正在慢慢充血的煞白嘴唇中,挤出了这样一句回答。

"天啊……您是一位真正的军人。"这位世界最优秀的外科医生在胸前画着十字,"按我们德意志人的观点,您堪称军神!"

夏侯惇没法不把华佗的恭维理解为一种讽刺。回忆着生啖自己眼球之时的滑腻口感,愤恨的心情不禁再次爬上心头。然而眼部的伤痛与刚刚遭遇的溃败相比，简直不值一提。

战败的部队缓缓撤往中土的腹地——许都。在战车扬起的漫天黄沙中他没有想到，接下来发生的情况才是真正让他措手不及的。

回到许都的头一个月，他开始觉得自己的左眼似乎并没有被自己吃掉。有时他会下意识地去揉揉它——因为他感到了眼部疲劳那种特有的酸痛——然后蓦然发现那里盖着眼罩。

这样的事发生了不止一次。他感觉自己的眼眶底部有什么东西正在悄然生发，正如干涸的塘底在慢慢湿润。

然后他试图把眼罩移到右眼，用不存在的左眼去看东西。

有那么一瞬间他似乎看清了卧榻上方的蚊帐。他大惊失色，高声叫来自己的妻子。

"没有啊。"妻子望向那幽深的眼眶，声音微微发颤。

虽然闭着右眼，但夏侯惇觉得自己的左眼眶能看见妻子的眼神，带着惊疑、恐惧和拒绝。

"好了，"他有些不耐烦地摆摆手，"总之我需要一次术后观察。"

"您的大脑皮层认为那只眼睛依然存在。"经过简单的观察后，华佗这样回答。

"将军，在我的云游生涯中，曾经遇到一些患者为我讲述他们那些并不存在的四肢。有些断臂残腿的士兵会感觉那些肢体仍然长在自己的躯干上，并且能感受冷热和触感。那是大脑皮层自以为接到了一个神经信号而已。当然，眼部承担了传递视觉信号的功能，所以它产生的幻肢效应或许要比四肢严重得多……"

夏侯惇用空洞的眼眶望向华佗，示意他把话讲明。

"意思是，可能会'看'到一些东西。"

接下来夏侯惇接受了一个莫名其妙的测试，他站开三丈，被指令用"遮住左眼""遮住右眼""遮住两眼""睁开两眼"等方式，来判断华佗究竟伸出了几根手指。

"事实证明，将军，那只是轻微的幻视而已。很遗憾您的左眼的确不再具备任何生理功能。我将开几个药方为您安神，您需要休息。"

他为夏侯惇开出了诸如鼠尾草、薰衣草、啤酒花之类的草药，接着回到住处连夜将测试报告撰写出来，并将这次诊治使用的方法命名为"双盲测试"。

于是，夏侯惇在后来的日子里一直以独目示人，直到旁人将他异常的相貌视为平常，他的眼罩也从未摘下。

时间长了他也会给远在山东的曹操写信，讲述许都的一切，落款处总会用八分书画出一个不怎么规整的颜文字"o(o_x)o"，这让曹操会心一笑。只是没人知道，那些信件都是他独处的时候尝试用左眼看着写出来的。

正如华佗所说的那样，夏侯惇确实变得"能看见一些东西"了。

在曹操返回许都之后，他做的第一件事就是去看望夏侯惇。他屏退了旁人，严肃地看着夏侯惇。后者摘下了那个乌黑的眼罩。

之后夏侯惇任建武将军，但他不常去兵营训练士兵。由于并无战事，加上碍于夏侯家在本地的势力，没人敢出面管他——除了杨修之类的蠢材。有一次，曹丞相举办一个重要的宴会，夏侯惇又迟到了。他解释说自己看错了时间。

"夏侯将军这是皓月孤悬,失却一目,这才不辨晨昏啊。"杨修的口吻中有几丝讥讽。

"满口胡言!"夏侯惇大叱一声,"我的天空虽然没有太阳,但并不黑暗,那是因为有了代替太阳的东西!"

一些人更加放肆地笑出声来。曹操则一言不发,示意他赶紧入座。夏侯惇的千般委屈在此时化为沉重的责任感。还能说什么呢,在这个时候只有曹丞相理解他。

只有曹丞相,知道元让(夏侯惇,字元让)在这段时间内都干了什么。

三个月前的某一天,左眼的突然疼痛使夏侯惇不得不揭开眼罩往镜中望去。他似乎见到了吕布的伏兵正在一个山坳处等待曹操的到来。他将镜子拂到地上,左眼的幻觉却更加强烈,每个细节都在争先恐后地证明自己的不容置疑。他将这个线报发给曹操,后者得以避免了这次伏击。

从这次事件开始,他发现了那只眼睛的秘密。

越是用不存在的眼睛,越能看到难得一见的东西。

从此之后，无论是对邺城发动的攻击，还是与刘备之间的交锋，背后总有夏侯惇的左眼在提前监视，连最善于观星的诸葛亮也疲于对抗曹操的秘密武器。刘备的特务机构甚至在墙上贴出"警惕曹魏的眼睛"的字样。

当然这种通灵并不算稳定。夏侯惇有预测失败的时候，左眼的"视力"也日渐劳损。由于急于活捉赵云取其胆囊以明目，他又在博望坡遭遇了惨败。

而曹操对他却是有赏无罚。他甚至取消了夏侯惇的军务，暗地里让他监视群臣——那些愚蠢的官僚只知道防备校事，却完全不知道在豫地的天空还终日悬着一只魔眼，直到一些敏感的人们——例如贾逵、何夔——指出了他们正在接受秘密监视这一事实。于是，所有人的脊背如在岭南的日光下一样不安。

"一层层的城墙、一道道的护城河、精金的高塔、黑色的眼睛，那就是洛阳，曹贼的根据地。"当时的群雄们纷纷传说。

夏侯惇猜想，这是因为曹操对自己的军事才能颇为自负，却更怕祸起于萧墙之内。总之……

"至少在你死之前，我要你看到天下的一角。"他这样计划着。

　　然而他和曹操都在衰老。曹操罹患头风，而夏侯惇的情况更严重一些，他每天活在自己看到的幻觉之中。赵云的那次挑衅，更使他肝气炽热，眼部愈加疼痛。那次战斗的场面常在他梦里重现——挑开赵云的银甲后，他的左眼似乎刺透了赵云的皮肤。那皮肤之下隐藏的，却并非正常人类的身体，而是布满了青绿色、类似胆囊的无定形之物，它们肆无忌惮地蠕动着；汁液在他体表下横流。他常从这噩梦中醒来，独自去往屋外，观看星空。

　　一次，他去找曹操，绕开正门往大殿走去。

　　"元让，那里是墙！"

　　"三次元跟四次元之间，从来就没有墙！"他大踏步走向那堵墙，并在那里撞破了额头。

　　第二次路过大殿，却见那堵墙正在被拆除。"这是魏王的命令！"施工者们回答，"它打扰了将军您的步行。"

　　夏侯惇猛然醒悟，上次的所见，乃是提前看到了这墙的未来。只是他已无力深入思考。现在他眼中的天空好似后现代画家的涂鸦，大地则终日模糊。平常所见的人们尽是奇形怪状，介于人体和残尸之间，每每令他恶心欲呕。

当他第三次昏昏沉沉地踱步到大殿门口，却恰巧遇到一些鬼魂。那是被曹操杀死的伏皇后一家，以政治波普的鲜艳形象站在凄惨的、铅笔素描风格的阴云里对着他笑。

"救……救命！"他大喊，"我左眼见到鬼！"接着就倒下了。

夏侯惇明白了自己能看穿生命与死亡。病情好转之后他去曹府探望，却见到少年时的俊美、壮年时的骁勇、老年时的睿智，以及帝王的尊严在曹操身上融为一体。于是他重新打起精神，照常谈起左眼所见到的影像。

"在楚地向北的公路上，那名无头骑士仍然在拄着偃月刀一步步地行走。他走了有一年了，总有一天会到达洛阳。"

曹操眼中闪过一丝惊慌。好吧，换个场景。夏侯惇想。

"而长江的尽头正在扬起波浪，吴国的宝船开始了第三次大航海，以打开东方的自由贸易为目的。但我猜他们会一去无回，因为我似乎看到一条巨大的、不可言说的触手正从海中升起。"

曹操烦闷地摇摇头。他也不想听这个。

"还有，要提防来自河内郡的……"

曹操摆了摆手："今天算了吧。"

夏侯惇张开嘴。他觉得自己看到了曹操的——

"如果看到了我的死期，也请不要告诉我！"曹操这样叮嘱道。

夏侯惇闭上了嘴。

"我并不怕死，"他又专门补充道，"我只是想保留活着的欲望。"

等夏侯惇完全理解这句话已经是曹操死亡之后的事，或者说正是曹操的死让他理解了这句话。一切因果通彻地展现在他的左眼之前，只要他想看。他已生无所欲。

"什么都看不见了。"八十天后他欣慰地说出自己生存在世上的最后一句话。

当人们找到夏侯惇的遗体时，他的脸上挂着释然的微笑。终于有人敢于摘下他的眼罩一窥究竟，然而眼罩之下却是干枯了数十年的眼眶，看起来没有哪怕一丁点生机。人们开始懊悔听信那个无稽之谈。他们把一切误解归咎于流言的强大生命力，并有意忽略了脊背上那突如其来的轻松感。

而夏侯惇计划成书的《未来千年战争备忘录》手稿（或称《魏国讲稿》）在案头被人们发现，手稿只有前几章，那些笔画的安插毫无规律可言，甚至夹杂着有几页根本没有书写的空白，完全不似明眼人的笔迹。

交叉世界的深谷

*1.*宋慈的故事

南宋淳祐五年。

我的生命即将走到尽头。一生的提刑生涯早已磨灭了我惧怕死亡的本能，我深知命运在死亡面前是多么渺小和无力。然而当死亡真正来临的时候，那件骇人的往事却还是再次闯进我的头脑，迫使我再次在病榻之上陷入推理。十六年来的每一天里，我都会进行这种强迫式的思考，甚至在弥留之际……

那是二十一年前的一个秋天，我去终南山一带赴任。初涉刑狱不知深浅，已经过了不惑之年的我未免有些与年龄不相称的张扬。上任的第一天便接到报案，一名少女在郊外的古树上投缳自尽。经过对现场的勘察，我提出了自己的疑点。自缢为何要专门跑到荒郊野外？一个十六岁的姑娘是如何把绳子系到那么高的树枝上的？她的面目又是为何凝固出一种恐惧的表情？这些连珠炮似的提问被知县逐个否决。

"你是说死者先被勒杀，又吊到树上诈作自缢吧。被人勒杀者，颈上索痕有交叉，很容易分辨，而这次明显没有交叉的痕迹。"他说，"并且我们问过她的家人，死者生前最后几天一直茶饭不思，神情恍惚，多次吐露过自己想要自尽的话。"

"确实，碧玉之年经历这样的变故……"我沉吟着。她是城西一户普通人家的女儿，前些天在山上遭歹人强暴，没能找到凶手。那是我来之前发生的事。

"所以惠父啊。"——惠父是我的表字——"你想办个真正的案子，这样的心情我理解，谁当初又不是那样呢？但狱事非同小可，最讲求证据，不能意气用事啊。"

这件案子就这么了结了，虽然我心里还是有挥之不去的疑惑。直到五年后，我做了福建长汀知县，刚上任就又遇到了另外一起缢杀案件。可以从现场的杂乱中看出案犯有多么慌张——麻绳被匆匆地扔了一地，窗外的长草则被压倒了一大片。然而当我验看尸体时，却发现脖颈上的勒痕却与自缢相似，最重要的是勒痕并无交叉！我当即想起了当年的那桩案子。我拾起地上的麻绳，发现绳子上隐隐沾着朱漆的碎屑。转头望去，屋里几根柱子静静地矗在那里，似乎在等待着什么。

那些林立的柱子中间，肯定有一根留有绳子勒过的痕迹吧。

"隔物勒杀。"以这样的结论结案后，同僚和百姓们的赞誉像潮水一样涌来，在这一片热火朝天的气氛之中，我的心却像是坠入了冰冷的深渊。凶手无心的行为恰好解释了我多年前的疑问，那个心结再一次占据了我的心思。

那一年的冬天，县里平安无事，我向上面请了个假，专程赶往终南山寻找当年的案发现场。记得正是在那年，蒙古大汗提出联兵灭金，终南山一带战乱频繁，早已是一片衰败肃杀之景。

是日天空铅云密布，北风萧瑟。我和随从们好不容易借到一些农具，找到了当年的那棵古树。树上停了满枝的寒鸦，一挥手便哑哑地飞起，像一片黑云般往山那边飘去了。事隔已久，树上找不到任何有价值的东西。我沿着山慢慢寻找，终于在一片新坟之中找到了死者的旧坟。坟头很不整齐，肯定是遭到人畜的踩踏，或者翻掘。

"验！"我挥手示意随从们掘开墓穴。这家人家境不算好，应该是用了薄棺。随从们有些不能理解，我为什么还要来寻找一具五年前的尸体。土被一铲一铲抛出来，我似乎能感觉到我的瞳孔也随着一点点地张大。

棺木露出来了，是破损的，有可能已经被野狗用坚硬的头颅撞开了。我的父亲曾对我说过一句话："犯罪的本质便是物质授受的过程，凡是接触的就一定会留下痕迹。"数年来我积累了足够多的鉴识自缢死者的经验，抱着尸体没有被啃噬得太严重的希望，我想从死者的颈骨处得到一些线索——自缢者的颈骨通常会受到极大的伤害。棺盖的碎片被移到一旁。等棺盖被清出一个尺余见方的洞口，我们朝里望去，拂拭泥土。

然而除了泥土我们什么都没摸到。

发现这个事实之后，两个随从小心翼翼地把颤抖的手抽出棺材，看他们的脸色好像恨不得把自己的手砍下来。我叫他们退下，不顾一切地伸进手去摸索，并且用铁镐撬开棺盖，像疯了一样寻找尸骨。

一无所获。

不可能。虽然是小姑娘，但那么大的尸体应该立即就能看到才对。

我慢慢扶着镐在坟旁坐下，查看坟墓被破坏的情况。没有盗墓贼翻铲的痕迹。再看棺盖的内侧，一道道指甲的抓痕触目惊心。这样那样的解释在我的念头中来了又走，最后我终于叹了一口气，站起身来。父亲还对我说过这样一句话："当排除了所有其他的可能性，剩下的那个无论多么离奇，也是事情的真相。"

这个真相就是，像所有坊间传闻中的尸变故事那样，这具尸体自己从里面走了出来。

请恕我再次引用家父的话："这世上没有不可思议的事，只存在可能存在之物，只发生可能发生之事。"魂变、诈尸这类仅靠口口相传而存在之事，作为提刑的我是从来不能接受的。即使这次亲身遇到，我也从没停止寻找另一种合理的解释——那天我刚要离开那座小坟时，一个负剑的道人突然出现，并将我们喝住。他怀疑地看了看我们的锄镐，然后大声喝问我们的来历。我表明了自己的身份，并请他坐下，把这件奇事的来龙去脉给他讲了一遍，那个道人眉头紧锁地听完，寻思许久，说恐怕是冤气难解。

我竟然在潜意识里默认了这种解释。所以十六年来的心结，应该是我对死者的这份愧疚吧。它对我起到的唯一正面的作用，就是提醒我对待狱事必须慎之又慎。这种疑惑并没有随着岁月的流逝而磨灭，这种警示后来甚至变成了一种偏执，熟悉我的人都知道我检验尸体的时候从不遮蔽死者的隐私，将尸体随意地摆在大街上，也不让旁人避讳。我想让所有的罪恶都暴露在阳光之下。

"说不定既是自杀，又不是自杀呢。"这癫道人自顾自地笑着。

对这种自相矛盾的话我只能回以苦笑。

"如果是降妖捉鬼这些末流的话，敝观就在终南山上。"最后，道士这么告诉我。接着他站起身来，身形如鹤般地飘开去，头也不回地走了。"虽然不如正一派，但救急倒也绰绰有余。"

"敢问道长……"我望着他宽袍大袖的背影，提声问。

"长春子，丘处机——"他远远地回答道。

我愣在那里。长春子丘处机，这人的名字我听说过，据传闻他云游四海，专杀贪官污吏，朝廷的官员总是怀疑不到他头上，即使怀疑，也找不到证据去逮捕。话说回来，传说中普通的抓捕人员是根本无法靠近他这种绝世高手的——据说他甚至懂得障眼逃脱之术。

这个高手曾经就离我不到一臂之遥。尽管如此，我也不愿意太过接近他，一个朝廷官员应该自觉地与所谓"江湖人士"保持距离，特别是在国逢乱世之时——上司和同僚们是这么跟我说的。他们自己做过什么亏心事或许也是个原因，但说实话，江湖确实是我从来没有去过的世界。我不明白为什么会有这样一个不合常理的世界，与我们的凡尘俗世并行不悖。

反正此事年代久远，从道人那里也不会得到什么线索。我叹口气转过头，对随从说这件事怕是野狗野狐所为，不用深究了。当日我们连夜赶回福建，安全到达住处后我大病一场，过了七天才得以痊愈。

我与那个道人只见过这一面，直至今日。

年轻时，我曾经在父亲的坟前发愿，每天这样叩问自己的心灵：如果我生命的旅程到今夜为止，我是否可以问心无愧地视死如归？提刑司的空气是否因我的存在而变得清新？这可笑的愿望终究不能达成。这就是十六年来一直萦绕在我心头的未解之谜，它终究没有水落石出。十六年了，我深深地感到它已经和我的宿命绑在了一起。现在已经是午夜，随着家眷们悲痛欲绝的哭声响起，我只能最后一次痛苦地闭上眼睛。

2. 郭襄的故事（一）

南宋德祐元年。

你在崖边见到我时显得十分惊讶。你就那么突然地从半空中显出形来，落在地上。一代大侠也有这么狼狈的时候，我不禁捂住嘴偷偷笑起来。不过凭借灵活的身法，你还是马上一跃而起，恢复了常态，诧异地望了望幽深的谷底，又看了看我。

"敢问……这位姑娘……"你支吾着问，于是我愈发想笑了。你和十六年前没有什么不同。

"杨大哥。"我站起来，笑着和你打招呼。

"真的是你？小妹子……郭……呃……你怎么突然变得这么……"

"我可不小啦，三十四岁的杨大哥。我今年三十二岁了，小你两岁。"看着你窘迫的样子我忍不住想哈哈大笑，但是眼泪却不由自主地流了下来。"我是不是老啦？"

十六年过去了。而现在的你一无所知。

十六年前你从悬崖上一跃而下，为了寻找那个我从未谋面的杨大嫂。据说她在另一个十六年前就是在那里跳下去的。而你活不见人，死不见尸。这以后的第三天，我爬上这座山崖，一个人望着谷底。那时你像今天这样突然出现在半空，笑着和我打招呼。三日不见，你好像老了好几岁。

然后你开玩笑似的告诉我，我所等待的那个你已经去十六年后寻找三十二岁的我了。

"整个绝情谷就像是一个环，我从崖顶跳下，就会落回到崖顶。但是落地后自己已经不在原来的年份了。现在是天庆元年，可我是从淳祐三年跳过来的。"你一边说一边用手比画，还捋了捋鬓边被风吹乱的白发。

那时候的我就像现在的你一样惊讶。你跟我说了很多话，好像阔别已久一样。你说这是叙旧，而我明明三天前还和你在一起。你还说十六年后我会再次见到你，然后再次跳了下去。十六年过去了，我一次也没再见过你，以至于我开始怀疑那天你的复活是不是我的幻觉，抑或是你为了再次轻生而对我编造的故事。但是今天你终于来了，来听我告诉你究竟发生了什么事。

我平静地一口气说完这一切。它们早已在我的心里排演了无数遍，我每天都在想象今天这场重逢，以至于我时常有一种错觉，觉得它好像是已经发生过的事情。

你的表情越来越惊骇。"不记得了，是吗？"我向你走去，"因为在这以前的事，你并不是忘了，而是还没有经历。"

"我刚才跳崖的时候，是开庆元年，蒙古大汗正率领他的部队接近襄阳城。"

"现在是德祐元年，你舍身的十六年之后。"

"那么十六年前你是如何知道这一切的呢？"

"正如我刚才说的，你舍身后我在崖边三天没有离开，直到你突然出现并告诉我这一切。"

"等等，我又糊涂了。"

"那么让我来一件件地告诉你，你今后将要做的事情吧。"我继续说。

"在这次和我见面之后，你将再一次跳进谷底，回到十六年前寻找杨大嫂。但是寻找合适的时间点并不容易，你要花八年时间，一次又一次地调整合适的跳跃时机，却发现前进或后退的时间只能是十六年。你怀疑这是她第一次写上'十六年后'的结果。不知道是谁在操纵这个怪异的山谷，你已经在这个范围内跳跃了无数次，每一次都没能找到她。"

"这种情况一直持续了八年，四十岁的你不知第几次跳跃到开庆元年，那时十六岁的我正在为你三天前的殉情而神伤。你出现在我面前，形容憔悴。是你告诉我，等我长到三十二岁的时候，还会再次见到你。我问你是如何知道的。你告诉我，因为那对于你来说已经是八年前的事了。"

"也就是说，这些即将发生在我身上的事，是你曾经经历过的事。既然是曾经发生过的，那我也无法改变。"

"是的。"

"那么我找到她了么？"

"没有，我甚至不知道这会不会是最后一次见你。"

你低下头没有说话。

"还有一件事，是你十六年前答应我的。"我总觉得自己的语气颇像是交代遗言，"我想听你讲讲你们的故事。"

3. 杨过的故事

第一次遇见她的时候我还是个孩子。那时整个全真派的人都在手持着桃木剑追我，他们说我染上了什么蛤蟆的黑毒要帮我祛除，鬼才会信他们呢。我一直跑啊跑，直到我滚入一个小山坡，在一片及腰深的草丛中昏了过去。半梦半醒之中我觉得那些人举着火把在坡上乱晃，却又远得像天上的星星。

昏迷中也不知过了多久，我逐渐觉得身上痒得厉害，耳中听到一片窸窸窣窣的声音，于是我被吵醒了。低头一看，原来我身上密密麻麻地爬满了一种黑色的甲虫，甚至有一只爬到我的鼻梁上，瞪着我的眼睛。我吓出一身冷汗，此时一阵低沉阴郁的笛声传来。似乎是受了这笛声的召唤，这些甲壳虫开始统一行动，簇拥着我向前爬。我不知道这些小虫子的力量原来这么大，我躺在那里手脚都不听使唤。后来我听她说，这种小虫能抬起比自己重几十倍的东西。而指挥它们的，是那支用人的腿骨做成的笛子。

真奇怪，我还一直以为虫子都是聋子呢。

这团浓稠的"墨汁"一路将我冲刷到一处阴冷逼仄的通道，星月的微弱光芒很快地在我眼前消失。我怎么也不会想到那竟是一条墓道，连通的是死人的住所。我觉得自己转了一个又一个弯，不一会儿脑中就天旋地转起来。耳中，那支曲子像是一首能使人窒息的摇篮曲，让我浑身都使不上力气。

甲虫们散去多时以后鸡皮疙瘩仍然遍布我全身。我努力地想看清我是在什么地方，然而眼中却是无边的黑暗。这时一缕碧青的灯光亮了起来，我看见她就站在我旁边，近得只要一伸手就能触到。

她的一身白衣乍看上去显得很旧，在阴暗的灯光下好像呈现出灰色，像破败的蛛网一样披在身上。她非常美，又很瘦，脸因为缺少血色而显得苍白，瞳仁比最深的夜色还要黑，目光冰冷而毫无生气，混着死亡的气息。她的一头乌发长及脚踝，却丝毫不显得笨重，如黑纱般摆动。

　　她开口问我从哪里来，以及那帮人为什么要追我。她的声音在斗室之中显得虚无缥缈，冷若冰霜，好像来自另一个世界，于是我刚刚褪去的鸡皮疙瘩又泛了起来。寒冷和紧张使我牙齿打颤，所以我只是告诉她我叫杨过，别的问题都支吾了过去。她叫我别害怕，说这里是那群道士的禁地，任何闯进这里的人回去后都要被处死。然后她给我找个石凳坐下，从此便一言不发。

　　湛青的油灯还在亮着。石凳冰得我屁股发冷。我想找点话题，于是小心地问她，你是谁，你住在这里吗？她犹豫地回答说自己现在没有名字了，这里就是她的家。这时我才听出她虽然言语冷漠，但并不是待人无礼。"那你……你的头发为什么这么长？"她伸过头来靠近我的脸，接着我毫无防备地听到这样的回答："因为人死后，头发和指甲都是可以继续生长的。"我愣在那里。

于是她微笑着告诉我，其实她是一具尸体。

她不知自己死于何时。她模模糊糊地记得，人们匆匆地将她的薄棺埋进泥土，掉头走了。在某一个夜晚，她爬出那座坟墓。这是个陌生的地方，她披头散发在旷野中奔走，想找到回家的路。她不知道自己是死是活，但自己似乎能看见许多平时看不到的东西。一路上，那些游走的鬼魂和尸体都好奇地注视着她，那时她还没有意识到自己已经成为他们中的一员，而她的家却是永远也回不去了。

一股神秘的力量吸引她来到这座坟墓，她沿着冰凉的墓道爬了下去。路很黑，但她几乎是轻车熟路地来到这间墓室，就像来到自己的家。黑暗中她看到一个衣衫褴褛的老婆婆坐在石凳上——"就是你现在坐的这个石凳。"这句话让我不安地挪了挪屁股。

老婆婆眨了眨眼睛，如果那两个黑洞的确可以称为眼睛的话。她长得像一具骷髅——或者说她几乎就是一具骷髅。"你叫什么名字？"她的声音干枯沙哑，似乎是直接从胸腔里发出的，的确是漏气的胸腔。

她茫然地回忆着，可是似乎什么都想不起来。

"反正以前的名字都已经没用了。以后就住在这里吧。"

她死后的生命开始了。

她的故事讲完后我不觉得有太多不适。我甚至试图对她的遭遇表示理解，却觉得要张开嘴很困难。我坐在石凳上，思忖着是现在就走，还是等一会儿。或许她是故意吓我的。一具尸体会这么漂亮吗？

"现在太晚了，你住在这里吧。"她的声音依旧温柔而毫无热情。

太好了，我想，我还是第一次住在这种鬼地方。

"你睡我的那口棺材。"

"那你呢？"

她拿出一条绳子，伸手在墓室顶部打了个松松垂下的绳套。"我睡在绳子上。"

"可是……为什么……"

"因为记忆中我就是这么死的。"她笑了一下，然后像一片羽毛那样飘到绳子前面，双手抓住绳套，把修长苍白的脖颈伸进绳套里，松开了双手，让身子沉下去。

我清清楚楚地看到她皱着眉头，轻微地挣扎了一下，然后就软软地垂下身子，一动不动了。

短暂的静默。

我轻轻地叫了她一声。没有回答。再叫一声，依然没有回答。四壁惨然，只有那石棺渗入我骨髓的冰冷，油灯摇曳着的豆大微光，以及她悬在绳子上的毫无生机的躯体。

寂静让我沉下心来梳理了一下刚才发生的事。这似乎只能解释为她在开了个玩笑后在我面前自杀了，我却由于轻信了她的故事而眼睁睁看着她死去，无动于衷。真是太荒唐了。刚才我还在饶有兴趣地听她讲故事，然而真正的恐怖总是在平静中降临。她就那么在绳子上挂着。我不安地看着墓室里的一切，却连脚步也不敢挪动一下。

"熄了灯吧。"她这句突如其来的话打破了寂静，却也吓破了我的胆！我飞也似的逃出石室，浑身颤抖着沿着墓道向外攀爬。到了地面，我开始在月光之下狂奔。

我觉得自己浑身汗毛倒竖，每一根毛发都清楚地感到她的穷追不舍。我想起来了。在我小时候的一个夜晚，我曾经被另一具行尸这样追逐过，我能清楚地记起她穿着的是一件破破烂烂的杏黄色衣服，手里持着一柄破旧的拂尘。她叫李莫愁。那个怪物曾经是占据了我童年的梦魇，但是我每次醒来后她在我脑海中的影子就会变得模糊。但不可否认的是，正是拜她所赐，我从市井走进了江湖，走进了另一个悲惨的世界。现在历史重演了，我闭上眼努力地想忽略她喊我名字的声音，但这声音还是越来越近。那一片白飘到我面前，迫使我停下。我颓然坐在地上，双腿禁不住发抖。

她蹲下来，头发垂在地面上。当时的月亮很圆，月光似乎使她清秀的面庞重新获得了生机，这时我突然感觉她有一种不属于人间的美。她真的是一具尸体，和那个杏黄衣服的僵尸一样的活死人？我迷茫了。

她向我伸出手，于是我感觉一阵阴风袭来。

"走吧，跟我回家。我不会再吓你了。"

家。多么陌生的词！它从来不属于我。我看着她的眼睛，她笑了，那笑容美得使我忘记了闭上眼睛。

我被她眼中的黑色所吸引。我想走进那片黑暗。

我毅然伸出手放在她的手上，任由她拉我起来。我们肩并着肩朝墓穴走去，当晚我安然地睡在了那口棺材里，我在墓中的新生活开始了。

　　她让我叫她姑姑。慢慢地，我发现她和我一样对终南山上的那帮道士有着强烈的仇恨感。连她自己也不知道这种仇恨源自何处，不过她总是觉得这与她的死有关。她每天的"食物"是那种黑色甲壳虫的分泌物，她平时把那些汁液收集在一个灰白色的小骨瓶里。那些虫子被她的笛声吸引，招之即来，呼之即去。我始终没有学会这种驯养的方法，也许它们只听从死者的命令。而我在起初几个月里一直需要服用避秽丹，这种用苍术等药材炼成的蜜丸可以避免我被尸秽侵蚀。

　　当我已经不再需要服用避秽丹的时候，两个年头已经飘然而过。而她每天还在服用那种刺鼻的黑色浆液。"如果不喝这种东西，我很快就会腐烂，变得很丑。"有一次吃饭的时候她突然说，"等我变成那个样子，你就会不管我，自己一个人走了，对不对？"

　　我当时说："不会，我一辈子都要和你在一块儿。"

她似乎没听见我的话，恍然说："到那时候，我要杀了你，然后自杀。"

　　那天晚上我突然失眠了。从下方的泥土中传来窸窸窣窣的响声、沉重的叹息声、骨骼翻身折断的咔啪声。我辗转了颇久才能睡着，梦里来了一群道士，他们掘开这里的每一座坟墓，撬开这里的每一口棺材；他们有的是善于运用符箓法器的正一派，有的是声称拥有玄门法力的全真派。我又梦见那个穿杏黄色衣服的活死人挟着我在夜幕下的旷野中狂奔。

　　我觉得这种平静的生活就快要结束，在未来不久的日子里，总会有一个人来打乱我们的生活。我意识到，自己突然开始想念离此只有六尺泥土之遥的世界，那里是夜幕笼罩下的终南山。

4. 郭襄的故事（二）

　　"如果按你刚才所说，绝情谷本身是沟通过去和未来的门，那么活死人墓就是沟通人间与地狱的门。"你把剑横放在地上。"绝情谷是流光轮回之地，活死人墓是生死

306

交界之所，它们都是沟通其他世界的通道。"

"十六年前你告诉我，绝情谷底可能埋藏着大量的水精矿，正是它们扰乱了这里的时空。"

"所以现在的我将会在几年后把这个发现转告给十六岁时的你？那么这个解释本身来自何处？"

"这似乎是有悖于因果的事。"

这个悖论使谈话陷入一段寂静。许久，你清清嗓子：

"说起因果，我离开终南山多年后见到一位高僧一灯大师，他有一个这样的假设——我们的周围有无数个世界，就像佛经中记载的那样，三千大千，极尽繁华。每个世界之间并非完全隔开，它们可能会有缺口。比如活死人墓的选址，恰好就是连通第十八层地狱的一个缺口，死去的人遇到冷风，就可能起死回生。"

我点点头，想起我母亲说过外公到处寻求能使外婆永生之法的事情来。

"年幼时我从市井走进江湖，又从江湖走进古墓，再由古墓入江湖。我有时会感觉那些都是各自独立的世界，彼此互不相认，却又有着千丝万缕的联系，吸引我走进去。"

"就像我外公所说的那样——没有人是一座桃花岛，可在东海之中自全。"

"一灯大师告诉我，世为迁流，界为方位。上下四方为界；过去、未来、现在为世。万品死生，流转无定，对于人生来说，这一世是流光的偷换，也是界的变迁。从这个意义上说，世和界其实并没有什么两样。我们能在东西南北之间穿行，也就能在过去未来之间穿行。"

"那么绝情谷，就是沟通其他'世'的入口，每一次坠进都会到达不同的时代。"

"没错。不过如果按你所说，八年来我一直在这个旋涡里跳跃，那么我这么多次以来，我无论如何也应该遇到她一次才对——竟然在八年后还是失败的。"

"最悲观的解释是你可能陷入了一个时间的环，这个圈套可能长达几十年，你会一直在里面打转，像鬼打墙一样打转。而杨大嫂在这个圈外面。或者那个圈里的是杨大嫂，而这个圈无限地小，也就是说她已经……不在了。"

"她已经死过一次了。"你站起身来。

"可是从今以后至少八年的寻找将会一无所获。你还会跳下去吗？"

"会。而且我已经跳下去了啊。"

我终于服输似的点点头。

"拿着我这柄剑吧。我以后会来看你的。"

"我已经见过了，对我来说那是十六年前。那可能是你最后一次见我。"

他挥挥手，张开双臂一跃而下。

从此杨大哥就再也没有在我的世界中出现。我猜想，他一定是掉进了某个时间的怪圈，任凭如何调整也无法跳出来。我也曾希望那个不是人类的杨大嫂出现在我的世界，但是同样没有。我希望那是因为他们已经在另一个世界相逢。

我没有勇气跳下悬崖，以后的日子里我骑着青驴四处游荡。再后来，我把那柄剑熔了，铸成一刀一剑，将绝情谷的秘密藏在刀里，将活死人墓的秘密藏在剑里。我想象着几十年，或许是几百年后，世人重新发现这一秘密时会有什么样的反应。他们叫我小东邪，而这可能是我今生做过的最邪的事。

5. 龙女的故事

南宋淳祐五年。

坠落……坠落……

耳边的风声越来越小，直至停止。

没有任何剧烈的撞击感，我的双脚就这样轻轻踏上地面。从那种地方跳下来以后竟然毫发无伤。

因为是活死人吗？

然而回头张望，我的背后还是那片深渊，我刚才跳下去的地方。

四周无人，不知道过儿他们到了哪里。我带着疑惑走下山去，绝情谷的阳光有些刺眼。仔细看看四周，风景似乎与我熟知的绝情谷有所不同。

下山的路上稍微凉了一些，山径被腐烂的树叶铺满，那些漆黑的甲虫就在这片枯黄斑驳之中潜行。

山脚附近没有人烟。走出很远，才到山脚的小镇，我一脚踏入那里，就感到一种莫名的陌生感：商贩们的吆喝在我耳中如雷般震荡，正午的太阳照得我脑中一片空白。我口干舌燥，浑身无力。我感觉自己脸颊的皮肤开始微微松弛，这是开始腐烂的前兆吗？黑玉瓶里的浆液已经用完了，我撕下一片衣服包住头和脸，希望能以此抵挡阳光的暴晒。很快我就发现，这么做的唯一效果就是让路上的行人以为我是麻风病人，纷纷躲避开来。

尽量沿着有阴凉的地方走着，路旁一个不起眼的角落里出现了一个水果摊。摊主缩在那里，看起来是个姑娘。我走过去，想讨一个水果吃。

一步、两步……气氛有什么不对吗？

我对气氛这种东西的觉察向来不如人类敏锐。

环顾四周才发现，街口有些人在对她指指点点。

我没有理会这些，走到摊前蹲下身去向她讨水果吃。

听到我干涩的声音，小姑娘抬起头来，这让我浑身一震——她的长相和我一模一样！

由于蒙着头，我的面容并不能为她所见。她眼神呆滞，只是机械地递给我一个梨子，便再次将头埋起来，既没有像其他人那样对麻风病人的恐惧，对我的乞讨也没有表现出任何不满。

就像我并不存在。

周围的闲人又开始指点起来，有人发出嗤笑声。不知为什么，我心里开始涌起一股恼怒，仿佛我能明白她的感受。

"你是被人摄去了魂魄吗？"我轻声问她。

没有回答。

人群突然静了下来。从胡同里走出一个老妇，她顶着众人的目光走向水果摊，就好像我顶着阳光那样。

姑娘仍然一动不动，妇人神色委顿地看了她一会儿，就开始蹲下来帮她收拾摊位，用旁边的筐子将梨装起来。做完之后，她扶起呆滞的少女，再次顶着那些异样的目光消失在胡同深处。

我下意识地咬了一口手中的梨子。雪白的梨肉露出来，就像那个少女晶莹的肌肤。如果说她的样貌与我有什么不同的话，那就是她更像一个健康的人。难道她就是生前的我？那么现在的我又怎么能和她并存？

我走进附近的土地庙，摘下包头巾，用香灰细细地涂了脸，又把头发在脑后拢成一条马尾辫。我向这里的闲人们询问她的情况，这用了我将近一个下午。原来，她是此间的一名孤女，从来没见过父亲，去年又死了娘，无依无靠，只得跟随一个老寡妇生活。前几日去山上求神，回来时因为想着帮老妇干活，贪快走了近路，却被一个道人强暴。她侥幸逃脱成功，去官府报了案，那里的人硬着头皮走进全真教的道观，让她指认凶手，却没有成功。

全真教的道士。

莫名的杀意在我心头涌动。

我攥紧拳头，感觉双手使不上力气。这样用不了多久，自己的身体就会分崩离析吧。

可是为什么没有可供驱使的黑色甲虫呢？我又一次感到这个世界的陌生。

我转头问问那些人：

"现在是……什么年份？"

当晚我潜入她家的院子。她住在侧屋里，我进去的时候她正怔怔地望着一盏蜡烛，看到我的脸的时候她终于吓了一跳回过神来。

"你是谁……是我的魂吗？你是来索我命的吗？"

我摇摇头："我是未来的你。我来自十六年后。"

"为什么我在十六年后还是这个样子？未来……我还能有未来么……"她怔怔地看着我自言自语。

我只能点点头。我颈部的关窍发出涩涩的摩擦声。

似乎不敢相信，她打量着我，努力想发现些什么。

"我的未来……是什么样子的？"最终，她这样问道。

我叹口气："跟我来吧，不要吵醒其他人。"

去村外的路上很黑，路上只有看得见或看不见的非人在横行。不知道有多少人在死后变成了我这种样子呢？白天的市井之中有没有人其实是隐藏的僵尸？我不知道。有那么一瞬间，我觉得那些嬉闹的村民比僵尸还要冷漠，或许那位老妇才是我们真正的同类。

路旁的树上，一群老鸦冲着我们乱叫。走到一半的她就开始拉住我的手。于是我们在一棵树下停住脚步。

"告诉我，那个道士是怎样对你犯下罪行的。"尽管有些唐突，但我还是急切地想知道一些事情。

"你……不是来自未来吗，这件事你应该清楚啊？"对面的人疑惑地问道。

"很多事我都忘记了。请快从那个道士遇见你的时候开始。"

她呼了一口气。也许这种事总是让人不愿回忆吧。

"那个道士看见我的时候，我觉得他肯定是疯了。他的眼神中有种说不上来的惊喜。他扑过来抱住我，我大喊着'你认错人了'也没能挣开他……后来我从他身上摸出一把匕首向他刺了几刀，他没来得及躲开，就被我割掉了两根手指。后来他自己倒跑了。"

"是哪两根手指？"

"是左手的小指和无名指。我记得清清楚楚！"

是尹志平啊。我感觉到一阵晕眩。就在前几天我跳下悬崖之前的不久，也就是十六年后的某一天，还看到尹志平盯着我，完整无缺，不怀好意。"你说你去指认的时候，那个人的手指是完好的。"

"可是我觉得那就是同一个人！……不过确实要年轻许多。我当时冲过去拉住他的手左看右看，完全没有被削掉的痕迹，连疤痕都没有！官府不相信我，他们说世界上绝对没有这种医术。连样子都能变得年轻，姑娘，你说……那是不是幻术？"

"不是幻术。你见到的是那个道士没错，但欺负你的道士却是从十六年后来的。"

"你是说，他在十六年后还要回来对我做这种事情？"

我点点头。

"杀了他……我现在去杀了他……"她自顾自地呢喃。

"没用的。他十六年后能来找你，就说明你没有在那之前杀掉他。你和他第一次见面其实并不是你上山遇险的时候，而是你进入道观指认凶手的时候。年轻时的道士从此就记住了你，并且不知道这都是因为中年的自己回到过去一手造成的。"

"这没办法改变么？"

我摇摇头，感觉自己的下颌开始有些松动。

她扭过头去，就那么一动不动地站在那里想，眼睛里泪光闪烁。

许久，她抬起头来。

"我原本想过自尽。可是你既然说我在十六年后还活着，我似乎又不那么想不开了。你回来是不是为了告诉我这些，好让我活下去的？"

她的笑容里有着从绝望中诞生的希望。我被她看得有些不自在，想清清嗓子，却感到胸腔里有块异物。不，或许是从我身体上脱落的东西吧。我把它吐了出来，面前的人为此受到了不小的惊吓。我向她笑笑，希望这样能减少她的恐慌。而后者也象征性地笑了笑。谈话继续进行。

"那我能不能问你，这些年我过得好不好？"可能是我刚才的行为让她觉得我得了什么重病。

看我不说话，她迅速地转变了话题："对了，你还没告诉我为什么我的相貌一点也没变呢！"

"那是因为你即将永远保持青春。要知道，死亡是重新获得贞洁的唯一途径。"我挪挪脚，拾起身边一根挽车用的麻绳。

"……死亡？"

"是的。失去这个生命并不是结束，你只是从一个世界走向另一个世界。你如果问我后来自己过得怎么样，我只能回答比现在的你要快乐。"

看着一步步逼近的我，她摇着头跌跌撞撞地后退。不知是哪一部分皮肤从我的衣服里滑落，告诉我时间不多了。绳子将她的脖子缠绕起来，她倒在地上不再挣扎。我将绳子绕过树干，自己背靠着树的另一侧继续用力。隔着树干我知道她逐渐停止了呼吸。

我终于理解了那个道士尹志平在犯下罪行的时候是一种什么样的心态。同样的恶之花在我心中绽放。在第二天，她将被发现吊死在旁边的树上，衙门丝毫不会发现这起自杀案是有人蓄意伪造的。或许会有人疑惑这是他杀还是自杀，但对我来说，这本来就是杀死过去的自己，迎接新的生命。

而现在的我不会再去寻找黑色甲虫的浆液，这个世界中的它们还没有学会听从我的指挥。我将会在几天之内腐烂殆尽，我的残骨将被那些黑色甲虫抬到不知什么地方慢慢吃掉，那些黑色的液体就是这么来的，周而复始，就像蜜蜂让花儿生长，再用花儿酿蜜。

到那个时候，这位死者将从坟墓中复活，复活的代价是她对自己生前的事一无所知，只有濒死时脖颈的撕裂感留下些许缥缈的回忆。她会走到我以前的居所——活死人墓，在那里过着清冷孤寂的死后生活，直到不知第几个年头，一个陌生的少年彻底走入她的世界。等到那一切再次被江湖和战乱打破，我将跳下那座山崖，回到此时此地，像现在这样，化为终南山下的一捧尘埃。

蒸汽的背面

郎世宁来到京城，展出的第一幅西洋画就引起了轰动。画面中，宫殿在紫红色的雾里隐现，屋檐如鹰隼般飞举，勾勒出这些建筑应有的轮廓。

可是雾气不应该是灰白色的么？人们议论纷纷。继而当他们望向皇城中心，发现那儿的雾确实是紫色的。黑色的悬浮物和红色的宫墙，让浓浓的雾变了颜色，而紫色的雾气又将皇城禁闭起来。

1

我正和号称京城最聪明的人走在茫茫雾中。他穿着黑色的长袍，头戴黑色绸帽，帽子前面镶着一颗雾灯。他漫不经心地吸着薄荷柠檬卷成的纸烟，这种烟可以在一定程度上缓解雾霾带来的刺痛。大街上随处都可以见到卖薄荷柠檬烟叶的，一般挑着两个幌子，上联"晶晶亮"，下联"透心凉"。可是用烟来缓解霾的行为，真是这个时代令人难解的谜题之一。

烟囱被刻画成瑞兽的形象，吐出大口大口的废气。饱含硫黄的雾气阻挡着视线，我们只能沿着宫墙走。

"瑚穆斯老爷，"我仍然觉得这个人的满族名字有点绕口，"我们围着紫禁城转了快一圈了，你怎么能断定凶杀会发生在今天呢？"

"沃僧，你还是没能摸清规律，我的朋友。"他说，"我几乎已经对凶手的行凶时间和犯罪工具了如指掌，并就凶手的身份提出了五种解释，只是九门提督那帮饭桶看到我们自由行动，就会相当地不愉快。"

最近，京城里到处都有杀人案发生。最初，凶杀发生在胡同里。这里的胡同实在太多了，而雾又实在太大。受害者有七成是来自八大胡同的落单妓女，她们被发现时的体位各异，唯一的共同点就是被开了膛，在淋漓的鲜血中，肺不翼而飞。

而近期趋势显示，案发地点离禁宫越来越近了。

"注意看，沃僧。"他指着地上的一些红色印迹说，"这是新鲜的血，罪犯又在我们毫不知晓的情况下犯下了罪行。我们得沿着血迹过去。"

我们检视这具刚刚断气的尸体，似乎是哪家的少爷。血迹可能是凶手逃离时候从凶器上滴落的。

"我会首先翻看他的指甲，这儿的虫豸应该与上次的发现相同。"瑚穆斯从尸体的指甲里刮出一些碎屑，装进一个盛有肉汤的玻璃管里，再用棉花塞住管口。

这时，几枚黄豆大小的光斑打在了我们身上，不消说，准是几杆枪瞄准在我们身上了。几个持枪的黄马褂在雾中现身，呵斥我们站起来。黄马褂是为了让人在雾霾中被看得更清楚，上面绣法精细的金线形成了特殊的反光面，在黑暗中也不难辨识。

于是我们慢慢站起身，另一个乌黑的影子在雾霾中现形。一望而知，那是新晋的铁帽子王，亲自来巡视京城。

铁帽子王的称号由皇室颁发。他们头戴一个巨大、尖锐的三角形铁帽，手拿一把大扫刀，在雾中勘察京城。往来的人经常被他们吓到。

"又是你们！"铁帽子王示意侍卫们放下枪，"别以为皇上器重你们，你们就可以为所欲为。在京城的雾里，你可以有一百万种死法。"

"我有皇上的特许，可以在皇城内查案。"

"查案？好啊，外行侦探们，"铁帽子王讥笑道，"对于这具尸体你们有什么发现呢？"

他声音被铁头盔放大，但仍然闷闷的。

"来得晚了，凶手已经从相反的方向跑掉了，你们想追他可不容易。死因仍然是被尖利的爪状武器——"

"——也就是说，比起上次依然是毫无进展，对吗？"铁帽子王打断了他的话。"我还以为你们有什么新线索。"

"我们当然有新线索，但就是不知道王爷您能不能拿点诚意来合作。"瑚穆斯探身到铁帽子王身边，朝着头盔上遍布铁锈的听孔轻声说："我通过特殊渠道打听到，内宫丢失了一位洪妃，是吗？"

铁帽子王不答话，只是把那些穿黄马褂的侍卫支走，让他们去追击凶手。洪妃在一个月前被罚到后宫的暖气脱硫池做苦力，却在七天前消失了。

瑚穆斯自顾自地从我的药箱里摸出一卷东西："你们见过这种绷带吗，是医治烫伤的。残留的脓血，我用高倍镜看过了，上面滋生的虫豸和在死者指甲里发现的皮肤碎屑一模一样。而这卷绷带，正是我在洪妃娘娘的私处发现的。"

我可以隔着铁帽子感觉到王爷的震惊，他一时说不出话来。

于是我纠正道："是私人住处。"

王爷松了一口气。

2

以前的京城并不是这样的凄惨迷蒙，所谓的"康乾盛世"曾是一个辉煌的蒸汽时代。

变化始于圣祖康熙爷的一次微服私访。那天康熙爷到直隶省来，夜里独行时，被天上飞来的铜船用一道光吸走了。铜船两舷各有一排类似炮口的地方，放出雪亮的光照亮半空。它长着六对翅膀和一条鱼尾，腹下布满竹蜻蜓似的旋翼。

据康熙爷自己的描述，铜船里有一群胆大妄为的反贼，对龙体进行一系列的检查。他被一股奇异的能量控制，动弹不得。为首的一男一女，男的肩上停一只乌鸦，女的咄咄逼人，嘴里嘟囔些"中天""友台""收视率"之类不知所谓的词。在一项含有羞辱意义的体液提取结束后，皇上的随从法印大和尚和三德子公公不知用了什么方法闯进来，前者闭上眼睛双手合十，后者则露出一副羡慕的神色。

不管如何，这次微服私访还是有惊无险地结束了。三德子和法印把康熙爷从铜船里救了出来，驱逐了铜船。不出意外地，万岁的身边又多了一位妃子。

对她的来历，大家讳莫如深。这位被称为穆妃的美丽人儿名叫牧克乌西哈，是水星的意思。她进宫不到一个月，便被后宫妃嫔排挤陷害，进了厨房劈柴烧水。在三天后，她用一辆运柴的平板车、一个吉祥缸和一堆煤炭做出了一辆铜车，她本人则驾驶铜车把所有欺负她的嫔妃的住处——撞毁。此事震惊了朝野，但万岁爷是圣明的，他决定，只要穆妃把那台铜车继续完善，他就不会降下惩罚。

于是，那一年运燃煤的大车几乎把阜成门挤坏，蒸汽机如雨后春笋般树立在京城，并慢慢向全国辐射——有大臣推测，如果不是因为煤炭的开采不够，长途蒸汽机车将驶遍全国，对朝廷管理构成极大威胁。在京城，巨大的热气球腾空而起。尽管飞得不够高，却成为侦查京城会道门谋反的利器。

然而不久之后，那些热气球不能再飞翔了。

"雾是野马犹可驯，霾为尘氛必成灾。"这是康熙爷的遗句。不知什么原因，他驾崩后一直未安厝，棺木离地三寸，安置于京城郊外幽静之处。

3

"这些雾行者定然不是人，沃僧。而且它们肯定不止一个，这些食雾的虫子是会传染的。其实对于聪明的王爷来说，答案应该已经呼之欲出了，那位可怜的妃子变

325

成了残忍的虐杀者。"

听到瑚穆斯这么说，铁帽子王习惯性地想捂住鼻子。"不许你毁谤宫闱……"他闷闷地说。

"我勘察过，在洪妃打杂的地方，那些厌气消化池、喜雾植物、硫黄池、沉淀池，到处都有兽足和拖行的痕迹。"

"咯啊啊啊啊啊啊啊——"铁帽子王发出失态的怒吼。

我本以为是瑚穆斯的话太不尊重了，直到王爷的胸前透出一根长长的、带血的钩爪。

那怪物从铁帽子王背后现出身来。它似乎是穿戴着嫔妃的服饰，嘴里叼着一条撕破的黄马褂。

身负重伤的铁帽子王想挥动大刀与它搏斗，却再次被它一爪掀翻在地。他坐在地上气喘吁吁，连连喊着黄马褂们的名字——可那些人早就消失在雾里，应该是再也听不到了。

我曾经作为军医，参加过甲午年的中日雾战，战争中伤到了腿。那次惨败终于使朝廷认识到，浓雾不再是自己的保障。但我希望，这次的大雾能保护瑚穆斯，让他先走。

"愚蠢的想法！"瑚穆斯的态度令我有些不舒服，"这种怪物恃雾生存，它在雾中要么嗅觉出众，要么听觉惊人。"

这时，隆隆的风声响起，在我们的头顶，一个巨大的圆圈飞了过来。仅靠视力，我们无法判断那是什么，只是觉得那个圆圈下面吊着一个人。待到它吹散雾霾离地面越来越近时，我们惊讶地发现，那是一个作格格打扮的秀丽少女，她头上加长的头饰"大拉翅"正在高速旋转，便于使她悬浮在空中；脑后延长出一根黄铜色的长杆，像秤杆一样，尾部有类似的旋翼在高速运转。显然没有这个装置来平衡的话，她纤细的脖颈就会被"大拉翅"的扭力拧断。

然后她落地了，被改造成起落架的花盆底鞋在地上发出金属的撞击声。

瑚穆斯老爷看到少女的样貌便露出一抹微笑。我知道他指的是什么——一望而知，她与这里所有的王公贵族类似，脸上缺乏血色，用胭脂补齐；很明显的寡言少语、面目呆滞、内心自闭的"三亡"倾向。雾霾时代的贵族病。

"是靖格格！"铁帽子王在头盔里虚弱地喊。

少女颔首示意。

4

靖格格是穆妃的后代。弱不禁风的她从小缺少关爱，却在"宫斗"这项运动中把自己锻炼了出来。

"宫斗"这个词，如同它字面意义上显示的那样，指的是后宫之间的真实械斗。从穆妃起，"宫斗"就在后宫时有发生，有时会造成极其严重的后果，小到房倒屋塌，大到爆炸，一尸两命已经不算什么。

靖格格继承了穆妃一脉的才智，瑚穆斯老爷和我显然都对她背上那个不用烧煤的轻便东西很感兴趣，因此也就饶有兴趣地看起了她和洪妃娘娘之间的打斗。

如果不是那白底灰斑点的皮肤和湿润的尾巴，洪妃娘娘现在的形象还都算继承了她作为人类时的风致。靖格格手中的铜管手铳连连倾泻出子弹，一开始，洪妃还有时间躲闪，但靖格格调整射击角度之后，她连连中弹，直到被打成了好几段，子弹方才停下。

"谢谢你，靖格格！"我们喊道。

靖格格没有应答我们，却自言自语道："从小就没有人偏爱我，只有洪妃娘娘经常照顾我，给我些东西吃。"

她望向洪妃的尸体，眼睛平静如水，却有无限的悲伤。

我们哑口无言了许久。

"实在是抱歉，格格。"这是我听到的高傲的瑚穆斯说的唯一一次软话。

靖格格扳动了手边的一个手柄，附在她周围的那些复杂的铜管和齿轮启动了："没关系，明天我也要出动去作战……即使我死了也有人代替。"

"皇上已经乘坐'哈尔滨的移动城堡'号离开了，"她一边起飞一边对我们说，"我讨厌雾霾。"

"嗯，不能逃避。"瑚穆斯老爷回答。我握紧了拳头。

空中的靖格格报以一个温柔的笑容，飞走了。

"是这丫头第一次笑啊。"王爷顶着三角头颤声说道。

来不及品味这复杂的心情，瑚穆斯突然说："王爷，京城已经开始清剿这些怪物了。我们现在首先应该去消化池，把那里摧毁。"

"很好，扶我起来。"

正准备这么干的时候，我突然觉得雾气开始腥了起来。

一个高大的、黑色的影子从宫墙的墙角望了望我们，随即隐没不见。

我和瑚穆斯老爷相视点头，把王爷放在地上。

"那东西肯定是那些怪物的一个头头。"我说。

"对不起了，王爷。"瑚穆斯说。

然后我们并肩朝那影子追了过去，留下铁帽子王在原地大喊大叫，直到他的身影超出了可视范围。

雾中呼吸艰难，我们几乎追到脱力；那个三丈高的巨大黑影却慢慢地停了下来。

它转过身，面向我们。

它掀开自己胸膛处的鳃盖，张着纤毛涌动的血盆大口朝我们大笑。

它的鳃盖里有十几颗新鲜的人类肺脏组成的累累巨肺，在不停地吞吐雾霾。

我们不知道眼下该如何脱身，也不知道这弥漫京城的雾霾中到底还隐藏着多少邪恶。

怪物逼近了，无人应援，在四下的灰白之中，只能看到那些高昂起头的瑞兽烟囱，吞烟吐雾。

最后的血滴子

1. **危险的月光**

寒冬子夜，月色如玉。苏澎踱进院子，悠闲地赏玩庭院正中的一丛蜡梅。凉气混着梅花的暗香偷偷渗进苏澎的鼻子里，使他脑子清爽了不少。他捻髯轻吟："庭里无人唯鹤步……"只想出这上半句，他便开始小心地检查有无不合规矩的地方，即使是一字之差也不敢放松。平仄意境倒是其次，最重要的是有可能因言丧命。想到这里，苏澎觉得身躯有点发冷。他回屋披了件坎肩，拨了拨暖炉里的木炭。

然而下一秒，这暂时的温暖就被一种冰冷的触感驱散——苏澎惊恐地感觉到到自己被什么冰凉的东西罩住了头。那东西在不断收紧，挤得他喘不过气来，也发不出求救声音。他好不容易睁开眼睛，透过那半透明的东西看到屋子有个黑衣人，像死神一般站在他面前。

"四爷"，他心里苦笑，难道你连一个隐居之人也不放过了？

他摸索头上的那个套子，本以为是金属之物，却触手一片冰凉黏湿，紧紧贴在脸上无法挣开。慌乱中打碎一个笔洗，而这并不能提醒任何人来拯救这个鳏夫。窒息和绝望攫住了他的神经，年轻时的一次劫难浮上心头，那时他脸上被一张张地贴上了沾湿的黄裱纸，一呼一吸比搬运泰山还要困难。不同的是那次他还算捡了条命，而这次不会了。

苏敬渊啊苏敬渊，你这是知道的太多了。

想到这里，他拼了命想在墙上写一个"冤"字，却再也伸不出手去，脚底如无根一般跌跌撞撞。这是什么鬼东西，"四爷"的手段为什么这么多……一种撕裂感从他脖颈处传来，痛苦并没有因窒息和麻木而减轻丝毫。透过濒死的双眼，他从半空看到自己的身躯正在和头颅分离，看到自己的身子软软地倒在桌上，而旁边的黑衣人仍然一动不动。

血滴子……这是苏澎想到的最后三个字。

老宅恢复了以往的宁静，只是窗外的梅香似乎掺杂了一丝血腥气。

大地寂静，下弦月像一柄锋利的弯刀，悬挂在帝国的上空。

2. 下山

乾隆二十年的夏天，二十岁的李元贞骑着灰马走下山，马蹄声在山腰的竹林马道中回响。鞍座上，他杀意甚浓，仇恨在这年的夏天肆意生长。仇恨是因为师父的不幸离世，他将一一体验从小耳濡目染的江湖传奇。

一个月以内，豪强"九天鹤"祁光标、青旗帮"铁塔"杨成协、飞贼"钻天猴"统统成了他的手下败将。凭着师父和师叔们传授的追魂夺命剑和芙蓉金针，他在江湖上扬名立万。然而声名鹊起之后，他暂时没透露自己的师父就是失踪多年的吕四娘。这几个"小人物"只不过是他漫长追查之路的几个环节，或是几个跳板。一个月后他踏入常州的一个小镇，找到了这间与世隔绝的茅草房，见到师父去世前提到的那个人。

仇人白泰官正蹲在桌边吃一条糊了的烤鱼，他转过头，用惊疑的目光看着李元贞。这是一个约摸四十岁的中年汉子，弯腰驼背，苍老猥琐，半点不像武人。他打量着李元贞的身量和兵器，喉头发出奇怪的咕噜声，像混合着嘶吼和诅咒；他没有停止咀嚼，口涎不受控制地流了一下巴。直到狼狈地咽下那口鱼，他竟然还把筷子尖放在嘴里嗑嗑，才压低声音询问：

"来寻仇的？"

李元贞一言不发，左手拇指却按向长剑的吞口。这是剑要出鞘的预兆。

"那……那是灭口？"白泰官仍问。

李元贞仍不说话，眼神却变得锐利。于是白泰官又用力地嗑了一下竹筷，筷头从嘴里取出时却由粗钝变得尖利。他将一只筷子交给左手，如同拿着两支峨眉刺。

舌为肉梢，齿为骨梢，他站没站相，功夫却已经遍及全身。李元贞浑身一凛，长剑从鞘中拔出，向白泰官直刺过去。

这一刺如电光火石，眼看剑尖要中了白泰官左肋时，后者却如豹子一般闪开，左手筷尖刺向李元贞持剑的右手手腕。李元贞一惊，右手收剑反挫白泰官手腕，左手剑指正要疾点胸口膻中穴，却觉得自己右臂一麻，长剑噹啷一声落在地上，原来早被刺中了虎口的合谷穴。

白泰官眼中凶光散去，又变得疯疯傻傻："持剑的……小指不放松，剑的运转就不灵活，握得越紧容易被打掉。嗯，小指，小指不放松。你用无名指带剑试试，用……无名指。"

他拿着两根筷子，显得非常滑稽。

李元贞心中羞愤，却又有种豁然开朗之感。他一把捞起长剑，觉得无名指似乎是有了生命般地跃跃欲试，与剑一拍即合。剑向白泰官横削过去，白泰官仍是拿竹筷去点他手腕。李元贞觉得自己的动作越来越圆滑，仿佛剑是身体的一部分。他反而逼得白泰官难以施展，白宫泰只能龇牙咧嘴地用竹筷如鸡啄米一般还击。

三招后，李元贞的剑再次掉在地上。白泰官的竹筷正要追上，却觉得自己的双臂慢慢变麻，接着是双腿。

他重重地摔在地上，浑身发抖。

眼前的年轻人得意地笑。

"呃呜……这是蚊须针么？"

李元贞冷笑一声："粘杆处数一数二的高手，连武功路数都辨认不出？"

"武功……武功……二十年了！二十年来总有人要杀我，逃避和反击成了本能，早就忘了武功……"

"老贼！二十年前你是怎么把刺杀雍正的罪名栽赃到我师父头上的！"

躺在地上的白泰官大惊失色，似乎要不是被封住穴道，他早就跳起来了。

"你……你师父是吕四娘？"他嘶声尖利，"她现在在哪里？"

"用不着你嘘寒问暖。我师父一个多月前过世了。她是躲避追杀累死的！"

"过世了，过世了……"白泰官疯癫的眼神忽然变得黯淡。"这么多年我一直不知道她在哪儿。她不也是不知道我的去处？"

"我却能查得到。我师父临死前说雍正皇帝其实并非

336

她所杀，她提到了你的名字。你当年是雍正的侍卫！"

"雍正……雍正……没错，雍正的死和我有关……"

"是因为乾隆皇帝的身世吧？这是你们朝廷自己的事，为什么要拉人做替死鬼？"

"不，你说的不对……此事跟乾隆无关，是我自己要杀掉雍正。"白泰官眼神迷蒙，他的思绪似乎穿越到了过去，"因为他也是我的仇人。"

3. 龙潜禁地

白泰官被灭满门那年，雍正才刚刚登基。

他的王府内总是有一帮拿着粘杆捉蝉的家丁，他们真实的身份是一群侍卫，其中有一些负责刺探其他皇子的情报。雍正登基后，这些"粘杆拜唐"有了更重要的任务，其中之一就是刺杀。

由于支持过十四皇子，白泰官的一家死于粘杆处之手。白泰官自己躲在井里逃过一劫，一个借宿的书生当了替罪羊。从井底出来后，他花了三年时间改变自己的口音、样貌、武功，把自己变成另外一个人，让他们相信自己是年羹尧推荐来的一个可靠的武士。他艰难地混进了粘杆处，他要报仇。

那已经是雍正登基的第三个年头，雍亲王府改造成了雍和宫，它作为皇帝的行宫，却有一个通往紫禁城的密道。又过了三年，白泰官终于有机会在那条密道中行走，却发现见到雍正比想象得要困难，他只能去御花园堆秀山的御景亭和其他粘杆侍卫接头。

听着白泰官的回忆，李元贞心想他要杀多少人才能得到进入皇宫的机会。

"也是在那一年，"白泰官沙哑地说，"我知道了雍和宫内部，那个最大的秘密……"

"血滴子。"

"咦，"白泰官努力地扬眉看看他，"你知道的不少。"

"前几天我除掉了那个老采花贼'钻天猴'。他老年做了'钻地猴'，专门盗墓。有一次他和人打赌输了，不得不闯进了雍正的墓穴。自从他回来后，江湖上就有了传言，说雍正的尸体没有头颅，是用一个金头代替的，因此我怀疑是血滴子。"

"那个老贼……呵呵，他样子丑陋，但是武功高得很。"

"没错。他是个采花贼，加上不知节制地运用耳功和轻功，肾气耗损太多。前几日天热，他又用冰凉的井水沐浴，我在他睡着后用金针刺透他的涌泉穴，当时是亥时。"

"是呵……肾气不足者，亥时涌泉确实是死穴。但是你只对了一半……雍正身首异处，确实是因为血滴子。但并不是血滴子割下了他的头。你觉得血滴子是什么样的？"

"虽然见过它的普通人都死了，但世上没有不透风的墙。"李元贞语气自信，"江湖上传言，它大致是个索链系着的头套，里面设有机括利刃。"

白泰官冷笑两声，突然来了兴致："二十……二十年了，传言还是传言。索击暗器，无外乎绳镖、流星锤、飞抓等等，能够准确地投掷过去也不算容易，更不用说套住人的头颅。再说，如果血滴子只不过是一种兵刃，为什么乾隆一朝要将其弃而不用，以致绝迹，他在害怕什么？"

李元贞冷笑道："那么你可以把它亮出来让我看看到底是个什么东西。"

"并不是无人见过血滴子，你师父就曾经给它喂过食。"

李元贞琢磨着喂食这个词的含义。"你是说我师父曾经用它来杀过人？"

白泰官却信口念出一句诗来："'落英千尺堕，游丝百丈飘。'这句诗中的游丝二字，你可知道么？"

李元贞有点摸不着头脑。白泰官吸了一口气，自己解释起来："不知你留意过没有，春天晴好的时候，走在街上经常会碰到一种若有若无的细丝，好像是蛛丝，又不太一样。古书里解释，春天飞鸟精神萌动，飞得过高最终肺炸而亡，体内的黏液就凝成这种细丝飘落地面。"

"那么这跟血滴子又有什么关系？"

"书里的解释是错误的。这游丝，其实是血滴子的涎液凝成的。"

李元贞身体一震："血滴子是——"

"是怪物，是妖怪。"这个曾经杀人无数的杀手露出狡黠的笑容。

4. 血滴子

那时雍正还是雍亲王。那年夏季的一个下午，在雍亲王府，一名年轻的粘杆侍卫在一棵大树下粘蝉。天气炎热，他抬头仰望，瞥见树枝之间蹲着一只猴儿一样的东西。他好奇心一起，便拿着粘杆试探着去捅。没想到那东西却顺着他的杆子爬了下来，那名侍卫躲闪不及，这东西就三两下爬到了他的头上。

那名侍卫一动也不敢动，不知道这怪物将要有什么动作。这时旁边的人才看清，它的身体像一只有点透亮却泛着黑灰色的小布袋，没有腿，四周却围着一圈章鱼似的粗短触手；身上似有黏液，身后拖着一条细细长长的尾巴。还没等他们做出什么反应，这只小布袋却张开布袋口，一口将他的头含了进去！旁人大惊失色，却看见这个怪物的头顶绽开两只骨碌碌乱转的眼睛，眼珠和人一模一样，十分骇人。

被罩住头的侍卫慌了。那东西的小触手紧紧吸住侍卫的脖子，布袋里的空隙越来越小，直到旁人能清晰地看出小侍卫五官的轮廓。侍卫把粘杆扔到一边，满地打滚，双手在头上乱抓，可那东西浑身黏滑，任他费尽力气也扯不下来。

有几个胆大的侍卫找了刀想去对付它，却投鼠忌器。犹豫间，那条细尾巴像蛇一样绕上了侍卫的脖颈，绕了好几圈，绕得越来越紧。他们听见侍卫的脖颈处传来轻微的骨头折断声，随后，他的脑袋被小布袋轻松地拧了下来，身体颓然地瘫在地上。

几个侍卫吓傻了，他们从未见过如此恐怖之物。布袋津津有味地吮吸着头颅，过了一会儿才把它吐出来，这枚头颅在地上滚动，发出空洞的声音，脑髓已被吸干。

雍亲王十分震惊。怪物在雍亲王府的后花园一带出没好几天，别人也不敢阻拦，只是奉命将园子封锁起来。后来他们发现，这种东西平常不伤人，喂给它牛肉猪肉，倒也吃得津津有味，食物进嘴，一会儿就化为肉汁。

他秘密找到了钦天监的外国学士。学士们翻遍典籍，查到这异兽来自天上，它平时悬在云间，就像水母悬在海里。它以飞鸟为食，不知因为什么掉下地来。不过，亲王府的人却从来也没见过这个东西能飞到天上，它爬行很迅速，飞行却很笨拙，口袋鼓鼓瘪瘪地吹气，却只能飞得像鸡那么高。

怪物就被雍亲王养了起来。有一天，它一分为二，变成了两只；这才知道它并没有雌雄之分。雍亲王称它们为"血滴子"，将它们训练成了取人首级的杀人工具，又从粘杆处专门分出一支饲养、使用血滴子的队伍，"血滴子"也成了这些杀手的代号。

在进入粘杆处后的几年，白泰官终于有了自己的血滴子，也终于有机会见到了雍正本人，那时雍正早已经成为皇帝。在白泰官看来，雍正从来没有觉得训练血滴子是养虎为患。

有一天傍晚白泰官走到外围宫墙，想顺便找找有什么可供进出的破绽，以方便日后应急逃脱。宫墙很高，白泰官不是很擅长轻功，坐在旮旯里仰头看着这朱墙黄瓦，他便心灰意冷。外面是被宫墙隔断的天空，天上是忽近忽远的鸽哨。他突然惊恐地想到，如果始终没有机会杀掉雍正，那么自己会不会一辈子苟活在粘杆处，永远做一个血滴子？他已经二十七岁，却还有十七八岁般无可名状的暴躁。从黄昏想到天黑，京城的鸽子倦了回巢，他还是着魔似的倚着墙一动不动。

此时，宫墙上边黑漆漆的夜空里突然出现两样东西。仔细一看，原来是个黑衣蒙面人翻过了宫墙，却是两只脚先跨过来。白泰官一警醒，便提着刀顺墙根溜过去，躲在一个吉祥缸后面。那人迅速地顺下一根长竿，轻轻拄在地上，竟然没发出半点声响。

这是蝎子倒爬城的轻功，这人在城外挂着竹竿用双脚爬墙，就这样倒爬进禁宫。他顺着竿子爬下，白泰官从缸后面跃出来。那人惊慌失措，连发了三枚火龙镖，被白泰官一一拎住镖袍接了下来。

白泰官快步赶上去，提刀欲砍，蒙面人空手和他过招，三两回合后，白泰官的刀尖挑断蒙面，才发现潜入者是个姑娘。

两个人没有再厮杀，那姑娘也错过了刺杀的时机。白泰宫横下心，带着姑娘躲过侍卫，跑出了城外。

那时他随身携带着一个匣子，血滴子就装在里面。姑娘第一次见到它时吓得脸色苍白，跳到白泰官身上；但是后来她就能给它喂食了，虽然姑娘不知道那就是血滴子，更不知道眼前的人也是个"血滴子"。在她的眼里，这个男人只是拥有着相同仇恨的人，他们志同道合。

白泰官与姑娘的幽会越来越频繁。姑娘喂血滴子吃食时眼神清澈，如同照顾小猫小狗那样，那种眼神让他热泪盈眶。血滴子显得很高兴，吃饱了会将身子蜷成一团在桌上滚来滚去，从身体的空腔里发出啾啾的鸣声。

它的颜色似乎也在变，由以前的灰黑色变得越来越透明。

那段时间白泰官开朗了不少，整个人也有了精神，好像春天种子萌发，武艺也跟着有了进步，越练越舒服，像是从魔障中得到了解脱。杀人？完全被他抛到脑后。

5.吕四娘

经过白泰官的指示，李元贞在屋里几个坛子中间找到了盛着血滴子尸体的那一个。他拔出匕首小心地拨弄坛里的酒，终于挑上来一样黑乎乎的东西，样子粗陋，难以辨认，乍看上去很容易混同于被药酒泡得面目全非的蛇虫蜥蜴。李元贞垂下头，这一次复仇之旅完全出乎他的意料，他听到的这些往事令自己微微难堪。

他无力地说："师父只是说，你和她有深仇大恨。"

"我撒一个谎来掩盖自己，就要撒一千个谎来圆。"白泰官的语气越来越镇定，仿佛已经不是刚才那个失心疯，"那天我买了一包牛肉去找她，等她喂完食，我告诉她这就是传说中的血滴子，我所使用的血滴子。她很激动，用剑指着我，问我有没有杀过人。我报出了一份不太完整的名单，当时她差一点就把我杀了。"

"那些名字我也听说过，你在武林中已经臭名昭著了。"

"我不是武林中人，我只是想报仇。我小时候在家不大接触外人，这些被我杀死的人里面有可能还包括我家的旧友。"

"你为了报仇就要杀更多的人，结更多的仇。"李元贞将血滴子放进酒缸，擦了擦手。

"你找我报仇不也是一样？"

"我这是替天行道。"

白泰官眯起眼睛："你师父要杀我时也是这么说的，可她没有下去手。"

那天白泰官和吕四娘在树林僵持，谁也没有动手。正午时分，待在一旁的血滴子突然开始大口一张一合，慢慢地飞了起来。阳光很好，二人看着它像一个气泡一样飞到天上，如同白日见鬼。它越飞越高，最终隐没在阳光里。

白泰官开始伤心，认为这预示着自己要和吕四娘永远分开。他以这样的眼神望向她，她果真一言不发地走了。

"后来我们一直在暗中较劲，每个人都想亲自杀死雍正。最后那一晚，雍正亲自传我从地道进殿。进屋之后他正在吃丹药提神，看来又是要批改奏章。吃完后他用道士们教他的所谓'长寿法'调了调息。他睁开眼后对我说有'紧要事'，我一阵厌烦，就想伺机要了他的命。"

"这种情况下杀了他应该易如反掌吧。"

"不，我遭了算计。刺杀雍正必须一击成功，否则呼喊声会引侍卫们过来。我拔出他架上的文房宝剑去杀他，当时犹豫了一下，被他用短刀刺中了。"

"犹豫？"李元贞竟感觉有些惋惜。

"出剑的那一瞬间，我觉得自己是不配拥有刺杀雍正的资格的，雍正杀一次可就没了，我突然想把这个机会让给你师父。我冒出来一个古怪念头：要不这次就算了吧。这心态不可救药，一闪念我的左腹就给刺了个洞。

"皇帝正要喊人来救驾，却发不出声音了。我抬眼一看，我的血滴子这时出现了，套住雍正的脖子死命地拧，身子由透明涨成黑紫的颜色。只是拧了一会儿，它就显得没了什么力气，因为几个月来它的身体早已变得轻盈柔软，像水母一样，失去了蛮力。我看雍正已经没了什

347

么生还的希望，就说，够了，够了。血滴子放开他，自己软软地滚在地上，我就拾起它从地道逃了出去。我觉得这时应该全城戒严了，然而没有。康熙死时全城城门紧闭，而雍正死时却反而没有戒严，这件怪事你记不记得——"

"我今年二十岁，乾隆元年我才出生。你最好还是尽快向我解释我师父是怎么背上这个黑锅的，因为你的时间恐怕不多了。"

"好，好。"白泰官似乎毫不在意自己的命运，他继续讲着，"到天亮的时候我混出城门，离开了北京城。后来从侍卫中间传出，搜查皇宫时在雍正书房墙上发现'刺皇帝者，吕四娘也'几个字，这消息立即在江湖上传开，当然朝廷从来没有承认过。这让我很惊讶：当时你师父是无人知晓的，江湖上却的确开始传扬她的名字，看来题字的传说是真实的。"

"也就是说，你刺杀雍正时我师父一直在房里，却一直没有出来，等你逃走后她才在房里写下这些字。她的用意是什么？"

"我不懂，这一生我都没有弄懂……"白泰官的表情重又变得癫狂，"她是不愿再见到我了，因此她趁乱躲在房里没有出面，还放弃了刺杀雍正的机会。也许她留下这行字也是给我看的，不管是因为恨我还是想把这一切揽在自己身上，这都是一种决绝。"

"你独自进宫的时候血滴子突然出现，我师父也突然出现，这几件事是不是太过巧合？"李元贞还是没有放松警惕。

"哪有那么多巧合。原因其实很简单：血滴子飞走后并没有离开，它去找了你师父。也许它并不明白自己杀人、救人有什么善恶之分，它只是想让我们重新见面，回到城外那种快乐的生活。我们分别之后一直是它在暗中奔波联络，只是连我也不知道罢了。

"我最后一次进宫时，它好像预感到要有危险发生一样，引着你的师父潜入禁宫。你师父在起初是想和我争夺雍正的人头，后来见到我才变了想法，留下字后就离开了。这一点我是后来才明白的。离开京城后血滴子身体虚弱，却硬是要引我去西南方的什么地方，等我理解了它也已经死了。后来我一直往西南方寻找，却再也没能找到她。"

"可是照你这么说，你杀死了雍正的事实应该已经被完美地掩盖起来，没有人知道是你干的，你现在应该仍在粘杆处任职。"李元贞道。

"不，并非没有人知道是侍卫杀死了雍正，那样'血滴子'也不会那么快解散。就算后来的乾隆皇帝，也没有将追杀的重点放在你师父身上。所以你师父躲避追杀虽然辛苦，但他们真正的目标其实还是我。因为当年你师父在这一点上疏忽了：那时候雍正还没有立即死去。他被血滴子吸得七窍流血，颈椎几乎断裂。他是蜷缩在椅中宣布遗诏的。"

"不对，不应该是这样！"李元贞仔细寻思，觉得有一丝恐惧，"雍正还能宣布遗诏，可是他在墓中明明是身首分离的……也就是……也就是有人在他宣诏后砍下了他的脑袋！"

"哈哈，你很聪明……你知道为什么这些年来我都在保守这个真相吗？因为我害怕……我害怕这个真相后面总有更大的真相，大得让我喘不过气……"

6. 雍正大帝

乾隆元年，雍和宫至紫禁城一带地面灼热，时人以之为异。在地面之下，一场大火正在燃烧；随后，雍和宫变成了一座喇嘛庙。

又是五年过去，那件骇人的剧变似乎已经和雍和宫一样平静。躲避追杀的白泰官天涯流落，找不到吕四娘，就在乾隆五年冒险回到了京城。

皇宫是进不得的，他潜入了一位两朝老臣的府邸。张廷玉——为了填补粘杆处的一些功能，他在雍正死后完善了密报奏折的规制。那晚张廷玉去赴宴，白泰官进了他的书房。多宝格里有一个暗格，他在那里找到一本年谱，雍正死状记录如常，后面的手稿里却道出了一个天大的秘闻。

当年钦天监的外国学士从一本古老的典籍中找到了"血滴子"的蛛丝马迹。据他们说，那小怪物只是一种使者，在它们背后有着更加恐怖的力量，当星辰以某种"正确的方式"排列之时，那些力量就会复活。

雍正觉得这种谬论不值一晒。有什么势力会比皇权更大？但从那以后，他就开始做一个连续的梦。他梦见紫禁城上方，银河闪烁的夜空被撕开了一道口子，星辰四溢。那道裂口的后面，似乎有巨大的眼睛在窥视，但雍正每次醒来，那巨物的形象都会被遗忘，能记得的只有那片被撕裂的夜空。但是雍正每夜从噩梦中醒来，总是发觉自己在念一种奇怪的咒语，非满非汉。他询遍学者、萨满、喇嘛，没人知道这句咒语的含义。

"这句咒破无可破，汉臣中只有张廷玉一个人知道。但不知为什么，我后来也会嘟囔这句话。"白泰官很无奈。"张廷玉后来与鄂尔泰并列为顾命大臣，甚至张廷玉死后，灵位也可以安放在太庙前殿，后代的皇帝必须每年祭祀他。这是皇帝对大臣的最高礼遇，大清开国以来再难有第二个汉臣可以享受。这是为什么呢？"

李元贞茫然地摇摇头，但他已经感觉到那个秘密已经在接近。

"因为张廷玉就是临危受命,把雍正的头砍下来的人。"

李元贞脑袋一懵："张廷玉……砍了雍正的脑袋？"

血滴子消食，是因为它能释放一种黑色的汁液。粘杆处曾经用它来炮制一种剧毒，就是"化尸粉"。当年曾经有人在炮制时不慎将其抖入眼睛，被发现时已经成了一滩脓水。血滴子攻击雍正的时候涨得紫黑，就是这个原因。他宣读遗诏的时候，头部已经起了变化，如果不及时隔断，整个身子就会难保。

也许是因为雍正和张廷玉的君臣关系太好，也许是因为这个汉臣跟他的家族没有血缘，总之雍正下令让张廷玉砍掉他的头颅，保全一部分尸身。临死时他说，砍掉头颅，他不愿意在死后还梦到那种可怖的景象。张廷玉哪敢答应，雍正就叫着他的名字让他日后辅佐乾隆。张廷玉一时感动，终于答应下来。

没人愿意借给他官刀。在雍正的催促下，张廷玉发狂似的搬起一个花盆，将雍正的头颅砸裂。他砸了好多下，当晚的所有在场者却没有什么反应，他们似乎觉得一切都是正常的，一切又都是不正常的，所有人都在恍惚，如置梦中。

他们走出上书房时，凌晨的夜空惨白，挂着几颗残星。

张廷玉在手稿中写道，他突然想去星空之中，从那里再看一次，俯瞰刚才的紫禁城有多么可笑。

"我的血滴子本来可以回到天上，但那次的最后一击让它所有的净化都前功尽弃，此后它浑身的毒素再也没能褪去，通体墨黑，也没能再飞起来。其实人又何尝不是这样，一次堕落就万难回头。血滴子死后，我把它保存在烈酒里，这也许是地面上能见到的最后一只。"

李元贞听到这里，忽然一惊，他抬起左臂，翻检过干尸的五只手指已经开始微微发黑。一阵酥痒传进他的脊髓。"你暗算我。"他咬牙道。

白泰官惊讶地睁大眼睛："酒确实有毒，但这是我想哪天了结自己用的！你手上有伤？"

李元贞脸有些发红："缰绳磨的。"

"我只有这条命来补偿了。"

"你要补偿的太多了！"李元贞的脸逼近他眼前，"我这几针会让你在半个时辰后死去。"

白泰官看着他的脸，突然问："你今年多大？你是乾隆元年生的？"他发现自己吐词又开始含混了。

"二十岁，师父养我受了二十年的苦，你自己算吧！"李元贞一刀将自己的左臂齐根截下，鲜血喷了白泰官一脸，溅得他闭上眼睛。白泰官透过迷离的眼睛看着他，欲言又止，欲言又止，却感觉自己的口齿已经开始发麻，说不出话来。

李元贞抹着泪包扎好伤口，来时的豪气已经荡然无存，混在胸中的是难以言喻的愤恨、羞辱、委屈和几丝难以名状的恐惧。他一言不发地大步走出门，再也没有回头。

屋里的白泰官开始从喉头挤出呜咽声，最后变为低沉的咆哮，半个时辰后，所有的声音归于沉寂。

又过了一个时辰，李元贞快马赶回，将白泰官的尸身葬好。他在坟前显得有些手足无措，接着趴下胡乱磕了两个头，却又猛地站起。他坐立不安，一气之下刨开新坟，将自己的断臂扔了进去。

他坐在坟前发愣，此时山边余晖尽消，远处的茅屋亮起几点昏然的烛光。

在朦胧的夜色中独坐了一会儿，李元贞终于恢复了平静。

他神情萧然地站起身来，骑上灰马离开了小镇。

7. 尾声

那年张廷玉逝世，乾隆果然按其父遗愿进行了祭葬。

那年的江湖，名噪一时的李元贞李少侠不知了去向，只是红花会多了一位独臂的无尘道长。

万幸的是，再也没有人见过血滴子的活体；然而后来紫禁城的宫人之间却一直流传着镇宫兽的传说。

传言仍然是传言，在传言里，血滴子仍是那个索击暗器，从来没变，只是一旦有人在无尘面前提起这种秘密武器，他总是有意避开话题。

每当此时，这位名震天下的豪侠总是变得沧桑、紧张，甚至懦弱。没有人知道他每个夜里有多少次会从噩梦中惊醒，喉头发出可怖的吼声。梦里那片被撕裂的星空触目惊心，那是凡人难以承受的景象，但它们却一直盘旋在无尘道长的心头，挥之不去，直到他生命的尽头。

羯磨流浪者

崇真寺比丘慧嶷死经七日还活，经阎罗王检阅，以错名放免。

——《洛阳伽蓝记·崇真寺》

1

我所生活的洛阳，伽蓝众多，城东的崇真寺不算大也不算小，我少时就在那里剃度，法号叫作慧嶷。

十七岁那年，洛阳来了一位西域僧，挂单在我寺，说是要游历讲经，寺里让我负责他的日常起居。西域僧来了之后，寺里的人们才知道是官员错报：这番僧不讲佛经，而是耆那教的外道。他在都城的讲学不受僧众欢迎，神通示现却是一流。他在皇宫附近的空地种植豌豆，那豌豆藤上升到无限高，可以直到云层之中。这让洛阳城的百姓很感兴趣，连皇帝也来观赏。

但这豌豆必须每天在合适的时辰以牛车引水来灌溉。有一次他忘了浇水，豌豆竟在众目睽睽下消失了。只能重新再种。

"那豌豆被光音天的人偷去了。"番僧这么解释。寺里的人都确信那豌豆只是幻象，只有皇宫里的那些王公贵胄才会当回事，因此不愿听他讲经。

有一次他从皇宫回来，满身是酒气。出于礼节，我还要伺候他更衣入睡。我打了热水之后，番僧突然问我：

"我听人谈起，你会说天竺语？"

"可能不是天竺语，是那附近的什么语言。"我若无其事地回答。

"现在还会讲吗？"

"忘得差不多了。"

我打着哈哈遮掩过去，向番僧隐瞒了一个事实。十一岁那年我曾突发疾病，昏迷不醒。据寺里的人说，我当时已经被"烧死了"。我的尸体停过七天，忽然复活，时人以之为异；更奇怪的是，我讲起一种没人听过的语言，寺里的老和尚判断，那是一种类似天竺语的语言。来找我的人太多，我一个小孩子又不懂怎么应对，就随便编了个被阎罗王放回来的故事。

但我不太想把这种事告诉一个番僧，我说："不用在意，可能只是前世遗留的一些东西蹦出来而已，人生虚妄，轮回无尽，就像你的豌豆一样，都是泡沫和影子。"

番僧回答："在我小时候，我的导师曾经用一个童谣来教化我——从前有座山，山上有座庙。庙里有个老和尚，老和尚在给小和尚讲故事。你知道他讲的是什么故事吗？"

我握紧木盆，没有回答他。

"老和尚讲的是，从前有座山，山上有个庙，庙里有个……"

……真是无聊。我转身要走，番僧却接着说："故事里的人啊，城西卖'骑驴酒'的红莲姑娘这两天一直记挂你。昨天我去给豌豆浇水，她还问你为何没有来——不过那酒是真好喝。"

我的确心静如水，却不知为何无法控制脸上发烧，只能勉强地顶嘴："你们裸行修士不怕多嘴贪杯造恶业吗？"

番僧笑笑："人分六识，眼耳鼻舌身意，你的意识说不，身识却很诚实。恩爱贪欲，是肉身一早就定好的程序，哪里能轻易更改？那些高僧不言不语，禅定终日，抛弃欢爱和享受，为的就是不产生羯磨。这样，他们涅槃之时，眼识、耳识、鼻识、舌识、身识都消失，肉身却仍不腐坏。而他们的意识早已通过乌特沙尔毗尼，被输送到'净土'。我是注定要进入阿伐沙尔毗尼的人，不是修行者。"

"我所虔信的佛法与幻术邪说无缘，也与世俗没有关系。"

我关门出屋，犹自听到番僧醉气醺醺地嘟囔。

羯磨是业报，是轮回。羯磨是婊子。他说。

2

红莲的事，是我向番僧隐瞒的第二个事实。

遇见这个少女一年来，她曾用尽所有自以为"真实"的手法，想要与我接近。但我坚持认为那些眼中之色、鼻中之香、身体之触，都只是我的感知，并不是红莲本身。

360

世上有多少人因为没有认清这个真相，他们的肉身只能化为白骨，意识则传入阿赖耶识的海洋，让下一代更加庸碌。爱父憎母的，要她生作女儿；爱母憎父的，则要他生作儿子。这爱憎的种子埋在六识以外的第七识——末那识里，每个人的末那识又汇聚为阿赖耶识，形成羯磨，这世代要受的苦痛就叫作人生。

"人生苦短的道理女人都懂，不用你们佛祖来说。"我去打水时她骑在驴上跟着我，不依不饶地拽住我的桶。

"说是人生，其实又不是实在的人生，而只是六识的集合。你观想一个人的脑髓剥离，置入钵中，这钵可以给它注入六识，我将不能分辨自己看到的是尘相，还是尘相的名色。"我故意用恐怖的观想来摆脱她的纠缠。"所以这人生只是空幻而已，及时摆脱才是正道。"我的唠叨把毛驴气走了。

番僧到了主动离开的时候。据说是那豌豆长得太高，还会喷出豌豆来射靶，博得王公贵胄的喝彩，却令皇帝有些恐慌。他临走时，在寺里留了一个麻袋，装满豌豆，每个都有碗口大小。我们只能把这些巨大的豌豆磨成豆粉，炒成香喷喷的饲料，掺到马草里喂马。

我想看看这妖僧的法术到底是怎么回事。我留了一粒生豌豆，种在崇真寺的后院，三天后的晚上洛阳下起大雨，我赶在师兄弟们被声音吵醒之前披衣出屋。大雨之中，那棵豌豆几乎是瞬间立起，寺院外墙被毁，五丈高的佛像被掀翻在地。我爬上了那株豌豆。

并没有费太多力气，我站立的那片豌豆叶托着我平稳上升，兜兜转转，就来到了云层之间。我经过浓密的云层，发现那也不过是一些水汽而已。云层遍布梵天世界，电光在其中涌动——那是东方之亢厚大电、南方之顺流大电、西方之堕光明电、北方之百生树电。东方亢厚大电与西方堕光明电相击，正负相抵，生出巨大的电光；南方顺流大电与北方百生树电相击，正负相抵，也生出巨大的电光。转瞬间，如杵的雨滴从天上降落，遍洗梵身天一切宫殿，然后遍洗须弥山。巨大如轮毂的雨滴遍洗四大洲的大山，又遍洗八万小洲的小山，与大地表面流出的咸苦之物一同奔流入海。

我冷得无法动弹，但下方的景象仍然使我惊叹。我看到组成世界的"四大"：地轮以金刚山为轴心，以凡人难见的速度转动；江河湖海构成水轮在其上涌动，不舍昼夜；地轮和水轮之下一定有巨大的火轮驱使，使其常转；而风轮一定也正以肉眼不可见的力量吹动一切造物。

一切合理，但合理得可疑。

在更高的地方，我已无法呼吸。我来追寻羯磨留下的痕迹，我想得知高僧的意识是通过何等媒介上达天空，而我一无所获。

此时风停雨歇，豌豆茎不出意料地消失，我在三万肘尺的云底，穿过乱流的突袭向下坠落。

3

我隐瞒的第三件事是，我并非只一次进入过阎罗殿。

每次死去时，我都会清晰地记着那个容纳每个灵魂的居所——地狱。在我们所在的那一层，我们的肢体遭受节节肢解。奇怪的是，每一次热风将我的眼球烧干，我的视觉仍然存在；铁钩将我的鼓膜勾离，我的听觉尚存。六触既丧，六觉无碍，这证明此地是虚妄；当地狱深处的寒风吹来，我又复活，如此反复。是故佛寺中人所目击的只是一次。

我已经是第一百二十六次出入于人间与地狱，如果这个世界看似合理，那么我的存在就是它的缺陷，如同玉上的瑕疵。也许那地狱只是一个缺口，羯磨的流转在那里失去了规律。

要探求世界的真相，我就得一次次死去，但这些死而复生的把戏毫无智慧可言，与普通的六道轮回有本质的区别。但我不敢以利刃加身，不敢以毒酒自鸩。以这种坠落的方式，我才能暂时摆脱地轮那永恒沉重的吸引，获得一种前所未有的自由。在这自由里，我的六觉也无限地蔓延：这是一种贤者状态。

我闭上眼睛，不知该观想些什么，脑中却不由得出现红莲的样子。她的眸子虚空，我向其中探去，似乎触摸到阿赖耶识，那一切事物发生的种子。以恒河沙数计的有情众生在这神识之海中显现：风轮吹动，麻雀纷纷起舞，可以遮蔽天光，每一只心思各异。捕鱼者踏入水流，鱼群四下逃窜，如有一人从中指挥。七蚁群为一蜂群，七蜂群为一大蜂群，七大蜂群为一鱼群，七鱼群为一雀群，七雀群为一大雀群，七大雀群为一马群，七马群为一猿群，其智慧渐次增加。

有人曾说人的大脑如算子般精密，而我这时才参悟出它不似算子，倒如一群野马。如有一人，将马引至悬崖，这马群就会崩塌。是以众生庸碌，多受蒙蔽。

我又看见色界的尽头是肉眼不可见的微尘，以地、火、风、水四种基本力支配，使色相呈现成、住、坏、空的变化；微尘由更小的微尘以上下、左右、中央各一组合而成，七极微为一微量，积微至七为一金尘，积七金尘为一水尘量，积水尘积至七为一兔毛尘，积七兔毛尘为一羊毛尘量，积羊毛尘七为一牛毛尘，积七牛毛尘为隙游尘量。微尘分割到最后是无可再分的极微量尘，其成可能在虚空中的任何一处；其住没有明确之所，只是一个或然率；其坏毫无征兆；其空如琴弦归于平复。如果虚无也有幻影，那么它就是这幻影；而意识就靠这些微尘相纠结而成。

这是阿赖耶识给我的最后启示。

4

坠落点在城北芒山，我皮肉纵横，像一团腐肉匍匐在一棵树下，目不能视、耳不能闻、口不能言。肉身的痛苦，我的意识已不再牵挂。

但我能知觉泥泞山路里逐渐接近的蹄声。

"阿赖耶识保存着有情众生所有的意识，但那也许只是光音天人的一个梦。梦境污秽，但高僧的灵光会被提取到更高的层次。"以某种形式，我和面前的人讲述我参悟的结果，却不知她能不能听到。

"有人给我两颗丸药，一朱一紫，说在这里可以找到你。"红莲轻抬我的残躯，尽量把它们凑在一起，视线没有丝毫移动。"讲述故事的老和尚，并不知道自己是别人故事里被讲述的人。但在这个无尽的环中，只有你抬起头来，往天外看去。"

"食朱丸是禅法，是乌特沙尔毗尼，食后五识离散，意识将被传输到净土，为光音天人所用；食紫丸是无禅法，是阿伐沙尔毗尼，食后白骨生肌，在这虚妄俗世里继续存活；都不食用则是毒法，我将以这副身躯下降到地狱，意识被肢解，复归阿赖耶识。"我一一为她解释。

"现在，红莲，你将为我选择哪种未来？"

在我的意识中，我觉得红莲离我越来越近。

"我不知道，"她说，"你猜呢？"

上架建议：科幻小说

ISBN 978-7-5178-2208-0

9 787517 822080 >

定价：38.00元